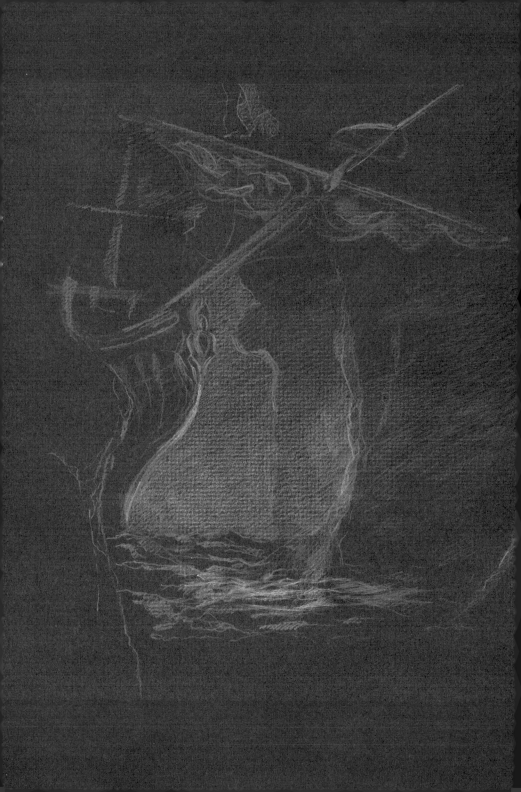

오딧세이 1

한율 장편소설

한 율 장편소설
오딧세이 ❶

발행일
2020년 10월 8일   초판 1쇄

지은이 ● 한율
펴낸이 ● 김종해
펴낸곳 ● 문학세계사
출판등록 ● 1979. 5. 16.   제21-108호

주소 ● 서울시 마포구 신수로 59-1(04087)
대표전화 ● 02-702-1800
팩스 ● 02-702-0084
이메일 ● mail@msp21.co.kr
홈페이지 ● www.msp21.co.kr
페이스북 ● www.facebook.com/munsebooks

ⓒ 한율, 2020
ISBN 978-89-7075-963-0 04810
ISBN 978-89-7075-967-8 04810(세트)
CIP제어번호: CIP2020040277

ODYSSEY

오딧세이

ODYSSEY

1

한율 장편소설

문학세계사

명봉에게

언제나 우리에게 다가오는
현실의 이야기

오딧세이 ● 차례

서문序文

1

2

3

일러두기

● 본 소설 안에서, 인명, 지명, 장소명, 기관명, 업체명 등이 실제 명칭이거나 실제를 연상시키는 명칭으로 만들어진 예가 부분적으로 존재합니다. 그러나 그 명칭들을 이용하여 만들어진 플롯과 사건들은 실재(實在)와 관계가 없습니다. 본 소설에 나오는 등장인물들과 배경, 사건들은 작가의 상상력에 의해 창작된 것으로서, 모두 픽션(Fiction)입니다.

● 본 소설 속의 외래어 표기 중에서, 실제 외국어 발음에 가까운 원음식 표기의 필요성이 대두된 경우가 간혹 발생했습니다. 따라서 제목 포함 일부는 국립국어원 외래어표기법과 다름을 알려 드립니다.

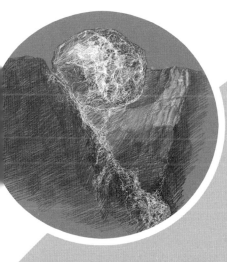

1권 차례

서문
序文

　장중하면서도 신비로움에 가득한 일이라는 것은 현실엔 흔치 않은 법이다. 파헤쳐진 사실들이란, 대부분 메마른 냉혹함과 조잡한 범속성凡俗性만을 가진 채, 타블로이드판 첫머리에 올라갈 선정적 기사의 재료가 될 신세로서, 대중의 호기심을 자아낼 수 있는 사냥감을 선택하고, 그들의 무분별한 식욕을 돋우어 줄 부위만을 도려내고, 또한 의도적으로 이어붙이는 일의 결과물이라 할 수 있다. 더하여 호기심에 대한 아부는, 그나마 어딘가에 한 가닥 편린으로 남아 있을 기사의 사실성조차도 언제나 왜곡하기 십상이다. 진실로 독자의 심금을 울릴 수 있는 이야기란, 그 자체로 내재된 복잡다단한 모순과 다층적인 구조들 덕분에, 겹겹이 둘러쳐진 황금의 베일들 속에 내밀하고도 안전하게 숨어 있는 셈이지만, 뉴스의 성립 조건인 일회성의 자극으로 처리하다 보면, 혼란하기만 할 뿐인 조잡한 미로식 묘사 속으로 반드시 가라앉기 시작한다. 결국 독자에게 마지막으로 주어지는 것은, 그 미로 속에서 헤매다 간신히 빠져나왔다는 안도감이라 할 수 있겠다. 게다가, 역사나 문화적인 면과 얽히면서 현실 체제의 이념적 도그마Dogma를 건드리는 사건이란, '우매한 대중에게 다 보여 줄 필요는 없다.'는 기득권의 체제 수호적 발상에 힘입어, 저 '암흑의 동굴' 깊숙이 파묻혀지기 마련이다. 유연함과 너그러움이라는 덕목으로, 자신의 실체를 베일 너머 아련하게 보여 주기를 원하던 신비로움이란 우아한 뮤즈^{Muse}는, 이제 동굴의 미로 속에서, 그 어디에도 자신이 설 자리가 없음을 깨닫게 된다.

일간지의 사회면 기자로 생활하던 나는, 어느 날 갑자기 찾아온 대학 시절의 친구 녀석을 통해 이 일련의 사건들을 처음 접할 수 있었지만, 그 전말을 듣고는 신문의 사회문화면에 써 갈길 내용이 아니라는 생각이 들었다. 이야기가 가지는 다층 구조, 겹겹이 싸인 베일들의 풍부함을 깨닫자, 신문의 기사로 처리하기에는 힘겨울 것이란 직감이 뇌리를 스쳤고, 게다가 사건들이 가지는 상징성이 지금의 사회적 통념과는 거리가 너무도 먼 까닭에, 직설적인 기사화가 두려웠다. 더구나 이 사건들에는, 지금 이 시대의 흐름으론 결코 밝힐 수가 없는 과학기술상의 일대 혁신이―이 기술이 대중적인 호기심을 부채질할 모든 면모를 갖추긴 하였지만 말이다―발단의 원인들 중 하나로 기능하고 있지 않은가!

시공간의 방대함과 학문 제분야諸分野 간의 복잡한 연계성을 가진 일련의 사건들이, 이렇게도 완벽히 묻혀졌다는 점은 우선 놀라워할 만한 일이긴 하다. 하지만 이 사건들은, 한 '사실'에 대한 정론으로서의 권위를 부여받은 해석들을 흔들어 대며, '그 자체로 사상누각沙上樓閣에 불과할 수가 있겠구나!'라는 한탄이 절로 나오게 만드는 일면을 예리하게 지적하고 있는 셈이다. 그런 까닭에 이 사건들을 대하는 나로서는, 현장의 관계자들이 얼마나 당혹스러웠을지와, '미궁에 빠진 사건은 봉인해야⋯.'라고 중얼거리는 관료적 속성의 안이함을 충분히 이해할 수 있다.

이 사건들은 2천 년에 걸쳐진 시공간의 뒤얽힘을 가진다. 다만, '과거와 현재의 무분별한 교차는 현실에 대한 또 다른 일그러진 복제품을 생산한다', 이런 식의 명제들을 요점이나 핵심이랍시고 억지로 만들어 내는 일은, 쇳물이 펄펄 끓는 용광로 속에 한 돈의 구리 조각을 던져 넣은 뒤, "이제 쓸 만한 청동 재료가 되었으니 어서 저 동상 형틀에다 부어 넣자!"라고 소리 지르는 짓과 다름없다. 그런다고 브론즈 조각품이 형틀에서 튀어나올 일은 아니다. 뭐라도 형태는 나타나긴 하겠지만 말이다. 단 하나 분명한 점은, 신의 이야기란 언제나 인간에게 옷깃을 여미고, 허리띠를 졸라매고 버티어 내야 하는, 긴장과 경건을 요구한다는 것이다. 그런 분위기 하나 만큼은, 아주 선명하게, 이 일련의 사건들 과정 전체를 일관되게 관통하고 있다.

그리 편안하지 않은, 그래서 어쩌면 나의 호기심과 정신의 몰두를 가져다주었을 이 기이한 사건들은, 지난 1년 간의 자료와 현장의 계속적인 추적을 통해 — 그동안 나는 오로지 사건 추적에만 매달렸다. 이제야 모든 것들을 밝히게 되었다 — 싸여진 베일들을 차례로 벗겨 닐 수 있었다. 이 추적의 기록들은, 많은 부분이 내 친구의 해석과 설명

덕분에 내용 파악이 가능하였고, 특히 친구가 관계하였던 테마파크에 대해서는, 그가 구술하면 내가 받아 적는 형태가 되어 버릴 지경으로, 사실상 나에게 완전히 생소한 영역이었음을 미리 독자제위讀者諸位께 알리고자 한다. 그래서 나는 친구에게, "주된 화자話者를 아예 일인칭 너의 시점으로 하자. 그게 구성상 편하겠다."고, 소설 구성상의 편의성만을 단순하게 생각하여 말하였지만 ─ 그는 보고서를 작성하자고 처음에 제의했으나, 나는 소설로 만들고 싶다는 희망을 전하였고, 결국 소설로 합의하게 되었다 ─ 친구는, "사건의 묘사를 한 사람의 감각기관들이 인식하는 범위 내로 한정하려 한다면, 네가 알아 갈수록, 사건의 전체적 구성을 오리무중으로 만드는 짓이란 걸 깨닫게 될 거야."라고, 내 의견에 대한 거부 의사를 분명히 했다. 그 말을 할 때에, 내 얼굴을 물끄러미 바라보면서도 정신의 일부는 다른 곳을 헤집고 파헤치고 있는 듯한, 그런 이상한 표정을 짓던 그의 모습이 지금도 눈에 선하다.

지금으로부터 한 달 전, 바로 이 소설이 처음으로 플롯이 대충이나마 짜여지기 시작하고 '전주곡' 부분이 초벌 완성되었던 그 시점엔, 친구는 아직 한국 땅에 있었다. 그는 내가 써 놓은 '전주곡' 초고를 몇 번이나 거푸 읽으며 자신의 의견을 말해 보면서도, "보고서보다 낫군. 소설이 설명하기는 어려워도, 느끼고 이해하기가 쉬워."라며 만족스러워했다. 이렇게 내 옆에서 세심히 모든 일을 증거하던 그 친구는, 이제 갈라타 다리[1] 아래 차이하나(카페)에서, 그 짙은 향의 터키 커피를 마시며 물담배를 피고 있을지 모르겠다.

친구는 소설에 들어갈 주요 도면과 삽화들을 친히 그리고 작성하여 이미 건네주었다. 나는 이 순간에도 그가 그린 도면들을 바라보며 이 글을 쓰고 있다. 나의 친구는 또한, 주된 사건 상황들을 직접 보고 경험한 주인공이기도 하다. 친구가 겪은 격렬한 감정의 소용돌이들은 구술되어지는 내내, 눈물이 글썽거리던 그의 두 눈과 떨리는 목소리를 통해, 여과 없이 나에게 전해지고는 했다. 그는 그리움과 회한을 안고 이 한국을 떠났고, 파란만장하고 부침이 심했던 그의 인생이란 배는, 바다를 떠돌지 않고 예외적으로 닻을 내린 상태로 이스탄불이라는 천혜의 항구에 정박하고 있다. 쉬지 않고 달려온 친구에게 있어 그 사건이란, 인생 전체를 통틀어 유일하게, 반추함의 휴식이 필요할 처지로

---

1 **갈라타 다리** 이스탄불 구시가와 신시가를 연결하는 역사성이 깃든 다리이다. 다리 전체가 금각만金角灣 입구에 걸려 있다. 다리에 관한 최초의 기록은 6세기에 나온다. 유스티니아누스 대제에 의해 건설되었다고 하는데, 콘스탄티노폴리스 복원도를 보면 도시를 방어하는 테오도시우스 성벽 북서쪽 근처에 설치된 것을 알 수 있다. 지금보다 훨씬 금각만 상류에 있었다. 이어서, 1453년 '콘스탄티노플의 함락' 당시 유스티니아누스의 다리가 있던 그 자리에, 파띠흐(정복왕) 메흐메트 2세가 이끄는 오스만투르크 군대는 배를 서로 연결, 임시 부교를 설치하고 폴리스의 물자 보급 선박 차단 및 측면 침공을 시도한다. 이후 레오나르도 다빈치의 새로운 다리 설계도니 하는, 장장 1천 4백여 년간에 걸친 이야기들이 이 다리에 깃들어 전해지고 있다. 지금의 다리는 1994년에 다섯 번째로 완공된 것이다. 갈라타 다리는 선박 통과를 위한 중앙의 도개교跳開橋 부위와, 그 양옆을 육지와 연결하는 복층複層 교량의 이중 구조로 되어 있다. 다리 양쪽의 복층 교량 상부 2층은, 도개교 교량과 연결되어 차량이 통행하고, 양 하부 1층은, 한강의 잠수교를 연상시키는, 그러나 도개교 때문에 중간이 사라져 버린 인도교이자, 사람이 붐비는 활기찬 시장터이기도 하다. 다리가 살아 있다는 느낌이 든다. 매력물이다. 그 1층에 정취 있는 식당, 카페들이 늘어서 있다. 낚시꾼들은 2층 난간에 기대어 낚시줄을 드리우고, 1층 선착장에선 배에 탄 어부들이 즉석에서 생선과 고등어 케밥을 판다. 밤에 갈라타 다리를 가보면 금각만의 야경이 좋고, 남쪽 구시가지 언덕 곳곳에서 자리를 지키는, 야간 조명을 받아 드러난 돔과 미너렛의 선들이 아름답다.

19

그를 떨어뜨린 원인 제공처가 되었고, 정지되어 버린 시간 내에 갇히어 모든 것이 얼어붙어 있는 친구의 현재 상태는, 사건을 겪을 당시 그를 둘러싼 시공간時空間의 격렬한 흐름이, 얼마나 정신과 육체의 소모적인 고갈을 가져다주었을지를 능히 짐작하게 한다.

나의 친구여! 아무쪼록, 동서양의 교차로, 문명의 요람인 계피향과 청금석靑金石의 비잔티움에서, 안식과 평안을 누리기를 신에게 간구하네!

'태초에 말씀이 계시니라.'(「요한복음」 1장 1절)

'태초에 의지가 계셨나니,'(「도마전언서」² 1장 1절)

'태초에 진도眞道가 계시니라.'(「세존포시론」³ 1부: 1장 1절)

---

2 도마전언서(도마傳言書, '도마가 전하는 하나님의 말씀') 향단고택 지하 석실에서 발견된 고문서 중, 가장 중요한 문헌적 가치를 지니고 있다. 예수의 12제자 중 한 사람 도마의 기록으로, 원시기독교(사도 바울 이전) 초기 저작물 중 저자의 자필 원고로서 발견된 유일한 저작물이다. 도마 본인의 성장과 개인적 질병, 예수와의 만남과 인간적 유대, 예수와의 개인적인 대화 기록, 당시 예수를 중심으로 하는 포교 집단의 실제 생활 모습, 제자들 사이의 인간적 갈등, 등등의 상황들이, 저자가 직접 겪은 생생한 현장성으로 여과 없이 전달되는 특성이 있다. 기록의 내용으로 예수의 실존과 죽음, 부활을 강조하며 인간 구원의 중요성을 설파한다. 「요한복음」에 비해 보다 확실한 회고적 특성을 보이며, 기독교적 구원과 세계관으로 심리적 개인적 내적 체험성을 강조하여, 유대 묵시적이거나 희랍 로고스론의 구조적 차용으로 특정되는 4복음서와는 구별된다. 「도마전언서」에 대해, 그노시스(Gnosis, 靈知)주의로 분류되며 성서 외경이기도 한 「도마복음」과의 언어 표현적 연관성을 찾아내려 하는 일부 해석적 의견도 있다. 그러나, 특별한 소수를 위한 깨달음에 이르는 비밀의 복음이 아니라, 만인萬人을 위한 공개된 복음이란 강력한 입장을 담고 있어, 그노시스주의와의 관련성은 실제적으론 없어 보인다. 또한 기원 후 40년대의 매우 이른 시기 저작이라, 도마의 개인 체험으로 언어 표현들을 국한시켜 분석할 필요가 있다. 원본은 아람어와 히브리어로 되어 있으며, 산스크리트어로 된 것은 번역본임이 분명하나 도마의 번역인지는 분명치 않다. 이 「도마전언서」는 「도마복음」과 문체와 내용 모두에서 일치함이 거의 존재치 않고 있기에, 결국 기존의 「도마복음」이 예수의 직속 제자 도마하고는 관련이 없는 문서임이 분명해진다.

 2천 년 전, 서로 지극히 멀리 떨어져 있던 지구상의 지역들, 한반도
와 인도아대륙印度亞大陸, 그리고 아라비아반도 사이의 운명적인 시공
간의 연결은, 이 이야기의 서두에 자리매김한다. 우리가 알 수 있는 것
은 세월의 침식과 풍화를 이겨내는 인간 정신의 외침들, 토기 속에 담
겨져 땅 속에 묻혀 있던 고대 문헌의 내용들에서, 이 장대한 이야기의
첫 출발을 볼 수 있었다. 경상북도 경주시 강동면 양동마을, '향단고택
香壇古宅', 지하 석실石室에서 대규모로 발견된, 토기 항아리 속에 들어
있던 점토판과 양피지, 그리고 죽간竹簡의 기록들은, 인류 역사의 거대
한 흐름 중 극히 유니크한 한 자락으로 우리들의 눈과 귀를 휘감는다.
 양동 민속마을에 대한 유네스코 세계문화유산 등재 준비의 일환으
로, 당시 '향단고택'에선 부분적인 보수 작업과 영구 보존을 위한 데이
터 수집이 병행되고 있었다. 그 결과, 건축물 중앙의 대지 밑에 지하
통로의 잔재들로 보이는 계단석과 버팀목들, 허물어져 내린 후 부분적
으로 남은 소규모의 지하 공동空洞들, 그리고 지하 석실이 있음이 지하
탐지 레이다[4] 조사 결과 밝혀진다. 본래는 3차원 레이저 스캐닝 작업

---

3 **세존포시론(世尊布施論)** 6세기 중국(당) 네스토리안-경교의 경전 중 하나로서 3부만 발견
되었었는데, 향단고택 지하 석실에서 1, 2부가 발견되어, 그전까지 발견된 3부의 내용—마태복
음에 기초한 산상수훈적인 교훈집—뿐만 아니라, 구약성경 중 모세5경의 축약본(1부)과 이
사야서(2부)도 같이 포함된, 신-구약 성경의 전체적인 간략본임이 밝혀졌다.

4 **지하 탐지 레이다(G.P.R-Ground Penetrating Radar)** 수MHz에서 수GHz 범위의 고주파
를 송신기에 의해 지하(또는 인공의 구조물)로 방사시켜, 서로 전기적 물성이 다른 매질의 경
계면에서 반사되는 파를 수신기로 수집하여 기록한다. PC에 의한 자료 처리와 해석 과정을
거쳐, 지하(또는 인공의 구조물)의 구조와 상태를 규명하여 영상회히는, 매우 긴편한 침딘 비
파괴 지층 탐사, 또는 구조물 조사법이다. 산업적 용도 이외에도, 매립된 고고학적 유적을 조
사하는 용도로 쓰인다.

도중에, 건축물의 지반과 기초 부분에 대한 보완적인 정보가 필요하여 시행한 일인데, 난데없는 대어大漁가 걸린 셈이긴 하다. 하긴 '향단고택', 이 건축물은 도대체 그 용도가 분명치 않아, 한국 고건축계의 연구 과제 중 해결되지 않는 미스터리로서 유명했으니, 현장의 관계자들이 얼마나 흥분했을지는 능히 짐작할 수 있겠다. '향단고택'의 건축적 용도에 대해선 지금까지 여러 가설들이 난무하는 상황이고, 논문도 수십 편이 쏟아졌으나 어느 것도 정설은 아니었다. 한 마디로, 고택의 건축적 형식과 구조가, '보편적이며 전통적인 해석'이란 그릇에 얌전히 담아 내기에는, '의혹'의 양이 너무 많아 흘러넘친다는 점을 어느 누구도 부인하진 못하리라. 물론 양동마을 어르신들 입장에서야, 향단고택의 용도에 대한 여러 주장들 중에서도, 자신들의 선조인 회재晦齋 이언적 선생께서 당신의 어머님에 대한 효심孝心으로 지은 '주택'이라는 쪽으로, 보다 깊은 신뢰가 갈 것임은 당연한 일이라 하겠다.

그 당시, 지하 석실은 지하 12미터 밑에 완전히 봉인되어 있었고, 따라서 발굴단은 지하 석실 내부에 접근하기가 지난至難한 상황이었다. 밀집되어 있는 지상 건축물에 대한 구조적 손상 없이 접근하려면, 향단의 대지 경계선 바깥에서부터 면밀히 파 들어가야 하는 우회 전략이 필수였다. 어쨌든, 발굴 작업이 대규모로 벌어질 일이란 판단이 분명해지자, 발굴 관계자 몇몇은 마을 대표단과 별도의 협의를 해야 했고, 마을 대표단 측에선, 거기서 무엇이 나오든, 양동마을의 정신적 가치를 훼손해선 안 된다는 강력한 요구를 발굴 관계자 대표에게 하기에 이른다. 마을 대표단의 의지가 양동마을의 정신적 가치를 추구한다는 것은, 마을이 유가儒家의 오랜 전통을 지닌 양반 마을이라는 점을 잊어 선 안 된다는 원칙을 강조하고 고수함이었다. 이에 따라 협의 중 과정 이란, '효심孝心을 나타낸 향단고택'으로 일반화되는 보수적인 해석에 대해 앞으로 누가 될 만한 '그 무엇'이 있어선 안 되겠다는, 마을 대표 단 입장에선 지극히 적절한 일로 여겨질 요구 사항들이 매번 튀어나오 는 순간들의 이어짐이었다. 마치, 발굴 결과가 어떻게 될 것인지를 미 리 알고 있기라도 한 듯한 이런 지적 사항들은, 아마도, 대표단 어르신 들이 오랜 세월 동안 무의식적으로 느껴 와야 했던, '향단고택'을 평소 에 바라볼 때마다 마음 한구석에서 슬금슬금 피어올라 오는, 그 알 수 없는 불안감에서 비롯된 것이 아닌가 싶다.

  발굴단은 마을 대표단의 요구를 받아들여, 그러면 발굴 결과가 나온 후에 상황을 보아 가며 적절한 발표를 하기로 약정하고, 언론과 매스 컴뿐만이 아니라 마을 주민들에게도 일체 알리지 않은 채, 하수 처리 공사로 위장하고 발굴을 비밀리에 진행한다. 원래 발굴 작업 중엔, 현 장 관계자 이외의 인물들이 얼씬거리는 꼴을 좋아하지 않는 고고학계 의 특성상, 이런 마을 대표단의 요구는 오히려 반길 만한 상황이었을 것이다. 가령, 한국 고고학계의 꽤 오래된 전설, 백제 무령왕릉 발굴 때를 예 들어 본다면, 일찍 매스컴에 터뜨려 호기심의 광풍狂風을 맞는 바람에, 발굴단은 인근 주민과 온갖 어중이떠중이들에게 시달려 황급 히 발굴을 끝내야 했고 ― 현장을 거의 도망치듯 빠져나올 수밖에 없었 다고 한다 ― 그 결과로, 빌굴 작업의 마무리에 문제가 있었을 것이란 비난을 감수하는 곤욕을 치르게 된다. 그런 뼈아픈 전력들이 있으니,

발굴단 입장에선 마을 대표단의 요구가 고깝기는커녕 고맙다는 생각까지 들었을 게 틀림없다.

막상 파 들어가 보니, 지하 석실 전체, 즉 벽체와 천장, 바닥 모두가 이중으로 만들어져 있음을 발굴단은 깨닫게 된다. 또한 지하 석실은, 오랜 세월 동안 어떠한 변수도 그 강고强固함을 흔들지 못했을 만큼, 땅속에서 홀로 완강하게 버틸 수 있는 견고한 구조체로 축조되어 있었다. 따라서 석실 내부로 들어가기가 끔찍할 정도로 힘들다는 점을 깨달은 발굴단 내부는 현장에서 혼선에 휩싸인다. 당시에, 일부에선 중도 포기론까지 들고 나오는 행태가 벌어졌다고 한다. 그러나 인간의 호기심이란 모든 난관을 뚫어 내는 힘을 가진 게 분명하다. 발굴 작업은 시간만 늘어지고 진척은 없어, 비용 문제를 책임지는 관계자들이 비명을 질러 댔지만, 어찌됐든 계속되기는 한다.

버틸 만큼 버티다가 마지못해 허락한다는 식으로, 점차로 드러나던 지하 석실의 이중 구조체는 다음과 같았다. 안쪽 구조체는 석 자에서 석 자 반 두께의 화강석으로 벽체와 바닥, 천장부가 축조되어 있었다. 바깥 구조체는, 최소 두께 석 자(90센티미터)에서 최대 두께 넉 자(120센티미터)에 달하는, 석회石灰, 세사細沙, 황토黃土를 섞어 굳힌 회灰 층이, 화강석 벽체와 바닥, 천장의 바깥 면 전체를 둘러싸며 밀봉하는 방식이었다. 오랜 세월 동안 이 회 층이 도굴은 물론이고, 습기와 벌레의 접근조차도 완벽하게 방어해 왔을 것은 명확한 사실이다. 또한 회 층 바깥을 두 자(60센티미터) 두께의 숯 층이 다시 둘러싸고 있었으며, 맨 마지막 밀봉 이전의 몇몇 시기에 수 회에 걸친 석실 개봉開封이 있었음을 말해 주는, 천장 일부의 사방 석 자(91~95센티미터) 크기 개구부開口部와 그 개구부를 막는 판석版石이 발견되었다. 물론 판석과 개구부 부위만은 개봉이 될 때마다 새로운 회로 재마감 밀봉했던 것도 분명했다. 지하 석실의 내부 크기는 대략 108평방미터, 33평의 바닥 면적을 가지고 있었고. 사람이 서면 천장의 가장 낮은 곳이 머리가 닿을 정도의 높이였다. 이 석실 내부에서, 촘촘히 늘어선 높이 석 자 반(103~107센티미터)의 커다란 토기 항아리들이 발견되었는데, 항아리 내부에는 고대의 기록물이 보관되어 있어, 이곳이 진정한 인간 지성의 타임캡슐임을 증명하였다. 모든 기록물들은 일일이 토기 항아리 내에 밀랍으로 봉인되어 있었으며, 세월의 풍파를 이겨내고 거의 완전히 보존된 상태였다. 하지만 무슨 일인지, 이 놀라운 문서들은 내용의 공개 없이 어디론가 그 모습이 사라져 버린다.

결국은 이런저런 이유로, 외관만 보더라도 비밀 하나쯤은 그림자 속에 감추고 있을 만한 '향단고택'에서, 겉으론 드러나지 않은 목적의 고고학적 발굴이 진행되었고, 발굴의 결과물로 무엇인가가 실제로 이 세상에 자태를 드러냈었다는 그런 내용들이, 세간에 전혀 알려지지 않게 된 것이다. 지금까지도, '향단고택'의 비밀은 마을 주민들의 술좌석에서 안주거리 정도로만 간간이 쓰여질 뿐이었다. 게다가 주민들 사이에선 사건의 온전한 전모를 아는 이는 하나도 없었고, 불완전한 정보조차도 주민들의 자발적 입조심과 함께 외부로는 흘러 전해지지를 않았으니, '향단고택'은, 비밀스런 신성神性이 내재된 듯한 자신의 건축적 조망과 함께, 보는 이에게 경탄과 의혹을 자아내는 건축 문화재로서만 그 자리를 유지하게 된다.

　친구가 나를 처음 찾아온 그날 저녁, 나는 오랜만에 만난 그가 너무나 반가워서 거의 끌어안다시피 하고는, 곧바로 회사를 나와 근처 실내 포장마차에서 같이 소주잔을 기울였다. 굉장히 수척해지고, 관자놀이 부근에는 희끗희끗 새치 머리칼이 보이는 친구를 보며, '저 녀석이 나를 찾아 온 이유가 뭘까?' 하고 한참 궁금해하고 있는데, 그는 상의 호주머니에서 지퍼백에 든 종이 조각 같은 것을 느닷없이 꺼내들었다. 친구는 나를 힐끗 쳐다보더니 말을 붙였다.
　"너, 이거 뭔지 알겠니? 내가 널 찾아온 이유 중 하나가, 바로 이거다."
　친구는 굉장히 소중한 것인 양 지퍼백 채로 조심스럽게 나에게 내밀었다. 받아서 들여다보니, 종이보다 질기고 점도가 있어 보이는 얇은 가죽 같은 것에 문자들이 한가득 적혀 있었다. 현대의 어떤 문자와도 쓰인 방식이나 잉크 상태가 달라, 아무리 보아도 이상하고 기묘한 물건이었다. 그렇다고, 옛날 유물로서 바스러질 정도로 낡아빠지지도 않은 것이, 보존 상태가 상당히 훌륭하고 탄력도 그대로 유지되고 있어, 영화에 쓰는 소품 같은 느낌도 가지고 있었다. 표면엔 군데군데 거무스레한 얼룩물이 들어 있었고, 글자들이 뭉개져 있는 곳들이 몇 군데 있었는데, 묘하게도 그 흔적들 모두는 최근에 생겨난 듯 싶게 생생해 보였다.
　"야, 너 요새 《인디애나 존스》 같은 영화, 미술이라도 담당했냐? 너 방송국은 잘 다니는지 친구들이 궁금해하곤 했는데, 요새 어떻게 사냐?"

대학 전공인 미학과는 거리가 먼 직업인 방송국 무대 디자이너를 선택했고, 대학 동창 모임에도 그동안 도통 보이질 않았고, 졸업 후 지금까지 10년이 넘는 세월 동안 가끔 소식만 들리던 녀석이라, 나는 그의 근황부터가 궁금했다.

"그동안 내가 어떻게 살았는지는 차차 얘기하기로 하고……. 1년 전, 난 아주 희한한 것을 경험했다. 내가 이런 경험을 하게 되리라고는 꿈에도 생각해 본 적이 없었는데, 이 세상에 비밀이 얼마나 많은가, 모르는 것이 참으로 많구나, 뼈저리게 알게 됐다. 그래서 난, 너를 만나 봐야겠다는 생각을 하게 된 거야. 내가 경험한 일들을 그냥 흘려 버릴 수가 없었어! 그런 간절함이, 마음 깊숙한 곳에서 북받쳐 오르는데……, 아무래도……, 털어 내야 할 것 같아. 그동안 일하던 것 마무리하느라고 꾹 참고 살았지만, 이젠 정리를 해야 될 때야."

'이 녀석, 오랜만에 봤는데 요상한 말만 하는군.' 나는 감정에 겨워 혼자서 격정을 내뱉는 친구를 바라보며, '이 자식, 옛날에도 열혈한이긴 했지.'라는 생각을 하고 있었다.

"나는 글재주가 없지 않니. 너는 옛날에도 신춘문예니 뭐니 기웃거리기도 하고……, 지금은 기자한다고 들었다. 너는 글 쓰는 일을 어찌했든 계속해 왔으니……. 으음, 어쨌든 내가 겪은 사건들을 들으면, 네가 아주 구미가 당길 것 같아서 말이지, 오늘 널 본 거야. 야! 너 이것 말이야. (이 말을 할 때, 녀석은 테이블 위에 놓인 이상한 물건을 재차 손으로 집어 들었다. 그 물건은 지퍼백에 감싸인 채로, 날 쳐다보고 얘기하고 있는 그의 손끝에서 가늘게 진동하고 있었다. 친구는 말하면

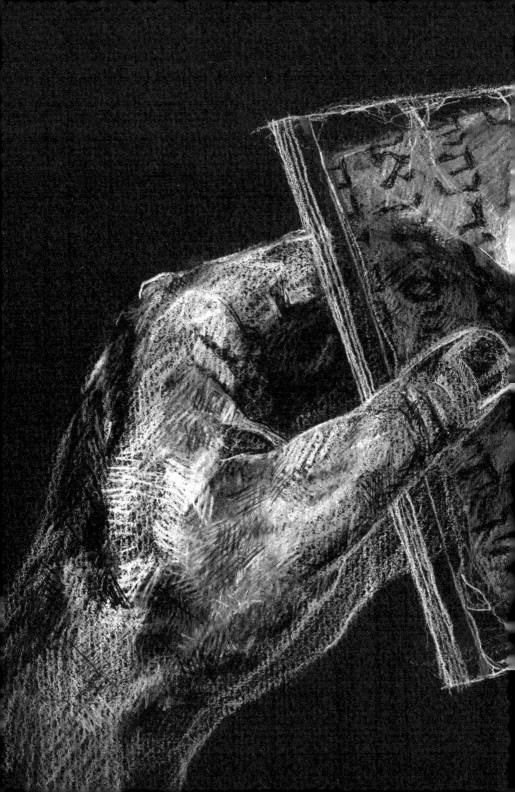

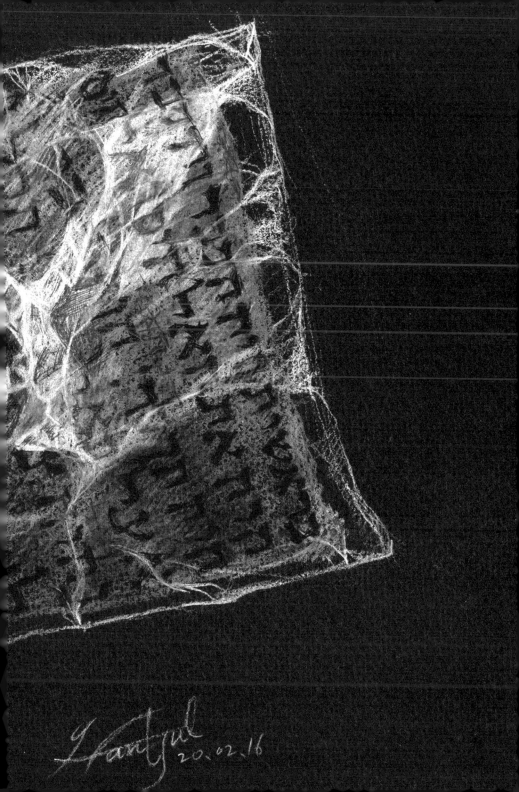

서도 무슨 이유인지 매우 긴장하고 있는 게 틀림없어 보였다) 이런 게, 양동마을에 있는 향단고택이란 한옥 밑에도 있을 것이란 걸, 난 알고 있어!"

"그래? 네가 직접 거기서 얻은 거니?"

"아니야. 이것은 양동마을에서 나온 것이 아니고, 내가 디자인에 참여도 하고, 현장에서 일하면서 얻게 된 거야. 근데 말이야, 이게 그 향단고택 밑에 있을 거라니까. 이거와 똑같은 게, 향단 밑에 파묻혀 있는 거야."

알다가도 모를 소리만 하고 앉아 있는, 오랜만에 만난 나의 친구였다.

나는 그날, 녀석이 겪었던 그 사건들을 대충 듣고는 밤새도록 잠을 이루지 못했다. 아침에 일어나, 우선 친구와 경북 양동마을부터 가보기로 결심하고는, 문화재청에 있는 동창에게 전화를 했다. 혹시 그 '향단고택'에 관계된 무슨 정보라도 없을까 해서 한 나의 즉흥적 소행인데, '향단'이란 단어가 내 입에서 튀어나오자, 동창은 수화기에 대고 아무 말 없이 가만히 침묵만 지키고 있다가, "우선 만나자."라는 한 마디 말만 하고 통화를 끊어 버렸다.

"향단에 대해 네가 갑자기 물어보는 걸 보니, 무슨 냄새를 맡은 게 있는 것 같은데, 사실은 나도 궁금해서 널 보자고 한 거다. 이거 좀 이상해. 1년 전쯤인가? 국정원에서 말이지, 향단에 대해 자료 청구할 것이 있다고 나에게 요청이 들어왔었다. 그래서 난 국정원 요원들에게

취조를 당하는 건지 뭔지, 하여튼 꼬치꼬치 캐묻는 거 답변하느라고 몇 개월 동안 귀찮은 일을 겪었고, 그쯤 해서 문화재청장이 국립박물 관장이랑 같이 엮여 어디론가 자주 불려 다니고 그랬어. 우리들은 원 래, 그런 미스터리한 흑막이 있는 재밌는 일이 별로 없거든. 국정원이 다 찾아 주고 말이야. <u>흐흐흐</u>. 그때 난 무슨 일인가 하다가 그냥 넘어 갔었지. 그런데 어제 니 얘길 듣는데, 그 일이 또 생각나더라구. 왜 또 그 향단이냐, 이 말이지! 이거 아주 흥미진진한데. 갑자기 너한테까지 전화 오는 것을 보니 뭔가 있긴 있어. 지금, 말해! 무슨 일이냐?"

호기심이 잔뜩 어린 눈빛으로 동창은 말하고 있었다.

"그래 얘기 해주지. 대신 너는 친구로서 비밀을 지킬 것을 맹세해 라. 이건 농담이 아니야. 때가 오기 전에 세상에 알려지면, 너나 나나 좋을 일이 없을 것 같다. 얘기가 하도 황당하고 어이가 없어서 아직 나 는 반신반의하고 있다만, 그 녀석이 11년 만에 날 찾아 와서 쓸데없는 소리를 할 리도 만무하고……."

나는 어젯밤 친구에게 들은 이야기를 간단히 추려서 말해 주었다. 동창은 너무 놀라서 입을 다물지 못하더니, 얼굴에 '괜히 물어봤나.' 하 는 두려움마저 스쳐 지나갔다. 어쨌든, 그러고 있는 동창에게 난 우정 을 강조하며 첩보원 노릇을 강요했다.

"어쨌든 친구야! 나의 친구야! 너, 그 향단고택에 대한 뒷조사 좀, 청 내부에서 해주라. 향단에 대한 자료가 무언가가 있으니까, 국정원 에서도 너한테 물어보기도 하고 그런 것 아니겠니? 과거, 향단고택에 서 발견된 그 무엇이 있었는지, 그 녀석 말을 들으면 실제 향단 밑에 문서 종류가 묻혀 있을 게 분명하고, 그 문서들에 대한 어떠한 정보가 있기 때문에 국정원까지도 향단 타령을 하며 니 주변을 얼씬거렸던 것이고……, 내 느낌으론 틀림없이 정부 부처들 내부 어딘가에 그에 관계된 자료들이 숨겨져 있을 것 같은데 어쨌든 확인 좀 해줘. 비밀리에. 어쨌든, 이 상황에서 갑자기 향단에 관심을 가질 수밖에 없는 정부 입장이라는 것도, 얼마나 이상한 노릇이냐……."

나는 친구와 계속적으로 만나면서, 그의 진술에 대한 녹취와 정리, 그리고 앞으로 소설로 만들 방법에 대한 토의와 자료 수집으로 정신없이 하루하루를 보내고 있었다. 그때 나는 사내기자社內記者직을 그만둘 생각까지 하게 되었고 ─ 실제적으로도 이 녀석과 뭐라도 진행하려면, 매일매일 마감 시간에 쫓기는 기자 생활과 병행이 불가능했다 ─ 자유 시간이 많은 사외기자社外記者를 할 수 없을까 궁리하기 시작했다. 즉 이 사건들이 녀석의 증언대로 사실이라면, 나머지 인생을 걸어 볼 만한 승부처가 나에게 가까이 오고 있다는 생각을 하게 된 것이다. 그러던 중, 문화재청 동창에게서 만나자는 연락이 왔다.

"후우우. 그 녀석이 겪은 일이 허황된 건 아닌 것 같아. 사실이야. 어쨌든 말이야……." 동창은 한동안 뜸을 들이더니 '에라, 모르겠다.'는 태도로, 세월이 상당히 지나 먼지 쌓인 분위기마저 풍기고 있는 CD 박스를 내밀었다. "이것은 디지털 이미지 자료들이야. 여기에는 수천 장의 문서 자료들이 고화질 이미지 파일로 저장돼 있지. 그리고 해석 자료도 완전하지는 않지만 같이 들어 있다. 이거 중앙 박물관 보존 과

학팀에 있는 놈한테 얻어 냈어. 걔도 개인적으로 몰래 카피해 뒀던 것인데, 나한테 딱 걸렸지. 흐흐흐흐. 어떻게 얻었는지는 나중에 설명하겠지만, 나 출혈이 크다. 네가 좀 도와줘야겠다."

"알았어. 임마."

"7여 년 전에, 양동마을 향단고택에서 대규모 발굴이 있었어. 그 사실은 완전히 비밀로 부쳐졌는데, 우리나라에서 그만큼의 센세이션을 일으킬 만한 발굴은, 석굴암 정도가 다시 발견되면 모를까, 이제는 없을 거다. 발굴 진행 과정은 그 당시 양동마을 대표단의 요구로 비밀이 되었고, 문서의 보존 처리와 병행된 3년이라는 단기간으로, 국내의 각계 언어학자들이 모여 문서 내용에 대한 일차적 해석을 해냈지. 그러자 문제가 확연하게 불거져 나온 거야. 처음부터 어느 정도 예상되고 있었던 문제이긴 했지만 더욱 부각이 돼 버렸어. 결국, 프로젝트를 진행시키던 담당국장은 고민에 빠지게 되지."

"무슨 문제였을지 짐작이 간다."

"그래. 각계의 반발과 갈등이 있을 것으로 예상 분석 결과가 나오자, 국장은 문화부장관에게 보고를 하였고, 그 후 모든 사실을 일단 덮으라는 내부 지침이 내려오지. 하긴 이 문서들에 있는 내용은, 종교학 쪽이나 역사학 쪽이나 지금까지의 통설을 다 뒤집는 것이 되어서, 기존의 강단 학계와 재야 양자의 입장이 서로간에 무지하게 껄끄러웠던 것 같애. 거기에 개신교, 천주교, 불교, 유교에, 또 단학, 증산교, 원불교 같은 민족종교들……. 훗후후우우. (그는 약간 신릴하게 웃고 있었다) 종파의 대소를 막론하고 각 종교마다 입장이 다 달랐으니 말이야.

역시 종교 문제는 쉽게 다룰 수 있는 건 아니야. 아랍 국가들처럼 국교가 사실 정해져 있는 나라도 아니고, 우리나라 같이 여러 종교가 뒤섞여 있는 나라에선 말이지. 후우우우." 동창은 말을 끊더니 어깨를 으쓱거리며 어쩔 수가 없는 문제라는 듯이 한숨을 내쉬었다.

"겉으로 평온해 보여도 물 밑에선 미묘하게 흐르는 반목을, 굳이 수면 위로 끄집어 낼 필요는 없다는 게, 국민 통합이란 면에서는 유달리 실패를 거듭하던 당시 정부의 정치적 입장이었지. '일단 생각해 볼 시간을 갖자.'였던 것 같애. 어차피 나중에 공표하기는 할 예정이었을 거야. 이 문서들은 한 국가 차원에 머무르는 것이 아니라, 세계사적인 연구 대상이니까. 그런데 1년 전에 터진 일, 바로 우리의 친구가 겪은 그 일이 묘하게 이 향단 문서와 일정 부문 연관이 있다는 점을, 현 정부에서 깨닫기 시작한 거지. 그래서 국정원에서 양동마을에 대한 자료를 내놓아라, 향단고택의 특수성이 무어냐, 하고 나에게도 자료 요청을 했던 것이고, 과거 향단 문서에 대한 일체의 정보를 이번 정부도 재차 극비에 부쳐 버리게 된 것 같다. 요새도 정치적 상황이 별로 좋질 못하잖니. 이래저래, 이 문서들은 발굴 때부터 팔자가 기구하구만⋯⋯."

동창은, 이 문서 자료를 얻게 된 과정과, 얻기까지 고군분투한 자신의 가상한 노력, '향단고택'의 역사적 유래, 고택 내부 건축 평면의 특이성, 발굴 당시에 발견된 지하 석실과 토기 항아리들, 그리고 일부 문서상에 있는 특수한 분파적 성향에 대한 종교학자의 분석 자료 등등을 주워섬겼다. 그러다가 뭐랄까, 그노시스Gnosis, 영지주의가 무엇이며, 「요한복음」과의 관련성이 어떻고, 불교나 자이나 - 힌두이즘과의 연관성이 어쩌고저쩌고, 골치만 아프고 해결이란 게 없는 문제들로 진입하며 계속해서 지껄여 대는데, 원래부터 말이 많은 놈이라 한참 경청하는 척하다가, 금전적 출혈에 대한 확실한 보상을 약속하고는 그만 헤어지고 말았다.

집에 와서 CD 목록을 보니, '도마-토마'라고 씌어 있는 라벨이 붙은 CD들에 별(★) 표시가 되어 있어 유난히 내 눈에 띄었다. 나는 먼저 그 CD들부터 컴퓨터 드라이버에 집어넣고 디지털 원본 문서 사진(JPG Files)을 들여다보기로 작정했다. 첫 번째로 모니터에 나타나는 문서를 보니, 문자의 형태나 필체가, 친구 녀석이 호주머니에서 꺼내 보여 준 물건-문서 조각의 문자와 일치하는 듯싶어 보였다. 문자가 씌어져 있는 배경 물질의 낡은 정도만 다를 뿐이었다. 내 친구의 문서 조각이나 모니터에 나타난 문서나, 둘 다 세월의 흔적은 무시 못할 수준이었지만, 모서리가 떨어져 나간 정도와 울거나 접혀 있는 곳의 와해되는 상태만 보아도, 그래도 친구 쪽이 조금 더 생생한 편임이 시각적으로 분명하게 구별되었다. 배경 물질에 대한 연구 결과도 별도의 한글워드 PDF 파일로 CD에 저장되어 있었다. 파일의 내용을 열어 보았다. 문자가 씌어진 배경 물질이란 다름 아닌 양피지였다. 양피지를 만든 시간대와 장소는, 성분 분석 결과, 기원전 1세기에서 기원후 1세기 사이, 중근동 지방이 틀림없다고 연구서는 결론짓고 있었다.

CD들의 하위 폴더 목록을 보니, '도마가 전하는 하나님의 말씀', '곤다포루스Gondadphorus왕에게 신臣 도마가 보내는 편지 상上, 하下' 란 제목들이 보였고, 디지털 사진 파일들과 해석 파일이 각 폴너 벌로 분류되어 있었다. 나는 직감적으로 알 수 있었다. 이 문서는 기독교 경전 신약성서의 4복음서福音書 기자記者(Evangelist)들과도 맞먹는 무게감을 가진, 아니, 요한만 제외하고 생각하면, 그 이상 가는 인물이라고 감히 말할 수 있는, 열두 제자 중의 한 사람 '도마'의 저작著作들임을……. 더구나 성서에 실린 어떤 문서도, 저자 본인의 수기手記 작성된 자필 원고 진본眞本으로 이렇게 발견된 적은 없지 않은가!

방대한 양의 목록이었다. '도마-토마'로 라벨 처리된 CD들 이외에, '일기', '하바수네얀Habassuneyan 공주', '압바네스Abbanes', '시편詩篇', '애가哀歌', '예언-묵시' 등의 라벨이 붙은 CD들 또한 다량으로 박스에 담겨 있었다. 그 CD들을 찬찬히 살피다 보니, 문자는 갖은 종류가 있다는 사실을 깨닫게 되었다. 히브리어, 아람어, 헬라어, 산스크리트어, 드라비다어 외에, '전全 해독 불가능', '부분 해독'의 딱지가 다양하게 붙어 있는 CD들이었고, 각각의 원본 사진들을 모니터에 불러다 보면, 주로 양피지거나 점토판에, 아니면 파피루스에 문자가 필기되어 있다는 사실을 알 수 있었다. 그 외에 죽간竹簡에 전서체 한자가 씌어 있거나 목판에 새겨 있는 것들, 간혹 가다 시리아어로 분석 정리 되어 있는 것들은, '대진경교大秦景敎-네스토리안', '카루아 역사-가야' 등의 CD 라벨이 붙어 있어, 먼저 그룹과는 대조적인 차이를 보여 주었다. 따라서 발견된 이 문서들이 과거 한 시기에만 국한된 것이 아니라, 상당한 시간적 편차를 두고 여러 시기를 거쳐 가며 계속적으로 수집-보관되었다는 점을 암시하였다. 막대한 양과 다양한 내용을 암시하는 이 목록들이 모니터 화면에 나타날 때마다, 나는 초기의 흥분이 가라앉으면서, 긴장감과 두려움으로 손바닥에 식은땀이 젖어 옴을 느꼈다. '이 녀석이 겪은 일이 모두 사실이네…….'

내 친구야. 너는 그동안 눈이 부시는 광휘로의 상승과, 심연으로 떨어지는 나락이 교차된, 정신과 육체가 타들어 가는 시간을 견뎌 낸 것이로구나!

친구는 문서들의 사진 영상과 해독 자료들을 대충 훑더니, 몇 가지 주요 문서들을 추려 냈다. 모두가 도마와 그와 직접 관계된 인물들의 저작물들로, 해독 평가 자료에는 '도마 친필', '도마 저작'이나 '하바수네얀 공주 친필', '압바네스 친필', '압바네스 저작' 등으로 1차 검증 완료가 되어 있는 것들이었다.

"중요한 것은 이것들이야. 이것들이 이 모든 일의 시작이었던 것이지." 자신만의 생각에 잠겨 있는 듯한 목소리였다.

"네가 생각하는 게 뭔데?"

"이 문서 내용들을 종합하면, 우리 작업의 '맨 처음'으로 되겠지……. 모든 일에는 '알파'와 '오메가'가 있다는 것인가? 내가 몸소 겪은 이번 일들의 '시작'이, 스스로를 드러내고 있지 않은가……! 시공간을 초월하여 2천 년의 세월로 말이지……. 아마도……, 또 하나의 '시작'이 필요한 것이겠지……. (친구는 혼잣말로 중얼중얼거리는데, 이럴 때 보면, 그의 마음 상태가 정돈되어 있는 구석이라곤 아직 없는 게 아닐까, 그런 생각을 들게 했다. 평화를 느끼기에는 시간이 더욱 필요한 혼돈의 진행형이었다) 이게 바로, 운명이라고 불리는 것인가? 그렇지……. 맞아…! 그렇게 된 거야! 이제 우리의 작업은……, 이 일의 '결말'을 이뤄 내는 역할이 될 거야."

의자에 앉아 있던 나의 친구는, 희끗희끗한 옆머리를 양 손가락으로 헤집으며 고개를 앞으로 숙였다. 그의 얼굴엔 피로함이 물씬 배어 나왔다. 멍하니 앞을 주시하고 있는 친구를 보면서, 나는 그의 말대로, 이 소설의 시작을 도마의 이야기, 2천 년 전에 이 세상에 태어나 길지 않은 생애를 보낸 한 인간과, 그에 얽힌 사람들의 이야기로 해 나갈 것을 마음먹었다.

그렇다! 이런 시작만이, 이 모든 베일들을 벗겨 내고 어두움과 안개를 제한 후, 우리 안의 청명한 광명을 직시할 수 있는 용기를 주는 결말이 되어, 또 하나의 진정한 새 출발로 될 수 있지 않겠는가!

제1부

전주곡
Prelude

1

　그는 움직일 수가 없었다. 두 손은 묶여서 쇠사슬에 고정되어 있었고, 양발과 목도 고리와 사슬로 연결되어 운신이 어려운 상태였다. 삼일 밤낮을 축축한 돌바닥 위에 지내야 했으니, 기력을 상실한 채 자포자기 상태로 되어 버림은 당연한 결과이기도 했다. 한 순간 한 순간, 정신을 놓지 않으려는 마음의 몸부림으로 지탱하며, 아득해지는 과거의 회상 속에서 의식은 가물가물 흘러가고만 있었다.

　"이자의 이름이 무엇이라고 했는가?"

　"도마라고 합니다. 최근의 저자거리에서 온갖 이상한 소리를 지껄여 대며, '바르나^{Varna}에도 들지 못한 천한 것'[5]들과 소, 돼지며 온갖 육

---

5 불가촉천민(Avarna, Achuta)을 말한다. 불가촉천민은, 브라만-힌두 카스트 제도에서 '바르나(Varna는 色, 계급이란 의미이다)에 들지 못한 것'이라는 뜻으로, 아바르나^{Avarna}라고 불린다. 또는 아쮸뜨(Achuta, 손댈 수 없는 것), 빤짜마(Panchama, 제5계급)란 단어로 과거에 표현되기도 하였다. 요즘은 아쮸뜨나 빤짜마는 거의 쓰이지 않고, 하리잔(Harijan, 신의 자녀), 달리뜨(Dalit, 억압받는 자), 지정 카스트(Scheduled Castes)란 용어가 일상화되고 있다. 과거에 이들 불가촉천민은, 카스트에 드는 계급늘 바깥의 존재로서, 인간이 아닌 깃으로 취급을 받았다. 그들과의 어떠한 신체 접촉도 바르나^{Varna}들은 하지 않았으며, 사회 바깥에서 시체를 치운다든가, 인분, 가축의 똥을 치우고, 도살하는 일, 무두질 등을 맡았다.

고기와 빵을 같이 나누어 먹곤 하던 자입니다.”

　“여기 태생이 아닌 것 같은데?”

　“사람들의 말로는, 지난해 향료 선단에 끼어 서역에서 여기로 들어온 외인이라 하더이다. 오자마자 해변에 혼자 움막을 짓고 살며, 저자거리에서 마주치는 사람들에게 ‘천국이 가까웠다. 예수란 신을 믿으면, 온갖 카르마⁶에서 벗어나 당신은 자유롭게 된다.’고 소리치며 다녔습니다. 급기야는, 자기네 신 안에서 모든 인간이 은혜를 입었고, 따라서 신 앞에 설 때 모두가 똑같은 자격을 가졌다는 궤변을 늘어놓으며 추종자를 모으고 있었습니다.”

　“저자를 끌고 가서 왕에게 보여야겠어. 좋지 않은 기분이 들어. 이자가 주장하는 것은 우리 왕국의 질서에 몹시 혼란을 가져오겠어.”

　“예수란 신을 믿으면 카르마의 과보果報에서 놓여난다고 하니, 천한 것들한테는 무척이나 솔깃하게 들리는 모양입니다.”

　도마는 가물거리는 의식 속에서도 감옥 바깥의 수군거리는 소리를 어슴푸레하니 들을 수 있었다. 혼자 씁쓸히 미소지으며, ‘결국, 나는 여기까지 오게 되었구나.’ 하는 생각이 드는 순간, 자신의 평생을 지배하게 될, 그 깊은 눈빛과의 만남을 떠올리게 되었다. 온갖 자책과 의심

---

6 카르마(Karma, Karman) 산스크리트어로서 행위를 의미하며 업業으로 번역된다. 행위는, 이 행위에 대응하는 결과를 산출하는 힘을 가지는 것으로 이해되고 있다. 인도 전통에서의 모든 행위는, 이 생生이 아니면 다음 생에서라도 반드시 열매를 맺는다고 믿어진다. 이것이 소위 인과응보因果應報라는 것으로, 인간이 몸과 입과 뜻으로 짓는 선악의 행위로써 원인 지워진 과보果報를 일컫는다. 여기에는 낙과樂果도, 고과苦果도, 모두 포함된다. 또한, 전생의 행위로 말미암아 현세에 받는 응보應報이기도 하다. 따라서 인간을 윤회의 굴레에 묶는 것은 다름 아닌 카르마Karma, 즉 업이다.

속에 시달리면서 스스로를 학대하던 도마 자신을 온전히 알고 있던 그
사람의 눈빛.

"당신은 누구십니까?"

"내가 누구인지 내가 대답하기 이전에, 그대가 왜 여기에 앉아 있는
지를 내가 먼저 물어보겠습니다. 어찌하여, 이곳에 앉아 그렇게 넋이
나가 있었습니까?"

"나는 지금 랍비가 될 자격도 잃었습니다. 우리 집안은 대대로 랍비
가 내력이랄 수 있는데, 나는 아버지의 기대도 다 저버린 꼴이 되었습
니다. 시나고그[7]에서 가르치는 과목, 뭐 하나 제대로 해낼 수가 없었
습니다. 계속되는 불안, 해내야 한다는 강박감, 이런 것들이 나를 계속
지치게 하고 견딜 수 없게 합니다. 도통 정신을 공부에 집중할 수가 없
습니다. 게다가……."

그는 더 털어놓을 수가 없었다. 자기자신을 괴롭히는 그 이상한 생
각들, 꼬리에 꼬리를 물고 일어나는 어지러운 잡념들, 끊임없는 죄의
식들. 자기자신이란 존재를 인식하기 시작하는 시기, 즉 사춘기에 접
어들 무렵, 지나가던 여인네를 강간하지 않았나 하는 의심에 시달리면
서, 자신의 모든 행동을 믿지 못하게 된 그 이후부터, 꼬리를 물고 일

---

7 시나고그(Synagogue) 그리스어로, '만남의 장소'란 뜻을 가진 히브리어 'Bet Hakeneset'의
  번역어이다. 시나고그의 시초는 BC 586년 예루살렘이 무너지고 유대인들이 포로로 잡혀 간
  이후에 생겨난 것으로 추정된다. 시나고그에서는 예배 의식, 각종 집회, 교육 훈련 등이 이루
  어지며, 유대인의 종교뿐 아니라 행정, 교육, 그리고 사교의 중심지라 할 수 있다.

어나는 갖은 정신의 어지러움들. 외관상, 정신줄을 놓아 버린 미친 놈도 아니었고, 그래서 타인에게 이해받지 못한 채 홀로 마음과 생각이 문둥이 모양 문드러지고 썩어 들어가는 의심병. 부모한테 고통을 하소연해 보아도 되돌아오는 것은 몰이해와 차가운 시선뿐. 도마에게 끊임없는 의무를 부여하고, 언제나 비난과 책망을 던지며, 모든 문제들은 그의 모자람에서 나온다는 논리 정연한 이유를 때마다 발견해 내는 존재들이 바로 그의 부모였다. 세상이 어떤지 인식하는 관념 형성의 잘못 놓여진 출발점인 동시에, 뛰쳐나가질 못하고 두려움과 강박에 휩싸여 결국 제자리 ─ 출발점으로 계속 돌아오게 만드는 종착점을, 도마의 부모는 그의 정신 속에 송곳으로 쑤셔 대듯 깊숙이 심어 놓고야 말았다. 도마는 생각의 시작과 끝을 스스로 정하여도 정하기를 끝낼 수가 없었고, 도통 벗어나질 못하고 기어다니는 버러지인 양, 생각의 쇠사슬 고리 안에서 강박적으로 뱅뱅 돌아야 하는 신세였다.

도마는 사회와도, 주변의 가족과도 담을 쌓고는, 자기자신과의 투쟁 속으로 깊이 침잠되어 있었다. 로마의 지배하에 있던 그의 조국은 젊음의 뜨거운 피를 필요로 하고 있었으나, 이미 지쳐 버린 한 젊은 영혼은, 조국에 헌신하는 또래의 젊은이에게 부러움의 시선만 던질 뿐이었다.

"그대는 자기자신도 의심하고 있군요."

"나는 나를 못 믿겠습니다. 나는 머릿속이 고장나 있습니다. 나는 모든 것들에 자신이 없습니다. 나를 묶고 있는 그 무엇이, 내 눈과 귀와 머릿속에서, 내 팔다리와 몸의 사방에서, 살 속 깊숙이 갈고리로 파고들면서 얽어매고는 끊임없이 잡아당기며 괴롭히고 있습니다. 책을 보아도 글귀의 내용에 집중하지 못하고, 글자의 모양과 순서를 따라가는 내 안구의 움직임을 끊임없이 의식해야 하고, 그런 상태가 너무 괴로워서 의식하지 말아야 한다는 생각에 역으로 쫓기면 결국 거기에 더욱 집착하는 상태에 빠지고, 그 상태가 잘못됐다는 것을 알기에, 벗어나 보려고 방구석에 쭈그리고 앉아, 머리를 벽 구석에 파묻고 경전 글귀들을 읽어 보려 애쓰다가 완전히 지쳐 버렸지요. 결국에는, 해내야 하는 공부를 포기하게 되었습니다. 어떨 때는 주위의 반짝이는 물체에 눈길을 주지 않으려 애쓰다가 신경을 빼앗겨 강박감 속에 괴로워하기도 합니다. 또한 말도 안 되는 생각이 나를 갑자기 붙잡고 늘어지면, 그 생각이 낳을 최악의 결과에 며칠을 공포에 떨기도 하는 것이, 나의 지금까지 삶이었습니다. 아무것도 할 수 없는 지옥 같은 세월들이지요. 내가 하고자 하는 자연스런 의지와는 반대로, '너는 이걸 반드시 해야 돼', '하지만, 너는 지금 할 수가 없어! 그게 너야. 하지 마', '너는 뭘 할 수 있는 자신이라곤 없지', '너는 지금 나쁜 짓을 저질렀다. 또 죄를 지었어. 끊임없이 계속되는군', '넌 어쩔 도리가 없는 한심하고 역겨운 놈이야', 계속 이렇게 지껄여 대는 그 무엇이, 내 양 귓속에 들러붙어 있는 것 같습니다. 그런 편집어린 생각들이 한편으론 틀린 생각이라는 것을 나 자신이 알고 있다는 마음이 들면서도, 그 마음에 대해 또한 나는 자신이 없습니다. 내가 또 무슨 잘못을 하고 있는 것이 아닌가, 그런 불안감이 계속 들지요. 나는 두렵습니다. 무섭습니다. 난 매사에 겁이 닙니다."

"내가 그대에게 자유를 주겠습니다. 지금부터 그대는, 스스로 자신에게도 확신에 차고 주위에도 확신에 찬, 그런 인생을 살게 될 것입니다. 그대는 그대의 진정한 메시아를 보게 될 것이오. 단지 유대인의 메시아가 아닌, 그대 자신의 메시아를 말이오."

"무슨 말씀이십니까?"

"나를 따르시오."

그 대화가 있은 후부터, 도마는 그 예수란 자를 쫓아다니기 시작했다. 예수는 놀라운 기적과 신념으로 가득찬 생활을 그에게 보여 주었다. 자유로우면서도 어디에도 걸리지 않는 듯한 생활을. 따르던 무리들, 어림잡아 남자만 5천 명이니, 남녀노소 다 합하면 1만 5천 명은 족히 넘었을 군중에게, 물고기와 빵을 하늘에서 떨어지듯이 갑자기 만들어 내어 나누어 주지를 않나, 죽은 어린아이를 살려 내지를 않나, 과히 하나님의 아들이란 말을 들을 정도로, '엘 엘로힘 야훼'[8]의 형상을 보여 주곤 하였다. 그리고 유대인의 풍습으로는 도저히 용서받지 못할 금기들이, 이 예수란 자로 인해 산산이 부서져 나가곤 했다. 해서는 안 될 일과 해야 될 일들의 경계선들은 모두 사라져 버리고, 그 행동들의 결과로써, 인간으로서의 사랑과 평등이란 명제 아래 다시 새로운 원칙들이 스스로 자연스레 조합되는 것을 보며, 도마는 언제나 놀라곤 했다. 도마는 예수를 지켜보면서, 자신이 지금까지 해야 된다고, 또는 하지 말아야 한다고 믿어야 했던 그 규칙의 굴레들에서 조금씩 자유로워짐을 느꼈고, 예수는 그 알 수 없는 강렬한 영향력으로 그에게 정신의

---

8 엘 엘로힘 야훼(EL ELOHIM YHWH, YHVH) '전능하신 자. 하나님. 여호와'란 뜻이다.

자유로움을 더해 주곤 하였다.

어느 날, 같이 다니던 추종자들과의 저녁 식사가 끝나고 취침 전 기도 시간을 가질 때에, 예수가 다가와 그에게 물었다.

"내가 누구인 것 같습니까?"

도마는 머뭇거렸다. 마치 틀린 대답을 내놓아 부모에게 야단맞을 것을 두려워하는 아이처럼, 그는 움츠러들고 말았다. 이러는 것도 또한 틀린 태도일 터이니, 그는 자신의 스승을 노엽게 할까 봐 결국 불안정해져 버렸다. 이때, '시므온'이라 불리던 자가 외쳤다.

"당신은 그리스도시요, 살아계신 하나님의 아들이십니다."

그러자, 예수의 얼굴이 환하게 밝아지며 시므온에게 말하였다.

"그대가 바로 증거하였으니, 그대의 그 믿음으로 말미암아, 후세 대대로 그대의 이름을 '게바' 즉 '베드로(반석)'라 전하게 될 것이오."

도마는 대답 못한 것에 대한 수치심과 번민에 빠져, 온 마음이 혼란스럽게 회오리쳤다. 그는 쭈그리고 앉으며 고개를 무릎 사이로 떨구고 말았다. 이때 예수가 도마를 일으켜 세우더니, 자신의 양손을 그의 어깨 위에 올려놓으며 말했다.

"사랑하는 나의 제자 도마여. 수치스러워하지도 말고, 어떠한 의심도 갈등도 다 내려놓으시오. 이제부터 스스로 자신의 모든 면에 대해 편안히 용서하고, 있는 그대로를 받아들일 수 있게 될 것입니다. 이제 내가 그리스도요, 메시아임을 두 귀로 들었으니, 이제 지나간 과거의 그대는 죽고, 내가 메시아란 것을 아는 그대는 새로 태어났습니다. 내가 진실로 진실로 말합니다. 이것이야말로 참으로, 이 세상에서 유일한 사실이요, 진리입니다. 과거의 그대는 육肉으로 살았고 결국 이 세상에 묶여 있었으나, 새로 태어난 그대는 영靈으로 살았고 이 세상에서 자유롭습니다. 이 진실을 믿습니까?"

도마는 예수의 말을 듣고 믿는다고 말하고 싶었으나, '내가 그런다고 뭐가 달라지는 것이 있을까?' 하는 생각에 대답을 계속 머뭇거리고 말았다. 그러자 예수가 그 독특한 눈빛으로 도마의 눈을 들여다보며 미소 지었다.

"그냥 믿는다고 말하세요. 그러면 됩니다. 내가 그대에게 자유를 주겠습니다."

그 말을 듣는 순간, 도마의 어둡고 침잠되어 있었던 마음 한구석에, 조그만 불씨와도 같은 광휘가 번쩍거리더니, 그 광휘는 도마의 온 전체를 부드럽게 감싸 안으면서, 그가 태어나 처음 느끼는 편안함과, 한편으로는 자신이란 존재의 한계에 대한 처연한 서글픔으로, 그가 스스로 무너지지 않고 자기자신을 지탱해 오기 위해 안간힘을 쓰며 사용했던 가혹한 수단들, 바로 긴장감의 고통들을 완화시켜 주기 시작했다.

"나는 당신이 나의 구원자, 하나님의 살아계신 아들, 그리스도이심을 믿습니다."

도마는 쇠사슬에 묶인 채로 질질 끌려서 왕 앞에 나아가게 되었다. 돌바닥에 쇠사슬이 부딪히는 소름끼치는 소리를 귓전으로 들으며, 그는 지금의 이 모습이 자신이 아니기를 간절히 그의 신에게 기도하였다.

"이자가 바로 자네가 말한 혹세무민惑世誣民 한다는 그놈인가?"

　무미건조의 조용한 목소리가 들려 도마가 고개를 드니, 황금빛 터번에 둘러싸인 불그레한 살빛과 뚜렷한 윤곽의 얼굴이 자신을 물끄러미 내려다보고 있는 것이 그의 눈에 들어왔다. 그 황금빛 터번 옆으로는, 검고 커다란 눈을 가진 아름다운 젊은 여자가 또한 고요히 앉아 있었다. 한눈에 보기에도, 이 방의 사람들 중 유일하게 도마의 모습에 동정을 품고 있음을 그녀의 눈빛이 말해 주었다.

　"예. 대왕이시여. 이자가 바로 백성들에게, 예수란 신을 믿으면 죽어서 모두 왕생극락往生極樂 하게 되며, 현세에서도 모든 카르마에서 벗어나, 밥 먹는 거나 잠자는 것이나, 카스트의 규칙[9]에서 자유로울 수

---

9 카스트의 규칙 「하바수네얀 공주의 일기」에서 나오는 산스크리트어 표현에 대한, 한국어 1차 해석은 '**자띠에서 자유롭다.**'로 되어 있다. 그것을 필자가 현대적 표현으로, '**카스트의 규칙에서 자유롭다.**'로 다시 의역한 것이다. '자띠'를 '카스트의 규칙'으로 의역한 이유에 대해 간략히 설명하면 다음과 같다. 인도의 독특한 신분 제도는 바르나Varna와 자띠Jāti로 나누어 구분함이 우선 필요하다.
　'**색色**'을 의미하는 바르나는 보통 '계급'의 성격을 띠고 있는데, 브라민(Brahmin, 사제), 샤뜨리야(Kshatriya, 귀족·무사), 바이샤(Vaisya, 농민·상인들의 서민), 슈드라(Sudra, 노예·수공업자) 네 계급이 여기에 속한다. 네 계급은 피부색을 반영해, 흰색, 적색, 황색, 검정색이 각 계급의 상징색이 된다. 슈드라를 제외한 세 카스트는 입문식Upanayana을 통해 종교적으로 다시 태어날 수 있다는 이유로, 드비자Dvija-재생족再生族이라고도 한다. 일반적으로 재생족인 브라민, 샤뜨리야, 바이샤를 상층 계급으로 분류하는데, 현재 인도에 1억 6천만 명 정도가 있다고 한다. 그리고 바르나 계급에 끼지 못한 아바르나(Avarna, 불가촉천민)가, 사회 바깥에서 최하층의 신분을 형성한다.
　한편, 바르나가 나뉘어져 자띠로 발달했는데, 자띠는 '출산', '가문'이란 뜻이며, 대부분 특정 지역, 특정 언어, 특정 직업과 결합하여 형성된, 보다 작은 소집단을 의미하게 된다. 여기에서 바르나는 각 직업별로 세분화되고, 많은 계층으로 다시 갈라지며, 구체적인 신분 제도로 더욱 굳어지게 된다. 자띠는 바르나 사회가 복잡다원화하면서 재분화한 것이다. 자띠에는 다양하고도 엄격한 공동체 규율이 적용된다. 대표적인 것이, 같은 지띠에 속하지 않는 사람과는 혼인이나 식사를 같이 하지 않는, '내혼內婚-공찬供饌' 규율이다. 인도인들의 생활을 실제로 지배하는 카스트가 이 자띠이다. 현재, 자띠의 수는 약 3천 가지 정도 되는 것으로 알려져 있다.

있다고 저자거리에서 외치던 자이옵니다."

"하하하하. 그러한가? 거 재미있는 말을 하는 놈이군그래. 어쨌거나 자네가 그리 근심할 정도로 대단해 보이지는 않네그려."

대왕이라 불린 자는 느긋하게 의자 뒤로 몸을 누이면서, 턱에 손을 받치고는 별 흥미없다는 느낌을 얼굴 한가득 나타내었다.

"아바마마, 소녀가 보기에는 저자는 미천한 자들과는 다른 기운을 가지고 있음이, 천성이 속되며 음험한 의도를 숨긴 사람으로 보이지는

바르나와 자띠는 공통적인 성격이 있다. 그 예로서, 자기 집단 내에서만 이루어지는 혼인과 세습되는 직업과의 결합에 의해, 각 집단 상호 간, 상하의 질서가 확립된 위계 구분을 이룬다는 공통의 개념을 들 수 있다. 또한 각 자띠는, 불가촉천민-아바르나의 자띠를 제외하고, 네 바르나 중 하나에 속해 있게 된다. 이런 광범위한 교집합적 이유로, 일반적으로 바르나와 자띠를 구분하지 않고, 두 가지 모두를 카스트Caste라고 영국인들은 혼용하여 사용하였다. 카스트라는 말은, 16세기경 인도를 찾은 포르투갈인들이 인도의 신분 제도를 보고, '가계', '혈통'을 뜻하는 '까스따Casta'라고 부른 것에서 비롯되었다고 한다.

어쨌든, '카스트 제도'라고 할 경우, 바르나라고 하는 큰 틀과, 그 틀 내에 존재하는 다수의 자띠 집단을 포괄하는 제도 전체를 의미한다고 보아야 하며, 본문의 '카스트의 규칙'이란 표현은, 현실의 사회체제 내에서 각개 소집단의 일상생활 규율을 규정하는 자띠 체계를 말하는 것이다.

이러한 '카스트의 규칙'-자띠 체계는 기원전 6~7세기에 이미 성립된다고 알려져 있고, 기원전 2백년 경부터 편찬되는 마누Manu 법전을 보면, 관습법으로서의 자띠 체계를 확인할 수 있다.

지금의 인도는, 이런 카스트 제도가 한편으론 유지되면서, 여러 원인으로 상층 계급들 중에서 빈곤층으로 전락하거나, 하층 계급 출신의 공무원, 전문직 집단이 나오거나 하는 등등의, 상당한 계급적 혼란 양상을 보이고 있다고 할 수 있다. 가령, 브라민 계급 같은 경우는 빠르게 몰락하고 있음이 인도의 현실이다. 낮은 계급들에 대한 인도 정부의 차별 철폐 정책은 분명히 존재하며, 이에 따라 새롭게 부상하는 계급도 있고, 과거에는 있을 수가 없던 일로 여겨지던, 상-하 계급 간의 새로운 심리적 협력 관계가 구축되기도 한다. 그러나, 카스트 제도의 근간을 흔드는 가장 큰 원인은 경제 발전이다. 경제 발전으로 인한 도시 중산층의 부상은, 카스트 제도에 대한 근본적인 의문 내지 의혹이, 인도 내에서 전파되는 일과 그 궤적을 같이 하고 있다. 인도의 오늘은, 경제적 지위, 성, 종교 등의 요소가 복잡하게 얽히면서 급속히 변화하고 있고, 카스트가 결국은 사라질 것이라는 예측과, 새로운 카스트가 생겨날 뿐이라는 예측이 공존하고 있는 상황이다.

않사옵니다. 선처를 하시어, 이자가 무슨 말을 하는지 들어보심도 가한 줄로 아뢰옵니다."

"공주야, 너는 아랫것들에게 쓸데없는 동정이 너무 많아서 탈이란다. 허구한 날 방안에 틀어박혀서 경전만 보더니만, 이제는 고아들을 2백 명이나 거둬서 왕궁에서 자고 먹게 하지를 않나, 선한 행위도 좋으나, 너도 이제 제왕의 길이 어떠한 것인지를 생각할 나이가 되었다고 본다. 내가 네 마음을 모르는 것은 아니나, 돌아가신 네 어머니 생각도 이제 그만하고, 왕국의 통치를 물려받을 때를 대비해야 하지 않겠느냐."

노년에 들어가기 직전, 아직 한창 때의 힘을 발산하고 있는 왕이, 공주라 불린 여자를 노려보며 목소리에 힘을 주었다. 그러자, 공주의 얼굴엔 슬픔이 가득 차기 시작했다. 도마는 공주를 바라보며, 이 부녀 사이에 어떤 사연이 있는지가 궁금해졌다.

"어쨌거나, 공주의 의견도 있고 하니 당장 참하지는 말고, 일단 옥에 가두어 놓도록 하라."

"폐하, 이놈의 이야기를 직접 들어보신다면 폐하께서도 분노하실 일밖에 없사오니, 그저 하루 빨리 처리하심이 가한 줄로 아뢰오."

왕의 얼굴이 잠시 찌푸린 인상이 되었다가 금방 원래의 표정으로 돌아왔다.

"허허, 자네는 나에게 지금 요구하듯이 말하는군. 하지만 저자가 하루라도 빨리 죽기를 자네가 바란다는 게, 나에게는 오히려 흥밋거리인걸. 좀 두고보세나."

도마는 다시 옥으로 질질 끌려오게 되었다. 그날 밤 무슨 일인시 간수가 들어와서는, 몸에 묶인 사슬들을 풀어 주더니 먹을 것과 마실 물을 내밀었다. 굶주렸던 도마가 음식물을 정신없이 들이켜고 있는데, 얼굴을 비단으로 가린 여자가 감옥 안으로 조용히 들어왔다. 그녀는 당황해서 머뭇거리고 있는 도마 앞에 자신의 얼굴을 드러내었다.

"기운을 좀 차렸습니까? 우리나라 사람이 아닌 것 같은데 어디서 오시었는지요?" 여자가 말을 하였다.

도마는 누군지 알면서도 불안감에 우선 물었다.

"공주님이시지요?" 여자는 도마의 말에 확인이라도 해주듯 고개를 가벼이 끄덕였다. 도마는 그 태도에 안도감을 느끼며 여자의 질문에 답을 하였다.

"이 나라의 서쪽으로 배를 타고 바다를 통과해 80일 정도 지나면 큰 사막에 닿게 됩니다. 저는 그 사막을 30일 동안 가로질러 가면 나오는 유다 왕국에서 왔습니다."

"먼 데서 오시었네요. 이렇게 먼 곳까지 와서 옥에 갇히게 되었으니 그 사연이 기구할 터, 대화를 하고 싶어 찾아왔습니다."

도마는 공주의 얼굴을 쳐다보며, '참으로 아름다운 여인이구나!' 하는 느낌에 촛농처럼 지쳐 버린 피곤함마저 잠시 잊을 수 있었다. 공주의 깊고 따스한 눈을 들여다보고 있자니, 자신의 고향, 석양에 비추인 갈릴리 호수의 황금색과 비취색의 넘실거림이 갑자기 생각났다.

"아까 듣자니, 사람들에게 카스트의 규칙에서 자유로울 수 있고, 누구나 극락왕생 할 수 있다고 외치셨다는데, 그것이 무슨 말인지요? 무엇을 경험하고 보았으며, 어떤 믿음으로 그런 말을 대중에게 전할 수 있는지, 나에게도 말해 주었으면 합니다."

"내가 10여 년 전에 만난 사람이 있습니다. 그는 자신이 신의 아들이자 곧 구세주임을 사람들에게 설파하곤 했지요. 그러다가 그도 저처럼 혹세무민한다는 죄로 감옥에 갇히고는 십자가에 못 박혀 죽었지요."

"십자가에요? 거기에 산 사람을 매달고 못을 박았단 말입니까?"

"예. 매달렸지요. 참혹한 죽음이었습니다. 우리나라는 실질적으로 로마라는 크고 강대한 제국의 지배하에 있는데, 십자가형은 로마에서도 가장 참혹한 형벌입니다. 로마 시민이 아닌 식민지 반란 주동자나 노예에게 행해지는 형벌이지요. 그 사람은 그렇게 죽었습니다."

"그자는 결국 그 로마에 거역해서 죽은 것이군요?"

"뭐어, 그렇다면 그렇다고 생각할 수도 있겠고……, 어찌했던, 사정이 복잡했고 로마에 대해서나 유다 왕국 내의 세력가인 제사장들에게나 골치 아픈 것은 매일반이었습니다."

"그 참혹한 죽음을 한 그자가, 도대체 당신하고는 무슨 관계였길래, 여기까지 온 이유가 되지요?"

"그는 나의 스승이자, 지도자이고, 고통받던 나의 영혼에 해결을 던져 준 자였습니다. 그리고 결국은 나의 신, 즉 하나님이 되었지요."

공주의 얼굴에 의혹이 아른거리기 시작했다. '이자는 광인이 아닐까? 가끔 가다 히말라야 산중에서 내려왔다는 수행자들의 말을 들어보면, 오랜 수행으로 조금씩 머리가 이상해져 있는 것이 느껴지는데……, 이자도 그런 것이 아닐까? 싯달타도 자신이 신이라고 외친 법은 없다. 그런데, 이자의 스승이었다는 이는 이자에게 결국 신이 되었으니, 내가 지금 머리가 돌아 버린 광인을 대하고 있는 것이 아닐까?'

"어떻게 모시던 스승을 신으로 믿게 되었습니까?" 질문하는 공주의 커다란 검은 눈이 도마의 얼굴을 응시하고 있었다.

도마는 순간, 이 공주의 태도가 자신에 대해 불신을 나타내고 있음을 알아챘다. '하긴, 나 자신도 마지막 순간까지 의혹이란 강박감 아래서 그를 쳐다보곤 했으니, 내가 말하는 것이 황당하게 들릴 만도 하지.'

"그는 죽은 다음, 3일 만에 다시 살아났습니다. 그리고는 나에게 나타나, 창에 찔려 깊게 패인 자신의 옆구리에 내 손을 넣게 하고는, 자신이 죽음을 이겨냈음을 나에게 보여 주었지요."

예수는 십자가에 매달려 고통에 비명을 질렀다. 자신의 아버지인 '야훼'에게 어찌하여 나를 버리셨냐고 절규를 하기도 하였다. 온몸은 날카로운 납편과 유리 조각이 달린 채찍으로 난자질이 되어, 피부라고는 거의 찾아볼 수가 없을 정도로 피범벅이 되어 있는 상태에서[10], 사지에 대못이 박힌 채로 허공에 매달려 있으니, 차마 눈 뜨고 볼 수가 없을 정도의 처참한 광경이었다. 도마는 십자가 바로 밑에까지 가질 못하고, 멀리서 그 광경을 바라만 볼 뿐이었다. 그는 두려웠다. 자기를 지켜주는 신념의 근원이 너무나 비참하게 죽어 가는 모습을 보면서, 혼란에 휩싸여 있었다. 그는 예수의 죽음이 자기자신에게는 정신의 붕

---

10 채찍질을 심하게 당한 죄인은 상처들로 인한 고통과 몸의 충격을 이기지 못하고, 대부분 그 상황에서 죽어 갔다.

괴로 이어지고, 스스로의 생각을 믿지 못하는 편집과 강박의 신경증이 다시 되살아날 것이란 걱정에, 예수를 슬퍼하기에 앞서 자신의 문제에 다시 집착하기 시작했다. 그러면서도 이런 생각이 예수에 대한 미안함과 죄의식으로 동시에 되돌아오고 있음을 느끼면서, 그는 이 자리를 외면하고만 싶어졌다. 옆에 있던 제자 중 한 명에게, 자신은 돌아가겠다고 말했다.

"선생께서 돌아가실 때까지 자리를 지킨다는 것이 너무 괴롭군. 나는 그냥 가려 하네."

'왜 먼저 가느냐?'는 뜻의 힐난이 담긴 눈초리를 뒤로 하고, 도마는 골고다 언덕을 떠났다. 언덕을 내려오면서, 마음이 완전히 밑바닥까지 주저앉아 가는 것을 느끼며, 그는 비틀거리며 걸었다. 심장의 가장 깊은 곳에서부터 슬픔이 치솟기 시작했다. 자신을 더 이상 지탱해 낼 여력이 없다는 생각에, 두려움과 공포가 밀려 들어왔다. 그는 이 순간에도, 자기 내부의 마음과 생각의 상태에만 매달리고 있었다.

"갑자기 어두워지네. 태양도 보이지를 않고 이게 무슨 일이야."

지나가던 행인들이 의아해하는 소리가 도마의 귓전에 들려 왔다. 정신이 들어 하늘을 보니, 빛을 잃은 태양이 꺼져 가는 불씨처럼 하늘에 붉은색의 잔영만을 남기고 있고, 온 천지가 흑막에 휘감기듯 캄캄해져 가는 중이었다. 어디에선가, 미친 듯한 바람이 서 있기조차 힘들 정도로 불기 시작했다. 세상도 도마의 마음처럼 혼란과 불안에 떨며, 그 고통의 해소처를 찾아 헤매이는 것처럼 느껴졌다. 뇌성이 들리며 번개가 지상을 채찍질하듯 연신 때리기를 반복했다. 굵은 빗줄기가 얼굴에 느껴져 고개를 드니, 예루살렘 중심에 한없이 높게 솟아 있는 성전산聖殿山이 순간 번개에 맞아 그 육중한 모습을 드러내며, 성소를 가린 장막이 두 조각이 나면서 갈라지는 광경이 도마의 눈에 들어왔다.

"내 눈으로 똑똑히 보았네. 선생님이 다시 살아나셨다니까."

제자들이 도마에게 모여들어 외쳤다. 도마는 예수가 다시 살아났다는 소식에 의식의 분열을 느꼈다. '예수가 다시 살아났음을 믿어야 한다.'는 강박어린 고통스런 마음이 한편으로, '완전무결한 확증을 얻어야지만 너는 고통 없이 믿을 수가 있을 것.'이라는, 또는 '그 확증을 얻어 예수의 건재를 확신해야지만, 너 자신은 확신 속에서 미래를 안심하며 다시 살아갈 수 있을 것.'이란 생각의 편집이 또 다른 한편으로, 이 두 가지가 그의 정신 속에서 맞부딪치는 충돌을 일으켰다. 어찌했든, 그는 예수의 부활을 믿어야 했고 그 당위성에 매달려 있었다. 자신의 마음 깊은 곳에서는 '부활'을 알고 있음을 도마는 느끼고 있었으나, 대못이 박혀 있듯이 생각의 옹이들이 만들어 낸 연신 쑤셔 대는 정신의 고통을 면하기 위해서라도, 도무지 갈피 잡을 수 없는 의식의 분열을 막을 강박적 확증 작업이 필요한 상황이었다. 바로, 어떻게라도 해내야 하는 '확신하기'에 도마는 매달렸다. 그는 자기자신을 지켜내기 위해 주위에 외쳐 댔다.

"나는 그 손의 못 자국을 내 눈으로 보며, 내 손을 그 옆구리에 넣으며, 내 손가락을 그 못 자국들과 창 자국에 넣어 보지 않고는 믿지 않겠어. 아니 확신하기 위해서라도 나는 그 정도까지는 해야 하네."

제자들은 그에 대해 의심이 많은 자라고 단순히 여겼지만, 도마는 알고 있었다. '내가 정답을 알고 있어도 그 정답이 맞음을 직접 눈과 손으로 확인하기 전에는, 나 자신이 아는 정답도 나에게는 또한 강박적인 의심의 대상이 된다는 것을……' 도마는 강박과 편집이란 정신의 고통이 마음의 수면 위로 되살아남을 느끼며, 자신의 해결되지 않을 서글픈 미래를 생각하지 않을 수가 없었다.

주위 사람들이 술렁거리는 소리에 깊이 잠들지 못한 도마는, 감았던 눈을 다시 뜨고는, 멀거니 짚으로 엮여 있는 허술한 천장을 바라보았다. 제자들하고 이곳에 몸을 피신한 지도 여드레째. 그는 계속되는 마음의 분열과 번민으로 축 늘어져, 자기자신을 팽개쳐 놓은 상태로 밖에도 전혀 나가질 못하고 있었다. 다른 제자들은 대낮에 햇빛 속을 걸어 다니며 다시 살아난 예수에 대한 이야기를 나누고, 서로 희망을 북돋우는 계기를 만들려 애쓰기도 하며, 아니면, 장차 이 나라의 해방자이자 영웅 될 것이 틀림없는 부활 예수의 밑에서, '어떻게 하면 한자리를 차지할 수 있을까?'라는 개인적인 궁리로 시간을 보내곤 하였다.
그러나 도마는, 어두운 굴 속에 웅크리고 있는 두더지와도 같이, 햇빛을 멀리하고만 있는 상태였다. 구체적으로 표현하면, 저 태양 빛이, 비록 나 자신은 어두운 데 있더라도, 나에게로 다가와, 나를 따뜻하게, 그리고 아늑하게 어루만져 주기를 바라는, 어린아이와도 같은 바람이 그를 지배하였다. 그러나 저 태양이 한 존재를 찾아서 헤매이지는 않는다는 이 세상의 원리는, 계속 어둠에서 벗어나지 못하고 있는 도마를, 한 조각의 빛도 머무르지 않는 상태로 내버려 두고만 있었다. 그는 무기력하였다. 그는 세계도 자신도 완전하기를 바랐으나, 목표하는 완전함은 너무나 그를 지치게 하고 있었고, 예수가 자신이 바라는 완전한 그 모든 것이 되어 주기를 바랐으나, 예수는 소문으로만 들리는 다시 살아난 사람일 뿐이었다.

　"선생님이다. 선생님이 오셨다."

베드로가 외치는 소리가 들렸다. 도마는 자리에서 상체를 일으키고 제자들이 모여드는 곳을 쳐다보았다. 제자들 한가운데에 예수가 서 있었다. 매질과 처형당하기 이전의 모습 그대로였다. 예수의 그 독특한 눈빛이 서글픔과 안쓰러움을 담고는, 자신에게 말없이 향하고 있음이 도마에게 느껴졌다.

　"평안합니까?"

죽음을 이겨낸 존재가 도마에게 다가와 이야기를 건넸다.

　"자, 이리 와서 그대의 손가락을 여기 넣어 보고, 또 그대의 손을 내 옆구리에 넣어 보라. 그리하여 이제부터는 믿음 없는 자가 되지 말고 확신에 거하는 자가 되라."

도마는 대못 상처로 움푹 패인 예수의 두 손을 보았다. 그리고 옆구리의 창 자국에 손을 넣어 보았다. 옆구리에 손을 넣을 때, 그의 내부에서 무엇인가가 터져 나오기 시작했다. 그를 둘러싼 세상은 언제나 그를 두렵게 했으나, 이제 세상은 그에게서 사라지더니, 세상의 묶임에서 놓여나 쉴 수 있다는 생각이 그를 편안하게 만들어 주었다. 그러

자, 세계가 그를 위하여 스스로가 변화하며, 저 태양 빛이 그 자체가
움직여 그에게로 다가오기 시작했다는 확신이 도마 내부에서 터져 나
왔다. 세계는 예수를 통하여 도마에게 완전하게 되었다. 도마는 예수
로 인하여, 세계에 대해 자기자신만의 완전함을 내보이며 맞서지 않아
도 되었다. 세계는 온몸에 세상의 상처를 입고는, 도마 앞에 그 치부를
드러내 보여 주었다. 그러자 세계는, 갑자기 상처투성이로 살아온 도
마 자신이 되어, 도마 앞에서 마치 거울처럼, 도마라는 존재 자체를 극
명하게 보여 주었다. 도마의 상처는 바로 예수의 상처였고, 예수의 완
전은 바로 도마의 휴식이 되는 통로였다. 더 이상 세계와 나라는 가혹
한 구분법이, 아니면 획일화된 하나로서의 일치감이, 예수라는 존재
안에서는 별 의미가 없다는 것을 도마는 깨닫게 되었다. 도마는 이 세
계 안에 휩싸여, 어린아이처럼 자신의 상처와 치부를 드러내고는 쉬기
시작하였다.

　"그대는 나를 직접 본 것으로 확신 속에 믿게 되었으나, 보지 않고도
믿을 수 있는 자들이 복된 것이다." 예수가 말했다.

　도마는 예수의 말을 듣고는, '내가 얼마나 힘든 상황 속에 놓여져 있
었나.' 하는 생각이 들었다. 그러자, 예수가 직접 앞에 나타나 정신의
이 모든 편집과 강박을 해결하여 주었다는 깨달음에, 고마움이 물밀듯
이 차올라 왔다. 동시에, 불현듯 마음속에 떠오른 또 다른 생각은, 자
기가 가진 믿음이란 것이 지금까지 매사에 언제나 가능성을 타진하면
서, 될 법하다 싶은 계산 범위 내에 들어가야지만 불안해하지 않고 안
심해 왔다는 점이었다. 그것을 깨닫는 순간, 도마에겐 자신의 믿음은

믿음이라고 부르기에도 민망한, 보잘것없는 것이었다는 판단 또한 들게 되었다. '이제부터는, 셈하기조차 두려운 막막한 상황에 맞닥뜨려도, 내 믿음이 유지될 수 있으려나? 이 사람의 아들은 나에게 그런 믿음을 요구하고 있구나!'

예수는 도마의 눈을 고요하게 바라보면서 말을 이어갔다.

"이 세상이 바로 그대와도 같이 상처투성이이므로, 세상이 바로 그대이고, 그대가 바로 이 세상이다. 나는 스스로 세상이 되어 상처받고 죽었으나, 부활하여 세상을 이기었으니, 이제 내가 그대의 세계이다. 바로 아버지 하나님의 품안에 그대가 있게 됨이라. 그대는 자신만을 바라보며 지금까지 살아왔으나, 이제 시선을 돌려 세상을 바라보라. 이 세상이 바로 그대임을 알 수 있을 것이다. 그대의 새로운 세계는 더 이상 그대에게 가혹하지 않으며 또한 강제하지 않을지니, 이 세상에 매여 스스로를 가둔 세상의 완전함으로, 그대는 그대를 품에 안은 아버지께 맞설 필요가 없어졌다. 이제 나를 통하여 새롭게 태어난 그대는, 세상의 법칙에 묶임을 당하지 않고, 세상을 변화시킬 힘을 가지게 되었음을 알아 갈 것이다."

"놀라운 이야기이군요. 그 예수란 자가 다시 살아나고, 당신은 마음의 해방을 가지게 되었다……."

"나는 그때 스승의 말을 듣고 깨달았지요. 나 자신 내면의 상황과 같은 꼴을 하고 있는 것이 바로 이 세상임을 말입니다. 얼마나 세상의 통념들이 허구에 차 있고, 다들 그 허구에 지배되면서 각각의 인생을 살아가는지를 말입니다. 주위를 살피며 시선을 던지니, 바로 스승의 말 그대로, 나 자신과 동일하게 이 세상은 자기모순과 분열된 이념, 기만으로 가득 차 있더군요. 나는 그것을 예민하게 느낀 사람이긴 하지만, 인생 스스로가 알고 있건 모르고 있건 간에, 각자에게 강제된 공포와 이를 이용하여 지배하고자 하는 인간의 탐욕이 이 세상을 가득 채우고 있었습니다. 진리는 사랑과 나눔일진대, 인간의 이기심이 이 진리를 배반하고 있지요."

"그래서, 이 세상을 바꾸고자 할 마음이 있고, 또한 할 자신도 있는 겁니까?"

"그 자신감도 서서히 나에게서 솟아나더군요. 나에게 예수란, 모든 가능성과 힘의 근원입니다."

"좀 막연하게 들리는군요."

"그는 마지막까지 나를 철저히 용납하고 받아 주었고, 그러자 나 자신에게 많은 변화가 생기더군요. 나에게 너그러워지고 스스로 편히 대할 줄 알게 되더이다. 그게 말은 쉬우나, 평생 해본 적 없는 저 같은 인간에게는, 개념으로만 존재하지 실체로 와 닿지가 않던 거였지요. 나에게 있어, 그는 나 자신이기도 하고, 하나님이자 이 세상의 고통이기도 합니다. 그는 완전한 동시에, 나랑 똑같이 상처투성이지요. 그러니 나를 받아 준 그에게, 내가 다시 비난받을 것을 두려워하고 나의 완전함을 그에게 들이대며 안심해야 될 필요가 없어지더군요. 그게 내 마음속에서 이루어지니까, 남을 보아도 관대하게 되고, 비판하지 않고, 같이 불쌍하고, 그래서 좀 웃는 낯으로 대하게 되고, 도와줘야겠다는 생각을 하게 되고, 그러다 보니 많은 사람들을 행복하게 해주고 싶다는 생각이 들고……, 우선 내면이 바뀌더군요. 확신이 오더군요. 예수의 삶이 십자가에 못 박혀 죽으심으로, 신은 우리의 모든 죄를 용서하고 우리 그 자체를 받아들였으며, 그가 다시 살아남으로, 우리가 죽은 후에도 우리 존재가 영원불멸할 것이며, 변치 않고 사랑한다는 것과 인간이 인생으로 안전하다는 믿음을 증명하니, 살아 있을 동안 세상에 너무 집착하지 말고 서로 형제라는 마음을 가지고 살면, 이 세상이 조금씩이라도 나아져 갈 것이 분명하다는 확신이지요."

"사람은 서로 형제라 하셨는데, 신 앞에서 모두가 똑같은 무게의 가치를 가집니까?"

"하나님은 유일한 신이며 인간을 창조하셨고, 그 자신인 독생자獨生子 예수는 십자가에 못 박히심으로, 인간에 대한 아버지 하나님의 말할 수 없는 사랑을 끝까지 보여 주었고, 그가 다시 사심으로, 인간 존재에 대한 영원한 안전을 보장하셨습니다. 그러니 인간 모두가 어찌 하나님 앞에서 귀히 여김을 받지 않을 수 있겠습니까? 가치의 경중輕重 이전에, 하나님은 모든 사람을 차별치 않고 사랑하십니다."

공주는 도마가 갑자기 흥미진진해지기 시작했다. '맞아 죽기 딱 알맞은 말만 하고 있네. 자꾸 아들 신 얘기가 나오면서도 유일하다고 하는 애매한 신이 있는데, 모든 인간을 공평히 대하고, 삶과 죽음으로 인간 자신의 과보果報를 소멸해야 하는 원칙도 없이 무조건 사랑하기만 한다고……? 그런 신이 있다면 참 좋겠지만, 무슨 신이 이렇게 말랑말랑하기만 하지?'

기묘하게 여기는 눈빛으로 자신을 바라보고 있는 공주를 마주하면서, 도마는 상체를 앞으로 세우며 공주의 시선을 정면으로 맞받아쳤다.

"사람이란, 자기자신이 철저히 용납된다는 믿음 안에서 살아갈 때에, 스스로도 자신의 모든 면모를 용서할 수가 있고, 따라서 참된 마음의 해방이 오며, 그 해방 안에서 남도 해방시킬 수가 있습니다. 공주님의 신민臣民들도 해방받아야 마땅한 존재들 아닙니까?"

공주는 자리에서 일어나 비단 베일을 다시 얼굴에 감기 시작했다.

"식사가 모자라지는 않나요? 간수에게 이야기해 놓았으니, 편안한 잠자리가 제공될 거예요. 편히 쉬도록 하세요. 당신은 내가 보기엔 위험한 말만 하는군요. 아바마마, 즉 국왕 앞에서는 표현을 삼가는 것이 좋겠습니다. 특히 신민들의 해방이라든지, 유일신이라든지 하는 말들은, 능지처참이라도 당할 표현임을 명심하세요. 이 세상에서 해방이라는 것은 없습니다. 우리들은 다 각자의 업보 속에서 살아갈 뿐이에요. 저 자신도 그렇구요."

공주는 베일 속에 잠긴 눈으로 도마를 바라보았다. 도마는 그녀의 시선을 느끼면서, 그 시선이 가지는 의미를 헤아려 보려 애쓰고 있었다. '혼란인가? 분노인가? 복잡한 눈빛이군. 슬픔도 있는 것 같고. 나한테 온 이유가 뭘까? 일국의 공주가, 죄수에게 와서 감옥 안의 악취를 참아 가며 장시간 말을 나눈 것을 보면, 내 이야기에 흥미가 있음이 분명한데……, 갑자기 나가려 하는 것은 내 태도가 신경에 거슬려서인가? 나는 몹시 피로한 상태에서 쉬어 싼 서야……. 이제는 징말로 쉬고 싶다.'

나가는 공주의 뒷모습을 바라보면서, 도마는 자신의 한 가닥 희망이 감옥 안에서 사라지고 있다는 느낌을 받았다. 그는 모든 것을 자신의 신에게 맡기려 애쓰며, 치밀어 오르는 불안을 내리눌렀다.

"당신의 믿음대로라면, 당신의 신이 이 상황도 바꾸어 놓겠지요. 비웃는 것이 아니라, 사실 나도 당신이 자유롭게 되기를 바랍니다. 편히 주무세요. 그럼 이만." 공주는 갑자기 뒤돌아보며 도마에게 말을 걸었다.

공주의 시선을 살피는 순간 연민의 정이 자신에게 다가옴을 느끼며, 도마는 마음의 탄력이 다시금 회복되었다.

"공주님과의 대화가 무척 힘을 나게 해준 것에 대해, 저도 하나님께 감사드리고 있습니다. 또 뵙게 되길 기도하겠습니다."

감옥 문이 열리고 닫혔다. 철창 너머로 사이사이 보이는 공주의 뒷모습을 도마의 눈은 연신 쫓고 있었다. 기품 있고 정숙한 여인의 모습이 그의 뇌리에 새겨지며, 아직 감옥에서 죽기에는 자신의 인생이 너무나 젊다는 생각에, 도마는 가슴팍을 한 손으로 부여잡고 두 눈에서 흘러내리는 눈물을 굳이 거두려 하지 않았다.

"아바마마, 소녀이옵니다. 취침 전이시온지요?"

"들어오너라."

말린 대마 꽃봉오리를 태우는 화로들이 잔뜩 늘어놓여 있는 국왕의 침실은 앞이 안 보일 정도로 매캐한 연기가 자욱했다. 이윽고, 연기에 취한 상태로 석상처럼 물끄러미 앞만 쳐다보고 침상에 앉아 있는 국왕의 모습이 침실에 들어서는 공주의 눈에 드러나기 시작했다.

"아버님, 연기가 너무 짙사옵니다. 제가 휘장을 올려 환기하도록 허락하소서."

공주는 눅눅하게 겹겹이 늘어져 있는 휘장들을 천장에서부터 길게 내려온 줄들로 잡아당겨 걷어 올렸다. 그 모습을 쳐다보던 왕은 침상에 옆으로 길게 드러누우며 오른손으로 머리를 괴더니, 눈을 내리깔면서 "후우우!" 하고 한숨을 내쉬었다.

"야심한 시각에 나에게 온 것은 무슨 연유이냐. 무슨 청원을 할 것이라도 있느냐? 네가 한 시진 전에 감옥에 갔다 온 것을 안다. 그자와는 무슨 대화를 나누었느냐?"

"그 도마란 자는 유일신을 믿고 있는 자입니다. 그리고 그자의 신이 예수란 인간이 되어 이 세상에 현현顯現했는데, 그의 나라에서는 그 예수를 나무에다 못 박고 매달아 죽였습니다. 그런데 그 예수란 자가 다시 살아나 '나는 세상을 이겼노라.' 하고 외치고는, '내 안에서, 모든 믿는 자들은 신 앞에 사랑받는 존재가 되며, 죽더라도 나처럼 죽음에서 자유로워질 것이다.'라고 선포했답니다."

왕의 표정에서 공주가 말하는 대목에 흥미를 느끼는 순간이 나타났다가 곧바로 사라져 버렸다.

"그래, 그자도 이 세상에 신은 하나밖에 없다고 말하는 자인가? 나도 종종 서쪽에서 오는 자들 중에 유일신을 믿는 자들이 있음을 안단다. 그러나 그자들의 말을 듣다 보면, 자신들 이외의 다른 민족에게는 가차 없는 형벌을 자기네 신이 내려 주리라 뇌까리고 있다는 느낌이었다. 그들이 말하는 것보다는 우리의 신들이 자비롭고 인간의 마음을 헤아린다는 생각이 들더구나."

"저도 그 유다 왕국의 종교가 어떠한지는 아바마마의 말씀을 듣고 보니 대충 짐작하겠사오나, 그 도마란 자의 신은 최근에 등장한 신으로서, 자신의 민족으로부터도 배척받고 죽었으니, 종류가 다른 신이란 생각이 듭니다."

"그러하냐? 그래, 너는 그 도마의 말에 솔깃한 것들이 있더냐?"

"예. 아바마마. 제가 들은 바로 가장 중요한 점은, 그의 신은 대단히 인간에게 헌신적이란 것입니다. 우리 인간의 업보들이 우리에게 헤어날 길 없는 구속이 되지 않게, 그 신은 자신과 동격인 신의 아들로서 이 세상에 스스로 태어난 후, 모든 것을 경험하고 죽었답니다. 그리고 다시 살아났다고 하지요. 그걸 우리가 알고 믿는 순간, 그 신은 우리에게 안전한 보호를 보장하였다고 합니다. 게다가 그 도마란 자는, 그런 신과, 그 신의 아들 안에서, 신의 사랑을 받는 똑같은 존재들이 우리 인간 모두라는 말을 끊임없이 해대곤 하였습니다."

"사람이 다 똑같다고? 묘한 소리를 하는 놈이구먼."

"아바마마. 저도 그 도마의 말에 다 동의하는 것은 아니지만, 그의 태도에는 자신의 신에 대한 말할 수 없는 고마움과 감격이 잘 나타나 있었습니다. 신의 아들, 바로 예수란 신이 죽었다가 다시 살아난 일도 사실인 것 같습니다. 저는 그가 말하는 모든 것들이 마음속의 깊은 확신과 감동 속에서 나옴을 볼 수가 있었습니다. 그와 대화하다 보니, 저는 아버님이 생각나면서, 그의 말을 한번 들으셨으면 하는 생각이 들더이다.”

“왜, 내가 그자의 말을 들어야 한다고 생각하느냐?”

왕의 얼굴이 일그러지면서 공주의 시선을 살피듯이 쳐다보았다.

“아바마마. 저의 모친이 돌아가시던 그때, 제가 일곱 살이던 그때 이후론, 아버님의 얼굴은 언제나 우울하기만 하셨지요. 저는 어둡게 침잠한 용안을 뵈올 때마다, 돌아가신 어마마마의 얼굴이 겹쳐지곤 합니다. 저는 지금도 어머님의 모습을 선명히 기억해 낼 수가 있사옵니다. 더구나 그날 아침의 어마마마의 모습은 지금도 악몽이 되어 저를 괴롭히지요. 아버님의 마음도 어마마마의 죽음으로 깊은 우울과 시름의 늪에서 헤어 나오지 못하고 있음을 아옵니다.”

“그만 말하라.”

“왜 그만 말해야 되지요? 아바마마께서 왕이 되신 연유나, 형수였던 어마마마의 일이나, 형님이셨던 선왕과 그분의 왕자들, 바로 아버님의 조카들 일을 제가 모른다고 생각하십니까? 아버님의 삶은 도대체 무슨 의미로 존재하는 것이지요? 마음의 평안과 바꿀 만큼 이 왕좌가 그렇게도 가치가 있습니까?”

“너야말로 밤늦게 찾아와 나에게 무슨 칼을 들이대는 것이냐? 그 말을 하는 너의 얼굴 표정이야말로, 네 에미를 생각나게 하는구나. 나는 네 에미를 사랑했어. 그러나 그 여자는 언제나 나에게 차갑기만 했었지. 이제 너마저도 네 에미의 모습을 닮아 가기만 하는구나.” 왕은 소리쳤다.

“저는 아바마마가 안쓰러워 보여서 말씀드리는 것입니다. 어찌했던 저는 아버님의 핏줄. 아버님의 과오의 피도 저에게 유전되고 있지요."
공주가 말했다.

"과오라고? 어찌 네가 나에게 그런 말을 할 수가 있는가! 이런 망할⋯⋯." 말을 하다 그만둔 왕은, 자리에서 일어나 대노하며 방안을 서성이기 시작했다.

공주는 엎드려 무릎걸음으로 다가와 왕의 다리를 껴안으면서, 분노에 떠는 왕의 얼굴을 호소하듯이 쳐다보았다.

"아바마마! 잊으셨습니까? 선왕의 사제였던 네우빠네^{Neupane}의 외침을 잊으셨습니까? 팔다리가 끊기어 죽어 가면서도, '당신의 죄는 삼생三生의 씻음으로도 해결되지 않으리라! 너는 축생으로도 미물로도 태어나지 못하고, 영겁의 지옥에 갇히리라!'고 한 말을 말입니다. 저는 그자의 말이 일곱의 어린 나이에도 가슴속 깊이 박히더군요."

"제발 그만하라. 그만⋯⋯, 이제 그만 말하라⋯⋯."

"제 어찌 그만할 수 있겠습니까. 그 마음의 괴로움을 잊고자 밤이면 여인과의 환락이거나, 아니면 대마의 독향에 갇히어 아버님의 정신은 녹아 내리고 있는 것을⋯⋯. 공모한 군신과 사제들의 오만방자함은 이미 궁정의 테두리를 벗어나 온 나라의 수탈로 이어지고, 백성의 원성은 하늘에 닿을 듯하더이다. 대왕이시여! 대왕이시여! 어찌 아바마마의 정신의 고통이, 아바마마에게만 머무르겠나이까. 부탁이오니 저의 청원을 들으사, 그 죄수의 말을 한 번 경청하소서!"

공주의 눈에서 서글픈 눈물이 하염없이 흘러내렸다. 왕은 공주의 얼굴을 물끄러미 내려다보다가 방안을 비틀거리며 가로질러 걸어가, 맑은 공기를 들이마시려는 듯 노대霹臺로 나가 버렸다. 심호흡을 하며 잠시 생각에 잠겨 있던 국왕은, 뒤로 돌아 공주를 바라보았다.

"내일 밤, 내 앞으로 그자를 데려 오너라."

도마는 공주의 뒤를 따라서 궁중의 복도를 걸어갔다. 몸은 어느 정도 회복되어 있었고 기운도 나기 시작함을 느꼈다. '아직 나는 젊군.' 하는 생각에 조금 으쓱한 기분도 들고, 왕이 무슨 질문을 할 것인가를 생각하기도 하면서 여러 복도를 지나쳐 갔다. 공주가 되돌아보며 도마에게 걱정스런 눈빛을 보냈다.

"너무 많은 이야기는 삼가도록 하세요. 국왕께서는 지금까지 여러 현자들과 토론하기를 즐겨하셨지만, 누구도 국왕의 심금을 울리는 말을 한 자는 없었답니다. 각자의 지혜로 국왕의 마음을 위로하였지만 언제나 불안해하시는 분이지요. '왕의 위치란 때로는 짐승보다도 못한 짓이 필요한 것이다.'라고 뇌까리곤 하시지요. '이것이 나의 전생으로부터의 업보라면 업보겠지.'가 자신의 답이지만, 거기서 헤어 나오지는 못하며 사시지요. 오늘밤엔 그 자신께서 총명한 상태로나 계셨으면 좋겠습니다. 어쨌든, 당신이 처한 상황에서 벗어나올 수 있는 답을 생각하세요."

"아바마마. 소녀이옵니다."

"들어오라."

국왕은 팔걸이의자에 옆으로 길게 기대어 앉아 있었다. 공주와 도마를 보자 자신에게 가까이 오라고 손을 흔들더니, 주위에 시립해 있던 자들을 나가라고 손짓하며, 공주는 옆으로, 도마는 자신 앞의 의자에 앉을 것을 명령했다.

'죄수로서의 대우는 아니로군.' 도마는 왕의 얼굴을 찬찬히 살펴보았다. 위압적인 얼굴이었다. 권력의 맛에 길들여진 냉혹한 야수의 표정이 도마의 눈으로 들어와 그의 가슴을 내리눌렀다. 긴장감이 등골을 타고 아래로 흐르는 것이 오금이 살며시 저려 왔다.

"내 전에, 그대를 감방에 다시 가둔 것은, 그대를 보호하기 위함이었던 것을 아는가? 내가 이 왕국의 상황을 그대에게 다 말할 수는 없지만, 이 왕국은 모반과 반역이 지금까지 끊이질 않는 상황이고, 사실 나의 권력도 그리 안전하지가 못하다네. 이 나라의 사제와 신하들이란, 나라의 안녕과는 상관없이 자신의 이익에 위배될 여지가 보이면, 반드시 음해하고 제거하려는 술수에만 골몰한 자들이지. 그대도 틀림없이 그들에게 아주 골칫거리로 보였던 모양인데, 사실 나는 그게 더 흥미가 있었어. 내가 지금까지 만나 본 현자나 성자들이란, 대부분 권력에 대해서는 모른 체하거나 굴종적인 자세를 가지고 있어서 그놈들에게 딱히 문제될 게 없었는데, 그대의 말과 행동에는 다른 면이 있었던 것이 틀림없어. 그래서 나는 이 사랑스런 공주의 의견을 들어주는 척했지만, 사실은 나도 그대, 바로 도마라 불리는 이방인의 말이 몹시 듣고 싶었지."

말을 마친 왕은 옆에 앉은 공주 쪽으로 고개를 돌리더니, 이 세상에서 가장 귀한 것으로 여긴다는 느낌이 물씬 풍기도록, 두 손으로 소중하게 공주의 뺨을 감싸 안았다. 왕은 공주의 얼굴을 바라보며, '이 세상에 둘도 없는 라뜨나라지.'[11]라며 혼잣말을 했다. 왕은 잠시 동안 도마는 안중에도 없는 듯 행동하다가, 갑자기 생각난 듯 다시 그를 쳐다보았고, 도마로선 눈치껏 그때에 맞추어 자신의 말을 꺼낼 수밖에 없었다.

"소인에게 듣고자 하는 것이 무엇인지 말씀하소서."

"내가 질문을, 그러면 그대가 답을 하는 것인가?"

왕의 얼굴이 미소를 지었다. 도마가 보기에 그 미소는, 친근감보다는 의혹과, '여차하면 널 없애 버릴 것이야.'라는 협박이 더욱 배어 나왔다. '나에게 무언가 말을 자꾸 시켜 보려 하는군. 죽더라도 당당하게는 보이자.' 도마는 움츠러들었던 가슴을 조금 펴며 두 손을 무릎에 내려놓았다.

"공주에게 듣기로 그대는 유일신을 말한다는데, 내가 알기로는 이 세상의 신은 있다가도 없고, 하나이면서도 수만의 형상으로 우리에게 나타난다고 하더군. 여기의 현자들에게 들었네. 신이란 것도, 결국 우리의 모습이라 그러더군." 말을 건네는 왕의 눈길이 도마의 얼굴에 줄곧 머무르고 있었다.

"제가 믿는 신은 유일하시며, 이 세계를 만드셨으며, 이 세계 안에 계시면서 동시에 바깥에 계시며, 우리에게 있는 신성神性은 우리가 그에게 속함으로 이루어집니다. 동시에 그가 우리 안에 계시지요." 도마

---

11 라뜨나라지(Ratnaraj) 보석의 여왕, 최고의 보석이란 뜻이며, 홍옥紅玉, 즉 루비를 일컫는 산스크리트어이다.

는 간결히 답변하려 애썼다. 처음부터 너무 많은 말을 내놓아 왕이 던질 수 있는 올무에 얽히고 싶지가 않아서였다.

"무엇이 다를 게 있는가. 결국 우리의 모습이라 말하든지, 자네처럼 우리가 신에게 속해 있다고 말하든지, 언어의 유희일 뿐이지 다를 게 무엇인가? 예전에 자네의 동족들을 만나 본 적이 있네만, 신은 하늘에 계신 야훼 오직 한 분뿐이라면서, 소리만 지르더군. 따분하고 답답한 소리만 해대는데 역정이 날 지경이었어. 신이 하나뿐이라면 불안해서 어떻게 사나? 그 하나뿐인 신에게 잘못 보이면 그걸로 끝장나는 게 아니겠나!" 의문으로 시작, 끝에 가선 볼멘소리가 섞여 나오는 왕의 말이었다. 도마는 이제 대답해야 했다.

"이곳에서 말하는 것들을 저도 새겨들은 적이 있습니다만, 모든 것이 희미한 추상적 말 속에 표류하고 있는 것처럼 느껴지더군요. 소인은 말의 힘, 결국 마음에 벅차오르는 믿음이 얼마나 중요한지를 압니다. 소인은 어릴 때부터 정신적으로 많은 고통을 받았습니다. 그러나 마침내, 그 정신의 얽매임에서 벗어났고 치유받았습니다. 순전히 그분, 저의 스승이자 결국 제 마음의 주인이 되신, 하나님과 그 자체로 동일하게 오신 그분의 말의 선포와 나타난 기적이, 저를 여기까지 이끌었지요. 이 세상에 절대적인 진리도 있습니다. 저는 확신합니다. 그분이 '너는 이제 새로 태어났으며, 영으로 살았고, 이 세상에서 자유롭다.'고 선포하셨을 때에, 제 정신은 정말로 자유롭기 시작했음을 말입니다. 그 말 속에 있는, 나를 자유케 하고자 하는 신의 사랑, 그리고 스스로의 말을 이루고자 하는 신의 소망과 믿음, 이것이야말로 이 세상에서 유일한 진리라고 말입니다. 대왕이시여……. 하나님은 사랑이십니다! 그분의 모든 면모를 한 마디로 말하면, 사랑하고자 하는 의지이십니다!"

도마는 봇물 터지듯이 자신의 어린 시절, 예수와의 만남, 예수의 죽음, 그리고 부활에 대해 직접 보고 들은 것들을 말해 나갔다. 도마가 겪은 생생한 기억들의 묘사에 왕은 흥미를 느끼는 기색이 완연했다. 특히 어릴 적부터 줄곧 시달렸던 정신적 질병의 고통들이 예수의 영향으로 자유로워지는 대목들에선, 왕은 자리에서 일어나 방안을 서성이기까지 했다.

"그렇다면 어릴 때부터의 그대 마음의 병은 완전히 나았는가?"

"그렇습니다. 지금은 마음속에서 어렴풋한 자취들로만 남아 있다고 할까요. 자유감이 저를 행복하게 해주지요. 진리가 제 마음속의 자유로 실체화했다고 할 수 있지요."

"그렇다면 그 예수라는 신을 믿으면, 내 마음의 자유도 실현될 수 있을까? 그대야 그 예수와 직접 만나 영향을 받은 것이네만, 나에게는 무슨 달라짐이 있겠는가?"

"예수가 다시 사심으로, 믿는 우리도 다시 태어나는 것임을 그분은 분명히 하셨습니다. 우리에 대한 약속이셨습니다. 저도 매순간 달라진다는 것을 믿습니다. 이것은 영적인 이야기입니다. 성령이 각 사람에게 임해서, 각자의 모든 면모를 새롭게 합니다."

"좋은 이야기로군." 왕은 잠시 말을 끊더니, 혼자서 무언가를 생각하다가 결심한 듯이 입을 열었다. "나는 못할 짓을 많이 한 사람일세.

당시에는 어쩔 수가 없다고 생각했지. 그러나 세월이 지나고 저 아이가 커 갈수록, 나는 이 업보가 뼈에 사무치도록 두려움으로 다가오기 시작했지……."

왕은 자신의 왕위 찬탈 과정을 담담히 말했다. 무기력한 선왕이었던 자신의 형을 몰아낸 일, 선왕 친위 세력들의 반란을 무력으로 잠재우고는 전원을 화형시켰던 일, 그리고 자신을 도와 반란을 주모한 공훈 세력들의 반발을 무마하기 위해, 선왕인 형과 왕자들, 즉 조카들을 죽여야 했던 대목에 이르러서는, 결국 목소리가 떨려 나왔다.

"어쩔 수가 없었어. 모든 후환을 없애야 한다고 신하 놈들은 나에게 들이댔지. 그중에 우두머리였던 놈은 이 방에서 무엄하게도 내 앞의 탁자에 칼을 꽂기까지 했으니까. 어쨌든 그놈 덕분에 내가 왕위에 오를 수 있었지만 말이야."

왕이 오른손으로 가리키는 곳을 도마가 보니 과연 탁자 위에 칼자국이 남아 있었다.

"나는 아랫것들한테 이 칼자국을 지우지 못하게 했지. 이 자국을 쳐다보면서 이를 갈았어. 그리고 내 형과 조카들을 사약으로 죽인 날, 나의 근위병들은 이 칼자국을 낸 놈의 머리 또한, 궁궐 마당에 창으로 꽂아 전시했지. 그놈은 직접 내가 도끼로 머리를 잘라 버렸어. 그걸 쳐다보는 귀족 놈들의 꼴들이 아주 볼 만하더구만. 그제서야 상황이 진정되었지. 그리고는 형수, 바로 형의 정비를 내 왕비로 만들었어. 나는 형수를 볼 때마다 언제나 정욕이 치밀어 오름을 느끼곤 했으니까. 아름다운 여자였지. 일 년 후에 저 아이가 태어났을 때, 모든 일들이 내 마음먹은 대로 되어 간다고 생각했지. 그러나 그 여자는 공주가 일곱 살 되던 해 봄에, 목매달아 자살하더군."

도마는 이런 사실을 담담히 말하는 왕의 표정을 보니, 이 세상의 삶 이라는 것이 얼마나 참혹한 것인가 하는 생각이 들었다. '옆에 앉아 미 동도 하지 않고, 눈을 내리깔고 있는 저 공주의 삶은 또 무엇인가.'

"내 손에는 많은 자들의 피가 묻어 있지……. 그 일 이외에도 나는 왕권을 위해서라면 수없는 살생을 해왔으니까. 왕의 길은 어쩔 수가 없는 거야……. 그러나 내 형과 조카, 그리고 자살한 왕비의 원한에 찬, 비명을 지르는 피들은 이 손에서 지워지질 않는구만……. 내가 이 손을 가만히 보고 있노라면, 사람의 손 같지가 않고 악마, 마귀의 손 으로 보일 때가 있어. 그래서 할 수만 있다면, 가령 이 손들을 잘라 내 면……, 내 악업이 용서받을 수 있을까, 그런 생각도 해보지……."

왕은 말하면서 물끄러미 도마의 눈을 쳐다보았다.

"자, 이런 나를, 그대의 신은 극락왕생시킬 수 있을까? 내 마음에도 한 줄기 빛이 비추려나?"

씁쓸하게 미소 짓는 왕의 얼굴이 도마의 눈에 들어왔다.

"대왕이시여, 이곳에서는 모든 것을 인연, 인과관계로 설명하더이 다. 전생의 선연과 악연이 현생의 인연을 규정한다고 말입니다. 이 설 명도 타당한 해석이란 생각은 들더이다. 하나의 나뭇잎이 떨어지는 것 도 그냥 흘러가는 것은 없겠지요. 그리고 이 나뭇잎의 썩어짐으로 또 하나의 새싹이 돋는 것이겠지요. 대왕이시여, 폐하의 허물, 죄업 모든 것이, 결국은 폐하도 이 세상의 돌고 도는 규칙 아래에서 신음하는 인생이라는 면모를 나타낸다고 사두[12]들이 설명드리겠지요. 그러나 하나님의 독생자, 구세주 예수께선, 중요한 것은 결국 너 자신의 자유라고 말씀하셨습니다. 그 자유함들이 모여 보다 큰 자유를 만들어 냅니다. 그리하여 하나님의 자유함에 우리가 일치하게 되는 것입니다. 우리가 이 세상의 이치를 깨달아 머리로 이해해도, 마음의 자유가 없다면 무슨 소용이 있으며, 자신의 자유가 참된 믿음에서 비롯되지 않는다면, 그리고 그 믿음이 절대적 신의 보장하에 있지 않다면, 어찌 죽음 후에까지 안심하실 수 있으리이까. 제가 전하는 이 복된 소식은, 이 세상의 이치를 뛰어넘는 것, 이 세상의 힘을 뛰어넘는 신의 힘찬 손, 하나님의 평강의 날개, 즉 독생자 예수를 통한 진실로 나타나는 기적입니다. 폐하의 죄의식은 이미 폐하의 마음속 깊은 곳까지 침식하여, 촛농처럼 녹아 내리게 하고 있지 않습니까? 이 세상의 수많은 아름다운 수사들이 폐하 심중의 괴로움을 치료하여 주더이까? 하나 예수를 믿으면, 폐하는 다시 살아날 것입니다. 그 고통과 괴로움, 탐욕과 잔인성의 골짜기를 헤매는 폐하의 옛 모습은 죽고, 평안과 사랑, 그리고 자유함이 넘치는 새로운 폐하의 모습입니다. 다시 태어난 폐하께서는, 이 세상과 상관이 없는 새로운 삶을 살아갈 수 있는 것이외다."

웅변이 터져 나왔다. 도마의 가슴 속은 왕에 대한 순수한 동정심으로 가득 차올라, 표현의 강약을 신경 쓰지 않고 언어화되어 흘러넘치기 시작했다. 왕은 그런 도마의 모습을 보더니 갑자기 빙그레 미소를

---

12 사두(Sadhus) 브라만-힌두교의 승려.

입가에 지었다.

'귀여운 어린아이를 보는 듯한 친절함이군. 내가 아는 부왕의 모습으로서는, 참으로 너그러운 것이야. 도마는 매력이 있는 남자야. 지나치게 순진하고, 어린아이같이 때묻지 않았어. 하지만 저 순전함이 결국 가시가 되겠지.' 공주는 두 남자의 옆에 앉아 그들의 모습을 지켜보면서, 귀를 쫑긋거리며 하늘로 고개를 치켜든 사슴과, 그를 보고 있는 뱅갈 호랑이의 만남이라는 느낌을 받았다.

"어찌했든 간에 그대의 신이 너그럽다는 것에는 동의하네만, 사람이란 것들, 즉 상대편의 선의를 이용해서 자신의 이익만 도모하려는, 두 발로 걷는 짐승이 모여 사는 이 세상은, 사랑이나 자비만으로 통솔할 수 있는 것은 아니네. 이처럼 신의 선의랄까? 사랑이라고 그대는 말하지? 좋아……! 신의 사랑도 이용당할 수 있는 것! 신하들이나 내 백성들이나, 어차피 이 세상에서 불만만을 느끼며 살아가는 존재들. 이곳의 믿는 신들, 그 신들의 속성, 이 세상을 해독해서 보여 주는 신들의 질서는, 결국 그 불만을 잠재우기 위한 칼과 창과도 같은, 압제의 수단이자 무기일세. 인간에게 있어 신의 사랑이란, 인간의 교만과 방종만을 부추길 뿐일 것이야. 따라서 이 왕국의 질서를 수호하기 위해서라도, 결국 나란 인간은 이 왕이라는 주어진 역할을 해내야 하며, 그리하려면……, 지금까지 왕 노릇의 반복일 수밖에 없을 터……. 그대의 예수가 나를 극락왕생시킨다 해도, 나는 극락에서 변한 것이 없을 터인데, 결국, 나 때문에 극락도 지옥으로 변하겠구면……."

왕은 쓸쓸히 웃었다. 그가 두 손으로 얼굴을 문지르는 모습에서, 그 뒤에 숨어 있는, 도마의 고향에서 보던 광야와도 같은, 그 펼쳐진 가시 덤불과 엉겅퀴만 덤불을 이루고 있는, 적막함과 고독이 슬그머니 스며 나오고 있었다. 도마는 왕과의 대화 속에서 자신의 믿는 바를 이룰, 자신의 구원자 예수의 간절한 소망을 이루어 낼 수 있는, 그 틈을 보았다. 도마는 그 적막과 고독이라는 틈을 향해 자기자신을 내던져, 입에서 나오는 말 한 마디 한 마디가 왕의 심부心府를 꿰뚫을 수 있도록, 자신의 신에게 기도를 하였다.

"폐하. 다시 사신 예수께서 저에게로 와서, 자신의 창상 속에 손을 넣어 보라고 하셨을 때, 저는 이제 세상의 규칙에 매여 강박감에 고통스러워할 필요가 없다는 것을, 저 자신에게 완전함을 요구하며 자신을 괴롭힐 필요가 없다는 것을, 바로 그 진실들을 깨달았습니다. 깨닫자, 온유해진 마음의 휴식을 제 삶 최초로 느낄 수 있었습니다. 깨닫자, 부활한 그분이 바로 저에게는 저 자신인 동시에, 저를 둘러싼 이 적대적인 세상을 바꾸는 실제적인 믿음과 힘의 근원이 되었음을 알게 되었습니다. 저는 외롭지 않다는 것과, 정말로 저에게 힘이 주어졌다는 것, 즉 이제는 이 세상을 쳐다보며 두려움에 떨지 않아도 되는 권세權勢가 저에게 주어졌다는 것을, 점차로 느끼게 된 것입니다. 이 모든 것은 그분의 부활이 증명합니다. 대왕께서 이 예수를 믿는다는 것은, 그분 자체인 아버지 하나님의 사랑 안에서, 공포에 떨고 무기력에 시달리는 폐하의 가난한 심령心靈에 대해, 앞으로는 이 세상의 그 무엇이라도 좌지우지할 수 없으며, 오직 아버지 하나님만이 전모를 다루며 변화시킨다는 진리를 깨달아 가는 과정인 것입니다. 두려워 말고, 자신의 그릇

된 점들을 솔직하게 인정하고 돌이키십시오. 그리하면, 쌓여 있던 걱정과 근심, 울화와 분노 덩어리들이 배출되면서 마음이 청결하게 될 것입니다. 따라서 폐하는 아버지 하나님에게 속한 자가 되는 것이고, 동시에 폐하는 아버지 앞에 겸손해야 하는 것이지요."

"이 세상을 쳐다보며 두려움에 떨지 않아도 되는 것이라……." 왕은 혼잣말을 중얼거렸다.

"그렇습니다. 두려울 것이 없으니, 서로 간에 이용할 것도 억누를 것도 없습니다. 우리는 예수 안에서 서로 간에 불쌍히 여기고 사랑할 수 있게 되는 것이지요. 나아가, 의에 주리고 목마른 자, 세상을 화평케 하는 자가 되는 것입니다."

"서로 간에 사랑한다고? 후우우."

왕은 갑자기 천장을 쳐다보며 한숨 쉬며 웃기 시작했다. 도마는 왕의 태도 때문에 기분이 언짢아졌다. '어쩔 수가 없는 위인인가? 이 대화가 웃기는 재담에 지나지 않았단 말인가? 나의 스승에 대한 이 진실이, 왕에게는 소일거리에 지나지 않는 하루 저녁의 오락이 되었다면, 나는 차라리 형장에서 목을 내놓는 것이 나으리라.'

"그대는 결국 우리가 서로 사랑할 수 있다는 확신 속에서 모든 말들을 뇌까린 것이구만. 좋아. 어찌했든 좋아. 나는 자네가 마음에 들어. (왕의 입에서 '자네'란 호칭이 불쑥 튀어나왔다. 도마가 듣기엔 왕의 어투가 점점 더 친밀하게 변하는 것처럼 느껴졌다) 그 예수 이야기도 좋아. 디만 모든 인간이 다 똑같은 신의 자식들이란 타령은 빼고 말이지. 난 자네 목숨을 살려 줄 거야. 아니, 내가 자네에게 시킬 것도 있어. 하나, 자네의 신에게 물어봐서 양심에 꺼리게 되는 일이 발생할 시에는, 나에게 솔직하게 말하게. 자네의 솔직은, 우리에게 우정으로 화化할 수 있는 다리가 되어 줄 거야."

"저에게 시키실 일이 무엇이옵니까?"

"그것은 차차 알게 될 거야. 서두르는 것은 좋지가 않지. 자네가 이 일을 잘 해낸다면 자네의 신은 결국 우리 왕국의 수호신이 될 것이야. 그러면 자네의 목적한 바가 이루어지는 것이 아니겠는가?"

도마는 왕의 말 속에서, 자신이 말하고자 했던 바와는 다른 쪽으로 흘러가는, 그 무엇을 느끼고는 조금 불안해지기 시작했다. 왕은 그런 도마의 눈치를 살피더니, 천천히 그의 어깨에 오른 한 손을 올리고는 도마의 두 눈을 들여다보았다.

"두려워 말게. 나는 오늘 자네의 말에 많은 감동을 받은 것이 사실이라네. 내가 자네에게 시킬 일이라는 것도, 나의 인생에서 처음이라면 처음일 수 있는, 순수한 선의에서 나올 것임을 이 왕의 명예에 걸고 맹세하네. 나는 자네의 신을 이미 믿기 시작한 것도 같아. 아니, 믿고 싶다는 의지가 나를 마구 떠밀어 대고 있구먼. 그와 동시에 나는, 자네의 신이 만들 그 서로 사랑하는 이상향에 도달하기 이전에, 이 나라의 혼란을 막을 의무 또한 지고 있는 자, 이 나라의 국왕이기도 하다네."

"혼란이라 말씀하시면 무엇을 생각하고 계시온지요?"

"한 질서에서 다른 질서로 넘어갈 때에 혼란이 반드시 발생할 것임은 능히 짐작할 수 있지 않겠는가? 그러나 자네가 나를 잘 도와주게 된다면, 우리 둘은 자네의 신이 보기에 아주 멋진 일들을 해낼 수 있게 될 것이네. 안 그런가? 어찌했든, 자네의 신은 오늘 저녁, 나의 마음에 깊은 감동과 시원함을 준 것이 아닌가? 이것이야말로 진실로, 서서히 물길이 생겨나듯, 문이 점차 열리는 것이라 할 수 있겠지.”

왕은 자리에서 일어나 서성거리며, 두 손을 불끈 쥐기도 하며 얼굴을 쳐들기도 하면서, 중얼거리기를 반복하였다. 그러다가 도마와 공주 쪽을 쳐다보더니 미소 지으며, 마치 호소라도 하듯 두 팔을 휘휘 내저었다.

“내가 지금 아주 기분이 좋아. 무언가 내 속에 쓰레기처럼 쌓여 있던 체중에, 조그만 구멍이 생겨 숨통이 트이는 것 같군. 공주야! 내 얼굴을 쳐다보는 너의 얼굴도 오늘따라 밝아 보이는구나. 공주야! 이리 온. 나의 보석.”

왕은 공주를 가만히 품에 안고는, 그녀의 얼굴을 내려다보았다.

“공주야. 이제 이 애비는 네가 아주 기뻐할 만한 일을 하게 될 것이야.”

“아바마마. 밤은 깊고 생각은 많아질 시각이옵니다. 진리는 단순한 것에서 출발하는 법. 부디 앞으로의 할 일도 생각은 가급적 놓고, 가슴에 울리는 신의 말씀에 귀를 기울이사, 신의 선함을 이루도록 하여 주소서.”

“공주야, 오늘 이자와의 만남 또한 새로운 인연, 이 친구의 식대로 말하자면 다 신의 섭리 아니겠느냐? 내가 하려는 모든 일 또한, 결국은 신의 의지 안에서 이루어지는 것! (왕은 다시 도마 쪽으로 고개를 돌렸다. 잠시 동안 미동도 하지 않고 도마를 쳐다보았다) 안 그런가? 그대는 말하라!"

도마는 왕의 권세에 눌려 결국 머리를 조아리며 대답을 하였다.

"그러하옵니다. 대왕이시여, 폐하의 모든 일은 결국 하나님의 섭리 안에서 이루어지는 것이옵니다."

공주는 대답하는 도마를 물끄러미 바라보기만 할 따름이었다.

2

"왕이 미쳤어. 저 도마란 놈을 살려 주더니 이제는 은근히 공주가 도마 뒤를 쫓아다니는 걸 그냥 내버려 두고 있고, 아무래도 총기를 잃어버린 것 같아. 도마란 놈은 감옥에서 풀려나기가 무섭게, 저잣거리에서 떠드는 것도 모자라 포교당까지 짓고 설치더니, 이제는 수도를 벗어나 지방에까지 그 세력을 넓히고 있고, 어쨌든 왕이 그놈 뒤를 봐 주고 있는 게 틀림없어. 이 일을 어찌해야 되겠나?"

개기름이 줄줄 흐르는, 그리고 음험함이 어린 돼지얼굴이, 옆에서 끊임없이 눈을 희번덕거리며 여우같이 살피는 눈길을 주변에 뿌리고 있는 꾸부정한 소인배에게로 질문을 던졌다. 여우눈길은 돼지얼굴 쪽으로 고개를 돌리곤 외로 꼬며 쳐다보더니, 허리를 조아리며 대답하기 시작했다.

"나으리, 진짜 문제점은 그놈이 떠드는 수작이옵니다. 계속해서 외쳐 대는 '사람은 다 평등하다. 신의 자식이요, 우리 서로는 형제다. 그러므로 우리는 서로 사랑하사.' 하는 것 말입니다. 저잣거리의 천한 것들이 분명 술렁이고 있는 것을 제 귀로 들었습니다. 세상의 질서가 무너지고 있습니다. 이제는 천한 것들이, 우리에게 반항하려는 태도를 보이면서, 심지어는 우리의 여인에게까지도 탐욕스러운 시선을 던짐이 느껴집니다. 예전에는 우리에게 고개도 들지 못하던 것들이 말입니다. 현생의 고통은 전생의 행실에 대한 응보應報요. 이 세상에서의 삶은 찰나일 뿐이라는 가르침이 이제 통하지 않을지도 모릅니다. 이제 저 천한 것들이 생각을 하기 시작했습니다. '왜 나는 이렇게 살아야 하는 것인가? 왜 나는 저자보다 못하게 살아야 하지? 오! 저자는 매일 진수성찬을 뱃속에다 처넣고 있는데, 나는 지금 몹시 배가 고프다. 이건 불공평하지 않은가. 도마란 분이 말씀하시길, 우리 사람 모두는 하나님의 아들 예수 안에서 다 형제라고 하였다.' 이런 등등의 불경스런 말들이 그들의 집회에서 거론되고 있음을 제 수하들이 저에게 보고하곤 합니다. 그뿐이 아니라……."

여우눈길은 잠시 미간을 찌푸리더니 돼지얼굴의 눈치를 살폈다. 그러자 돼지얼굴은 곧바로 여우눈길의 말을 재촉했다.

"그뿐이 아니라니, 그러면 무슨 일이 또 있는가?"

"실제로 기적이 일어납니다. 도마란 놈이 기도하면 병자가 낫습니다. '예수의 이름으로'라는 주문을 입에 달고 사는 놈입니다. 그런데 그 '예수의 이름으로'라는 말이 신묘하기는 한 것 같습니다. 앉은뱅이가 일어나고, 소경이 눈을 뜨고, 귀신 들린 자가 귀신이 떠나가 제정신이 돌아오고 하는 일들이, 도마가 직접 거행하는 집회에서 실제로 일어납니다. 환장할 노릇입니다. 실제로 엄청난 외국 잡신이 저 도마의 뒤를 받쳐 주고 있음이 틀림없습니다."

"그러면 무지몽매한 것들이 흥분해서 날뛰겠구먼?"

"그렇습니다. 도마가 거의 새로운 신으로 보이는 모양입니다. 도마 그놈은 지가 신이라고 하지는 않고, 다만 '나는 예수의 제자요, 대리인 이요, 내가 하는 것이 아니고, 예수가 나를 통하여 당신들에 대한 하나 님의 사랑을 증명한 것이다. 그러므로 이런 기적을 보고 당신들은 예수와 하나님을 믿고 그 안에서 서로 사랑하라.'라고 합니다만, 그런 도 마의 겸손한 언사가 오히려 무리의 맹목적인 추종을 불러일으키는 모 양이더군요. 이제 이 도마의 무리는 새로운 세상이 가까웠다고, 새로 운 이상향이 도래했다고 떠들기 시작하고 있고……, 아무래도 사태가 심상치 않습니다. 이러다 이 무리가 폭도라도 된다면, 이 나라는 큰 혼 란에 휩싸일 뿐이고……. 이래저래 어떤 식으로든, 해결해야 할 것 같 습니다."

"그렇군. 그놈과 추종자들을 어떻게 하든지 죽여 버렸어야 했는데, 그 왕이라는 머저리가 살려 놓아서 이 지경이 되어 버렸어."

"나으리, 왕이 머저린 줄 아십니까? 왕은 이 상황을 오히려 즐기고 있습니다. 왕의 깊은 심중에는 우리들을 완전히 없애야 한다는 생각이 예전부터 자리잡고 있었습니다. 선왕의 왕자들, 바로 조카들을 죽이던 날, 우리들을 대할 때마다 감추지 못하고 드러내 보이던, 왕의 그 적의 로 불타는 눈빛을 잊으셨습니까? 그는 선왕도 미워했지만, 우리들도 할 수만 있다면 완전히 없애 버리고 싶어 하는 사람입니다. 태생胎生의 한계가, 분노로 항상 이글이글 다는 마음을 만들어 내었지요, 태어날 때에 신분이 정해진다는 이 세상의 이치를 못마땅하게 여기는 분노 말입니다. 그래서 어쩌면, 우리 왕국의 질서를 송두리째 뒤엎고 싶어 하는 욕망으로, 왕의 내면은 항상 꿈틀거리고 있는지도 모르지요. 운명이라는 것을 싫어하는 사람입니다. 그냥 순응한다는 것을 체질적으로 못하는 자입니다. 자신이 파괴돼도 이 세상이 뒤집히는 것이 가능하다면, 그는 그 과정을 죽어 가면서도 즐겁게 바라볼 수 있는 자가 아닐까 합니다. 거기에 우리들에게 좌지우지 당하는 것이 못 견디게 싫은 맘까지 더해져서, 이제는 우리란 존재를 완전히 없애 버리고 싶어 하는 것입니다."

"하긴, 왕은 궁정 여자 노예에게서 태어난 서자였어. 지 애비의 하룻밤 쾌락의 대가로 태어났지. 배다른 형이었던 선왕에게 항상 업신여김을 당해야 했어. 자신의 운명을 바꾸고 싶어 했고 또한 성공했지. 이제는 이 세상까지도 바꾸고 싶어 하는지도 모르지. 자신이 파괴돼도 상관없다고 생각할 만큼 말이지. 어쨌든 말이야, 왕도 참으로 묘한 인간임에는 틀림없어. 참으로 말이지…… 이번 일에 대해, 아무래도 사제들과도 상의해야 할 것 같군. 이미 그들도 바짝 긴장하고 있는 것이 우리와 매한가지일 거야. 안 그런가?"

"어찌하든지, 이번 사태를 그냥 보고 있기에는 시기가 점점 늦어져 가는 감이 있고, 이제는 왕과도 물러설 수 없는 사생결단의 때가 다가오는 것으로……"

돼지얼굴은 더 이상 말을 잇지 말라는 시늉으로 손을 입가에 대더니, 여우눈길의 등을 한번 탁 치고는 어둠 속으로 걸어 들어갔다.

도마는 잠에서 깨어나 눈을 뜨고는 천장을 쳐다보며 한숨을 내리쉬었다. 꿈자리가 몹시 뒤숭숭했다. 지난밤 꿈 속에서, 그는 그리운 고향 갈릴리 호수에서 어부가 되어 그물을 던지고 있었다. 한 번 그물을 던지니 물고기가 얼마나 많이 잡히던지, 그물의 무게를 견디지 못하고 끌려 들어가 그만 호수에 빠지고 말았다. 차가운 호수의 물속에서 그는 질식할 것 같은 느낌으로 괴로워하다가, 다시 물속에서 스스로 숨을 쉴 수 있음을 깨닫고 안도했지만, 곧이어 그는 자신의 피부에서 돋아나는 물고기 비늘을 발견하고는 경악하다가 잠에서 깨어 버렸다.

'무슨 꿈일까? 성령께서 근신을 명하시는 꿈인가? 미래에 대한 주의인가? 아니면 그냥 개꿈이란 말인가?'

도마는 갈피를 잡을 수 없는 자신의 심경을 알아채고는, 마음 상태가 얼마나 혼란해져 있는가 잠시 생각에 잠겼다. 그는 자리에서 일어나 옷을 주섬주섬 걸치고 대충 세수를 한 뒤 접견실로 걸어갔다. 도마는 감옥에서 나온 후 추종자들이 마련해 준 조그만 오막살이에서 숙식을 해결해 왔는데, 최근에 포교당이 지어진 뒤에는 그 옆으로 마련된 거처에서 편안한 생활을 할 수 있었다. 그러나 그의 정신은 점점 더 평안과는 거리가 먼 상태가 되어 갔다. 수많은 사람과의 정신없는 교류와 계속적으로 끼어드는 정치적, 사회적인 압력들이 그 원인이었다. 종종 행해지는 왕과의 만남도 그리 맘 편한 일은 못 되었고, 언제나 위가 오그라들며 아랫배가 뜬뜬해지는 긴장감이 도마의 예민한 신경을 지치게 하곤 했다. 요즈음에 들어 그에게 주어지는 정신적인 위로라면, 밤의 한가한 시각에 하는, 그동안 틈틈이 써 온 예수와의 만남을 적은 기록들의 정리가 그 첫 번째였고, 다른 하나는 가끔 만나 질의 문답이 이어지는 시간이었는데, 그 질문자가 바로 공주였다. 이해력이 있고 사람에 대한 동정심이 풍부한 공주인지라, 도마의 믿음이 웅변으로 되어 토설吐說될 때면, 언제나 따뜻한 호의로 보답해 줌을 그는 느낄 수 있었다. 그러나 어젯밤 왕과의 만남 이후론, 오늘 아침에 있을 공주와의 대화가 영 부담스럽게 느껴지지 않을 수 없는 도마였다.

"오늘 아침에는 조금 늦게 일어나셨습니다. 식사는 하셨는지요."

조용한 공주의 말소리가 들리며, 역광으로 비치는 아침 햇살 속에 서 있는 그녀의 모습이 아련하게 도마의 눈으로 들어왔다. 그는 공주의 모습을 볼 때면, 언제나 예수의 말이 생각났다. "천국은 여기 있다, 저기 있다, 말로 표현할 수 있는 것이 아니고, 우리들 가운데에 있다."는 의미가, 마음속에 실제적으로 와 닿아 버리는 순간이었다. 이는 경전과도 같은 무게감 있는 말들에 대해 소리 내어 읽으면서, 보충 설명을 위한 무수한 토론 거리를 글귀들에 붙여 나가야 했던 어린 시절의 주입된 학습과는 전혀 상관없는, 순수한 마음의 순간적 광휘이기도 했다.

공주의 크고 검은 아름다운 두 눈과 감정을 풍부하게 담아 주는 짙은 속눈썹, 이마에 활처럼 선명하게 그려진 까만 눈썹, 섬세한 곡선들의 완전한 조화를 이룬 도톰한 입술, 가녀린 목과 우아한 어깨, 솟아오른 풍만한 젖가슴, 그곳들에 한쪽으로 걸쳐져 찰랑거리며 길게 늘어진 검은 머리칼, 비단 베일로 감싸인 그녀의 모든 형상을 바라볼 때마다, 천국이 지금 자신의 눈앞에 바로 있음을 깨닫는 도마였다.

'아아! 아침 빛같이 뚜렷하고, 달같이 아름답고, 해같이 맑고, 기치旗

幟를 벌인 군대같이 엄위嚴威한 여자로구나!'

"예. 좀 늦게 되었습니다. 잠을 설치고 악몽도 꾸고 그랬지요. 대충 우유죽 한 대접으로 아침 식사는 마쳤습니다. 공주님을 기다리게 했으니 죄송할 따름입니다."

"천만에 말씀이세요. 요새 노심초사하시는 일이 많은 걸 압니다. 아무쪼록 건강을 잘 지키셔야 합니다……. 그리고 어젯밤에……, 아바마마를 만나셨다면서요?"

공주의 얼굴에서 상기된 빛이 나타나다 얼른 사라졌다.

"예, 여러 말씀을 폐하께서 하시더군요. 공주님. 폐하께서 저에게 무엇을 바라시는 겁니까? 저는 일개 이방인이요, 제가 하는 일은 이 세상에서 가장 이기심이 없어야만 할 수 있는 일, 신의 복된 말씀을 전하는 일. 공주님, 저는 두렵습니다. 저는 폐하에게 휘둘리고 싶지가 않습니다. 그러나 현실은 자꾸 헤어 나올 수 없는 늪으로 빠져들어가는 듯한, 그런 느낌을 저는 받고 있습니다. 공주님, 저는 두렵습니다."

"구체적으로 아바마마와 어떤 말씀들을 하셨나요?"

"포교당에 대해, 지금처럼 주먹구구식으로 모였다 헤어지는 모임에서 벗어나라고 강력하게 요구하셨습니다. 저의 보고 이외에도, 폐하의 친위대에서 별도로 이 포교당에 대한 정찰 결과를 올리는 것 같습니다. 굉장히 자세히 정황을 파악하고 계시더군요. 저를 도와 조직화할 사람을 뽑으라고 하시면서, '자네는 의식적으로 조직 만들기를 두려워하는 것 같은데, 자네가 여기서 기존의 세력과 싸워 살아남으려 해도, 조직을 만들어 세력을 키우는 일이 급선무야.'라고 하셨습니다."

도마가 공주의 표정을 보니, '불쌍한 사람 같으니라고. 어쩌자고 이 아수라장에 끼어들었니.'라고 말하는 것처럼 느껴졌다.

"아바마마의 말씀은 그리 나쁜 말이 아닌 것 같습니다. 아버님의 생각을 다 알 수는 없겠지만, 사실 그동안 너무 조직이 방만하고 무질서하게 운영되었던 것도 사실이고, 사람이 모인 곳은 질서가 필요한데, 우리가 아무 대처를 하지 않는 것 같다는 생각도 평소에 해 왔습니다. 선생님(공주는 도마를 꼭 **선생**이 아닌 **선생님**이라 불렀다)께서는 아시는가 몰라도, 우리를 대적하는 세력은 틈만 나면 음해하려고 기회를 엿보고 있습니다. 저도 말을 들어 알고 있어요. 거기에 대항하려 해도, 우리가 조직화된 강건한 세력으로 탈바꿈해야 할 필요가 있지요."

말하는 공주의 얼굴을 도마가 살피니, 강렬한 턱선이 얼굴 아랫부분에서 갑자기 튀어나오는 모양이, 꼭 그녀의 아버지, 즉 왕의 얼굴이 간혹 가다가, 극히 드물게, 느닷없이 나타난다는 느낌을 주고 있었다.

"우리를 대적한다는 세력은 누구를 말씀하시는 것입니까?"

"모르시나요? 지금 기존의 귀족들과 사제들이 호시탐탐 음해할 기회를 엿보고 있습니다. 자신들이 쌓아올린 이 사회의 질서가 단숨에 파괴될 만한 언어들이, 선생님의 입에서 마구 쏟아지고 있다고 생각하고 있지요. 예를 들면, 얼마 전에도 선생님께서는 사람들 앞에서 바르나Varna와 자띠Jāti, 그 자체가 하나님의 뜻에 어긋나는 것이라고 설법하셨지요. 그들이 듣기에 정말로 죽이고 싶은 말이었을 겁니다. 거기에 더하여 그들이 보기에도, 선생님에 대한 아바마마의 호의가 영 순수하지 못한 것으로 여겨지니까, 자신들의 적대감 어린 화살을 선생님과 이 포교당에 출입하는 사람들에게 겨누고 있는 것이 사실이에요.”

“알겠습니다. 그렇다면 폐하의 말씀을 신중히 고려하겠습니다. 말씀대로라면, 우리 모임을 조직화해 줄 사람을 뽑으라고 하시는 것인데, 공주님 생각엔 누가 적당하겠습니까?”

“압바네스Abbanes란 자가 있지 않나요? 선생님을 서쪽에서 데려온 인물 말입니다. 향료 선단의 우두머리이자 거상인 그자가 적당하겠지요. 그자의 손과 발, 머리를 빌리세요. 이미 여기에서도 사람들에게 강한 영향력을 행사하고 있답니다.”

공주는 도마의 얼굴을 쳐다보면서 부드러운 미소를 입가에 머금었다. 아무것도 근심하지 말라고 속삭이는 듯한 그녀의 눈빛이었다. 공주는 도마의 표정을 살피며, 이어질 대화를 발그레하게 상기된 표정으로 기다리는 듯하다가, 그의 입에서 아무 말도 나오지 않게 되자 조용히 방을 나섰다. 공주가 걸음을 옮길 때마다 진하면서도 상큼한 꽃향기가 더욱 퍼져 흘렀고, 비단 베일 너머 살며시 드러났다 사라지곤 하는 그녀의 발목에선, 찰랑찰랑 하는 소리가 연신 울려 나와 도마의 귓전을 맴돌고 있었다. 그 방울 달린 발찌에서 나는 맑고 투명한 소리는 귀를 기울여 듣던 도마에게서 점차 멀어져 갔다.

“도마 선생. 나에게 맡겨 주시면, 나의 모든 재력과 조직력을 동원해서 지금의 이 포교당의 힘을 몇 갑절이나 키울 자신이 있습니다. 맡겨 주세요. 우리의 인연이 어디 하루이틀입니까? 선생을 지난 세월 동안 보아 오면서, 선생이야말로 이 나라와 우리에게 반드시 필요한 인물이라는 생각을 더욱 굳혀 오곤 하였습니다."

도마는 이 압바네스란 자가 말을 꺼내기가 무섭게 자신의 의지를 피력하는 것에 두려운 마음마저 들었다. '왕이나 공주나 이 압바네스나, 서로 간에 미리 짠 계획이나 있는 듯이 말하고 움직이는구만. 내가 이들에게 무슨 꼭두각시 노릇하는 신세가 아닌지 모르겠다.'

"도마 선생. 선생께서는 무엇이든지 자신이 직접 처리해야 한다는 버릇을 가지셨습디다. 그러나 이제는 주위에 맡기셔야 합니다. 일일이 돌다리도 두들겨 건넌다는 식으로 하였다가는 발전이 없습니다. 때로는 거시적인 안목을 가지고 모험을 해야 할 때도 있는 법, 바로 지금이 선생의 용단이 필요할 때입니다."

도마는, 흰 수염을 길게 기르고 짙은 눈썹 밑에 형형한 눈빛을 내쏘고 있는 이 노인이, 자신에게 집착하는 이유가 무엇인지 궁금했다. '하긴, 이 사람과의 인연으로 내가 이곳에 오게 되었지. 항구에서 이자에게 무작정 여기로 데려다달라고 하였을 때, 대가로 무엇을 지불하겠냐고 이자는 물었고, 나는 하나님의 말씀과 예수의 사랑을 먹여 주겠다고 하였지. 그러자 이자는 크게 너털웃음을 웃어 대며 나를 배에 태워 줬어. 평범한 사람은 아니야. 그릇도 크고……. 어차피 해야 될 일이라면 한 번 믿어 보자.'

"좋습니다. 이 포교당의 대장로가 되셔서 여기를 개혁하여 주십시오. 그러나 나는 사실 두려운 마음이 그치질 않습니다. 나의 주님이신 예수께서 말씀하시길, '내가 세상을 이기었노라고, 그러므로 두려워 말고 너희도 세상에 이기는 자가 되라.'고 하셨는데, 나는 왠지 세상에 점점 침몰해 간다는 생각이 드는군요. 모두가 저한테 욕심으로 대한다는 느낌입니다. 예수께선 조건 없는 사랑과 우정으로 나를 대해 주셨는데 말이지요. 그래서 나도 여러분에게 그러한 예수의 사랑을 보여 주려 노력하나, 여러분 스스로가 사랑의 통로를 완고히 막고 있는 것을 느낍니다. 사실, 얼마 전에 폐하를 만나 뵈었는데, 이번의 일뿐만이 아니라 상식을 뛰어넘는 요구도 하시더군요. 공주를 아내로 맞으라고 말입니다. 물론, 이런 영광이 어디에 또 있겠습니까! 하지만 생각해 보면, 이제는 폐하의 진심을 모를 지경입니다. 자신의 딸을 나한테 주려고 마음먹은 그 심중의 배경이 무엇일까 생각하면, 기쁨보다는 걱정이 앞서는 것이 사실입니다."

"무엇을 걱정하십니까? 공주님과 결혼함은 이 나라 국왕의 사위가 된다는 것. 이 나라에 사는 백성으로서, 그 이상 가는 성취로의 지름길이 있을 것이라 생각하십니까? 대범하게 생각하십시오! 왕의 사위가 됨은, 그만큼 무한한 가능성의 성문이 선생의 앞에 열린다는 것을 의미합니다. 진정으로 하고 싶은 일을 할 수가 있습니다. 이 나라의 가장 밑바닥에서부터 깨끗이 청소할 수 있는, 그런 개혁을 할 수 있을지도 모릅니다. 이 나라를 진정한 하나님의 왕국으로 만들 수도 있습니다. 게다가……." 압바네스는 입가에 은근한 미소를 지으며 하던 말을 갑자기 멈추었다.

"계속 말씀해 보시지요."

"도마 선생. 선생은 공주님을 사랑하고 있지 않습니까? 나의 눈은

속이지 못합니다. 지금까지의 생生이, 사람을 만나 사람의 마음을 요리하는 일들로, 직업을 삼은 나날이었습니다. 천한 장사꾼이라고, 보는 눈마저 판별력 없는 천한 것을 달고 있다고 생각하십니까? 내 눈을 속이지 못합니다. 선생은 공주님을 만나 볼 때면, 이 세상의 모든 것을 바라보는 표정이 나옵니다. 과히, 황금 가마에 그녀를 태워 축제에 데려가고 싶은 마음의 형상이라 할 수 있지요. 감정을 누르려 애쓰는 마음이, 때로는 어색하게만 느껴지는 행동으로 돼 버리는 것을 보고, 아주 흥미진진했던 때가 여러 번 있었습니다."

도마는 빙그레 미소 짓는 압바네스의 얼굴을 보고는, 자신도 모르게 계면쩍은 웃음을 얼굴 한 귀퉁이에 나타내고야 말았다. '공주에게 예수의 증거를 할 때마다 얼마나 기쁘고, 또한 얼마나 긴장을 하는가!'

"또한 공주님도 선생을 흠모함이 공주님을 향한 선생의 마음 못지않지요. 언제나 선생을 염려하고 걱정하는 것이 왜 그렇다고 생각합니까? 그녀는 일국의 공주입니다. 그러나 언제나 선생에게는 '선생님'이라 호칭하면서 여인의 겸양을 나타내지요. 왜 그럴까요? 선생의 모습은 남자로서 상당히 보기 좋은 풍채이고, 하시는 말씀마다 세속에 찌들지 않은 수수함이 배어 있으니, 아직 어린 공주에게 선생은 남편감이자, 친부인 국왕에게선 찾지 못할 편안함을 가진, 부성父性까지도 찾게 되는 대상이겠지요."

도마는 공주에 대한 이야기가 압바네스의 입에서 계속 흘러나오는 것을 들으며, 마음에 말할 수 없는 기쁨이 가득참을 느꼈다. '그녀도 나에게 흠모의 정이 있다고……?'

"도마 선생. 공주하고 결혼하십시오. 이 나라의 부마가 되어 이 나라를 바꾸십시오. 모든 생각들과 제도를 바꾸어야 할 것입니다. 어렵고 고통스런 길이 될 것입니다. 내가 선생의 길에 동참해 드리겠습니다. 나의 남은 인생을 걸고, 이제 평생의 꿈을 이룰 시간이 다가오고 있다는 생각이 듭니다."

압바네스는 강변을 토하기 시작했다. 도마는 이 자그마한 노인네가 어디에 이런 정열을 숨기고 있었나 새삼스레 쳐다보게 되었다.

"나는 향료 선단을 이끌고 이 세상의 모든 바다를 누빈 사람입니다. 곳곳에서 재료를 찾아내 향료를 만들고, 향수도 만들어 다시 비싸게 팔아 왔습니다. 향기를 내는 재료를 직접 구해 보면 우선 드는 생각이, 일반 사람들에게는 '어떻게 이런 것에서 향기가 나올까?'일 것입니다. 대부분 향기보다는 악취가 우선하게 되지요. 향 중에서 최고의 향이라 일컫는 사향麝香이나 용연향龍涎香을 생각해 보십시다. 둘 다 동물의 생식기나 상처 속에서 악취를 풍기며 향내를 숨기고 있습니다. 향유고래의 상처를 감싸는 썩은 지방 속에서 용연향의 덩어리가 나오며, 사향노루의 배설과 생식을 담당하는 곳에서 사향 주머니가 나오는 것입니다. 이 세상의 그윽한 향기들이 사실은 썩은 상처 속이나 배설 기관에서 생겨난다는 것이 무얼 의미하겠습니까? 도마 선생, 어떤 경우와 맞닥뜨려도 장차 어떻게 될 것인지 미리 걱정할 필요가 없는 것입니다! 자신이 썩은 시궁창에 빠지게 될까 봐 미리 두려워할 필요가 없습니다! 오히려, 악취 나는 것들이라고 선생이 생각하는 권력과 타락의 저 왕궁 무리 속에서 고군분투할 때에, 선생의 노력은 저 하늘에 계신 우리의 아버지께서도 향기 나는 제사로 거두어 주시지 않겠습니까?"

도마는 압바네스의 웅변을 듣고 마음을 정하였다. 이제 그는 평생을 두고 자신을 괴롭혀 왔던 '이것은 내가 잘못하는 일이 아닌가.' 하는 의심의 버릇을 완전히 끊어 내기로 결심하였다.

"각하. 우리 쪽의 군세가 밀리고 있습니다. 좌, 우측의 기병은 적의 협공으로 이미 밀렸고, 다만 남아 있는 중앙의 전차 부대만이 전멸에 대적하고 있을 뿐입니다. 보병대는 이미 거의 다 퇴각하고 있사오니, 속히 자리를 피하셔야 하겠습니다."

"무슨 소리인가! 나는 비겁자가 되고 싶지 않다. 이 처참한 주검들을 뒤로 하고, 어찌 내가 도망칠 수 있겠는가! 차라리 여기서 죽음을 맞이하겠다!"

도마는 아군의 참혹한 시체들을 보고 가슴에서 북받쳐 오르는 통증을 느꼈다. '차라리, 여기서 죽겠다.' 그는 이곳 전장까지 나오게 된 경위를 뒤돌아보니, 마음의 상처가 더욱 아려왔다. '주主 예수의 사자使者가 되겠다고 이곳에 왔는데, 이런 비참한 일이 생길 줄은 누가 알 수 있었을까! 아아! 나야말로 씻을 수 없는 죄를 범한 것이 아닐까!'

도마는 왕의 사위, 즉 나라의 부마가 되자, 국왕의 후원에 힘입어 강력한 개혁 정책을 펼치기 시작했다. 모든 일들이, 도마 스스로가 자신의 마음을 매여 놓은 주인主人 예수에게 바치는, 진정한 '하나님의 나라'를 만들고자 하는 염원의 결과물들이었다. 매일매일이 용기를 내야 하는 일들의 연속이었다. 그는 침식도 잊고 일에 몰두하여 공주의 근심덩어리가 되었다.

"선생님. 모든 일을 단숨에 다 해낼 수 없는 노릇이지요. 숨고르기가 필요해요. 그 다음에 다시 무소의 뿔처럼 지긋이 나아가는 것입니다." 공주는 결혼 후에도 도마를 여전히 **선생님**이라고 불렀다. 바쁘고 힘든 일과를 견디어야 하는 나날들이었지만, 공주의 품안에서 인생 처음으로, 여인이 주는 안식이라는 것이 무엇인가 도마는 깨달을 수 있었다. 그는 행복했다.

국왕은 그에게 기존의 지배 계급인 귀족(샤뜨리야)과 사제(브라민)들을 모두 없애 버리라고 명하였다. "그놈들을 살려 두면 반드시 후환이 될 것이야." 그리고 압바네스를 필두로 하는 새로운 상인 세력(포교당의 주된 세력이기도 하다)을 기반으로 삼아, 기존의 카스트 제도를 허물어뜨리려 하였다. 카스트의 단순화(이곳은 수천의 자띠로 세분細分되는 계급 사회였다)와 왕권 강화가 국왕의 목적이었다. 도마는 국왕을 설득하여, 개종을 전제로 허리를 굽히는 귀족과 사제들을 살려 주었다. 물론 자신의 종교를 지키며, 카스트의 규칙-율법을 엄수하려는 귀족과 사제들이 형장의 이슬로 됨은 어쩔 수가 없는 일이었다. 도마는 처형되는 그들을 보며, 나는 최선을 다하고 있다고 입술을 깨물었다.

급속한 개혁의 결과로 왕권은 강화되었고, 국왕 위 하늘의 통치자로서 도마의 하나님과 그 오른편에 계신 예수가 선포되었다. 국왕은 그들의 뜻을 지상에 실현하는 지고至高의 존재로 되었고, 도마는 신의 뜻을 왕에게 전하는 유일한 대언자代言者로서 그의 지위를 인정받았다.

그리고 모든 이는 국왕 밑의 논리상 한 계급으로서 통합되었다. 다만 여기에는 부를 거머쥔 상인 계급이 새로이 급부상하여 기존의 기득권 세력 내로 통합되는—기득권 세력이 쇠약해져 있긴 하지만—실질적 양상이 사회 구조 안에 나타났다. 그러나 모든 계급 간의 금기와 율법은 왕의 권한으로 폐지되었고, 기존의 모든 숭배와 종교는 과거의 악으로 치부되었다. 그리고 새로이 선포된, '하나님 아버지와 그의 독생자獨生子 예수가 세우신 사랑과 평등'이란 명제가 모두를 사로잡는, 신정국가神政國家가 태어났다.

새로운 체제의 균열은 뜻밖의 곳에서 시작되었다. 새 질서를 누구보다도 환호하며, 도마를 처음부터 아무 계산 없이 따랐고, 그에게 최초의 '형제'가 되었던, '만지기도 더러운 무리'로 불리던 과거 불가촉천민 집단, 아바르나Avarna에게서였다. 이들은 카스트 제도하에서 이루어지던 식량원의 분배 원칙(식습관을 강제하여, 먹을 수 있는 음식 종류가 바르나에 따라, 또는 자띠의 분별로써 구별된 소집단마다 각기 달랐다)의 첫 번째 희생양이 되었다. 음식에 대한 금기들을 철폐하자, 아바르나에게 그동안 먹도록 강제되었던 물소의 부속물 같은 하급 육류원과 일단의 식량원들을 과거 바르나Varna였던 사람들도 먹기 시작했다. 그 변화 때문에, 그러지 않아도 굶기를 밥 먹듯이 하던 아바르나들에겐, 먹거리가 없어 고픈 배를 움켜쥐는 경우가 점점 늘어가기만 했다. 게다가, 물자와 재산이라곤 없는 아바르나들은 새로이 부과되는 세금(이들은 과거엔 세금의 면제 대상이었다)을 낼 길이 없었다. 결국 세금의 감면 수단으로써, 아바르나들은 국가의 각종 부역과 징병의 직접적

대상이 되었고, 그러자 그들에게 불만은 날로 쌓여 가기만 했다.

　도마로선, 사제 계급이 장악하고 있던 사원의 재산을 몰수하면, 세수대상稅收對象의 확대 없이 국가에 필요한 재정과 자원 문제를 자동적으로 해결할 수 있으리라 처음에 생각했으나, 막상 일을 벌이고 보니 쉬운 상황이 아니었다.

　많은 수로 건립되기 시작한 '새로운 회당會堂'들엔, 우선적으로 새로운 건축 비용이 필요했고, 국가 체제 유지를 위한 관리 기구로서, 그에 걸맞은 상징물들을 만들어 낼 자원 조달이 또한 이루어져야 했다. 또한, 기존의 사원 시설을 이용한 '새로운 회당'들조차도, 들어오는 헌물獻物만으로는 그 운영이 불가능했다. 그렇다고 상인 집단에게 부족분을 모두 메울 만한 많은 양을 요구하자니, 지금 체제에 대한 호응도가 가장 높고 ― 유일한 호응 세력이라 해도 과언이 아니다 ― 지지 기반인 그들을 함부로 다룰 수 없다는, 불가항력不可抗力의 고민이 생겨났다. 결국, 과거 사원이 가지고 있던 자원은, 고스란히, 새로운 신정국가 체제 유지를 위해 반드시 필요한, '새로운 회당'의 비용이 되었고, 그럼에도 불구하고, '새로운 회당'은 재원財源이 부족하여 절절매고 있는 상황이 계속되었다.

　과거의 사제들과 그에 딸린 사원의 인력들이야 어차피 부역과 징병의 면제 대상이긴 했지만, 이들은 국가의 보호를 받는 조건으로 ― 동시에, 왕실에 대한 끊임없는 압력 세력으로서 자신들의 위치를 세우기 위함도 있었다 ― 사원의 토지와 헌물로 쌓인 수익을 국가가 아닌 왕실과 사적私的으로 나누고 있었다. 그러나 이젠 그 비공식적인 통로마저 막혀

버려 이래저래 답답한 사정에 놓인 왕실과 새로운 신국神國이었다. 자유
민이 된 사원의 과거 노예(슈드라)들은, 이제 단물 다 떨어진 사원을 상
당수 떠나 버렸고, 그 결과, 과거 사원에서 걷어들이던 왕실 독점의 세
수 부분도, 새로운 신정국가에선 거의 없다시피 한 신세였다.

귀족들이 개인적으로 거느리던 사병들을 국가의 중앙군으로 상당수
편입시키면서, 추가의 비용이 발생하여 재정난을 더욱 가중시켰다. 하
지만 할 수 없는 노릇이었다. 왕권 강화를 위해선 반드시 필요한 조치
였다. 이러이러한 난제가 연이어 터져 나오는 것을 지켜보며, 도마는
입술을 깨물면서 버티고 있어야 했다.

귀족과 사제들의 힘을 꺾은 대신, 이들에게서 한꺼번에 조달하던 세
금과 부역, 징병의 자원 수급 부분이 상당량 줄게 되자, 이제는 과거
'낮은 자띠'와 '천한 것의 자띠'로 불리던 이들에게까지 조달 대상을 확
대, 필요 자원을 수급해야 하는 상황에 내몰리게 된 것이다. 결국, 도
마에겐 '최초의 형제'였던 아바르나, 이들이 신체제에 대한 첫 번째 불
만 세력으로 변해 버렸다.

과거 노예였던 슈드라들도, 해방 이후 자유민이 된 신세가, 실질적
으로 먹고 사는 문제 해결에는 이바지하지 않는다는 점을 점차 깨달아
갔다. 자유의 대가는, 살 길을 직접 찾아내야 하는 고달픔이 있었다.
과거 평민(바이샤)들의 불만도 매한가지였다.

카스트 제도하에선 원칙과 율례로써, 산 입에 거미줄 치는 건 간신
히 면할 정도로, 밑바닥 신세들에게까지 식량원의 수급과 분배가 그렁
저렁 이루어졌지만, 계급이 무너져 버리자 분배의 혼선이 일어나, 사

회 전반적으로 심각한 식량 부족 또는 편중 현상이 나타나 버렸다. 이를 타개하기 위해 주변국에서 식량을 수입해야 했고, 이 수입 과정에서 상인들은 막대한 폭리를 취하였다.

도마는 이런 식량 부족과 사회 시스템의 대혼란도 시간이 지나면 정리될 수 있다고 생각하였으나, 사실상 '그렇게 믿고 싶었다.'는 게 더욱 솔직한 표현이리라. 노예 근성이란 타성에 젖어 있는 사람들에게서 은근히, "옛날이 차라리 좋았다."는 불평불만으로, 미천하지만 한계에 몰려 쥐구멍이라도 찾고자 하는 분노들이 이어진다는 사실을 발견하고는, 조상 유대인이 이집트에서 나와 광야를 헤매던 시기의 교훈(그들은 지도자 모세에게, 왜 우리를 이집트에서 데려 나왔냐고 고함을 쳤다. 사십 년이란 기다림에 지쳐 가며, 그들은 불평과 분노로 그 세월을 채워 나가야 했다)을 절로 떠올리게 된 도마였다. 그는 자신의 신에게, 제발 하늘에서 만나[13]가 떨어지기를 탄원歎願해야 하는 상황까지 내몰리지 않게 될 것을 기도하며, 개혁이 실패할까 봐 불안에 떨고는 했다.

매일같이 새벽에 일어나 기도와 묵상을 하여도, 도마는 도대체 생각이 정리되지 않았다. 어떠한 계시도 꿈도 환상도 없었다. 답답했다. 그러자 어느 날, 지방 시찰을 나갔다가 도마는 한 광경을 목도하게 된다.

---

13 만나 성경의 「출애굽기」를 보면, 이집트 노예 생활을 해방시키려 모세는 유대인 모두를 데리고 홍해를 건너 탈출한다. 그 후 광야에서 사십 년을 헤매게 되는데, 이때 유대인들에게 먹을 것이 떨어져 버리니 하나님 야훼는 하늘에서 '만나'를 내려 그들의 식량을 삼게 했다. 꿀을 바른 밀가루 전병 맛이라고 되어 있다.

말을 타고 가던 그가 마주친 광경이란, 멍에를 진 늙은 애비가 앞에서 끌면 어린 딸이 뒤에서 쟁기를 대고 힘겹게 밭고랑을 고르고 있는 모습이었다. 가슴을 치는 데가 있었다. 불현듯, 작금의 사태에 대한 해결책을 머릿속에 떠올렸다. 해결책이란 바로, 대지주(귀족)들에 의해 소유되던 토지들을 몰수한 후에, 신민神民들에게 완전히 재분배를 하는 방법이었다.

생산 요소 자체의 기회를 균등하게 분배하는 일이, 재화財貨와 소득을 가지게 될 기회의 평등을 빨리 되찾을 수 있을 뿐만이 아니라, 나아가 국가 전체의 경제 기반을 단단하게 만들 것이란 예상들이, 도마의 양손을 확신 속에 불끈 쥐게 만들었다. 또한 중장기적으로 보면, 국가 세수의 확대와 징병 자원 수의 증대를 가져와, 실질적인 부국강병富國強兵의 가능성도 아울러 내다볼 수 있었다. 그러나, 이것은 기존 귀족들의 반발뿐만이 아니라, 대규모의 농장을 가지고 있던 왕족들의 반발도 각오해야 할 일이었다. 도마는 결심했다. '나는 예수 안에서 결코 두려워하지 않는다.' 그는 마음속 깊이, 어떠한 일에도 흔들리지 않고 더 이상 두려워하고 싶지 않다는 갈망을, 자신의 예수 안에 담고 있었다.

그러나 현실은, 국왕의 허락을 얻기도 전에 왕궁 안의 소문으로서도 심각한 내부 반발을 가져왔다. 국왕은 도마의 편을 들어주었다. "조금만 기다려. 왕족들만이라도 내가 설득하고, 불만을 최소화할 수 있는 방법을 의논할 터이니……. 다만 개종한 귀족과 그 언저리에서 붙어먹고 있는 옛날 사제놈들이 걱정이야. 그놈들은 절대로 수긍하지 않을 게야. 하지만 이제는 죽여 버릴 수 있는 명분이 없질 않은가." 도마도 알고 있었으나, 사람을 마구 죽이는 일은 할 짓이 아니라는 자신의 신념을 스스로 허물지는 못했다. 국왕은 도마의 신념을 우려했으나 넘어가기로 했다. "내 마음속엔, 인간에 대한 사랑을 지켜 나가려는 자네의 노력을 좋아하는 부분도 있긴 있어." 국왕은 사위를 쳐다보며 미소 지었다.

과거 귀족들의 반발이 엄청난 파장이 되어 도마에게 밀어닥쳤다. 아직 법으로서 토지 개혁을 시행하기 이전임에도 불구하고, 도마를 증오하며 죽이려 하는 시도가 전보다 더욱 빈발해졌다. 이로써 도마는, 자신이 이번에 행하려 하는 일이, 기존 기득권의 숨통을 완전히 끊는 일임을 깨달았다.

귀족 무리 중 상당수가 가족을 이끌고 주변국으로 사라졌다. 그리고 얼마가 지나자, 그들이 주변국 왕들에게 찾아가, 군사를 일으켜 도마의 집단을 이 땅 위에서 없애 줄 것을 호소한다는 첩보가 들어오기 시작했다. 도마가 계획한 개혁의 골자가 실질적인 부국강병을 가져와, 지역 국가들 사이에서 그의 국가가 군사적 불균형을 초래하게 되고, 나아가 지역 패권을 추구하게 될 것이라 주변국들은 우려하고 있었다. 그들은 연합 세력이 되어 도마에게 외교적 압력을 행사했다. '우리와 다른 신을 섬기어, 우리의 신들을 욕되게 하는 신성모독을 행치 말라.'고. 그러나 도마와 국왕 입장에서는 여기서 개혁을 그만둘 수 없었다. 한 번 구르기 시작한 바퀴는 멈출 수가 없는 것처럼.

국경에서 4개국 연합군이 집결하기 시작했다는 첩보가 궁정으로 날아들고, 도마는 마음으로부터 신의 도움을 간구했다. 신민神民들에게는, 신의 가호와 승전 후 각자에게 나누어 줄 토지 분배를 약속하고, 전쟁에 참전할 것을 독려했다. 자발적인 참여만이 승리의 지름길이라 생각했기 때문이다. 이로써 연합된 침략군보다는 군세가 열세이기는 하나, 승리의 기원을 담은 신의 군대가 출병하였다. 도마는 이 전장戰場에서 병사들의 용기를 북돋우기 위해 앞장설 것을 마음먹었다. 수호자 예수의 피와 십자가를 상징하는 적색 깃발을, 군대의 맨앞에 앞장세우고 전장으로 나아갔다. 도마의 가슴에는 붉은색으로 수놓여진 흉장胸章이 매여 있었고, 이는 공주가 직접 수놓은 것이었다.

피투성이의 전장이었다. 여섯 마리 말이 끄는 육중한 전차의 네 바퀴 칼날과, 거대한 몸뚱아리의 성난 전투 코끼리가 분출하는 광포한 내달음에, 병사들은 짓뭉개지고 팔다리가 잘려 나갔다. 충돌하는 전선戰線을 지켜보던 도마는, 그 전장의 참혹함으로 인해 자신을 엄습해 오는 죄책감을 덜기 위해서라도, 그의 신변을 지키는 참모진의 강력한 만류에도 불구하고, 말을 타고 종종 병사들의 선두에 서는 만용을 부렸다. 계속적으로 한 가지의 말소리를 마음으로 중얼거리면서 도마는 자신의 용기를 북돋아야 했고, 결국엔 정신의 자유는 잃어가고 있었다. '오직 승리만이, 이 전쟁이 몰고 온 수많은 피흘림의 고통을 그나마 합리화해 줄진대, 그 승리를 확실히 이 손아귀에 쥐어 보려 한다면, 내가 어찌 병사들보다 앞장서지 않을 수 있겠는가!'

어쩌면 도마의 마음속 깊은 곳에선, 자신을 지치게 만드는 더 이상의 모든 생각과, 그로 인한 정신의 고통을 멈추게 해줄 궁극적인 방법, 즉 도피와 휴식을 가져다 줄 전장에서의 명예로운 죽음을 원했던 것인지도 모른다.

　그는 절단된 사지들에서 터져 나오는 핏줄기 세례를 맞아 가며 앞장서 검을 휘둘렀고, 선두에 서서 병사들을 독려하였다. 주위의 죽어 가는 모습들을 보며 두려움이 엄습할 때마다, 스스로 '한 번만 더 큰 산을 넘으면, 나의 신념은 이루어진다.'고 마음속으로 외치곤 하였다. 도마는 이제 전사戰士가 된 것이다. 이윽고, 6일 간의 일진일퇴의 공방전 끝에 전세는 확정되어 갔다.

　아군의 패배였다.

　"폐하, 이 나라는 이제 풍전등화의 시점에 내몰리고 있습니다. 이 전쟁에서 패배한 연고로, 이제 연합군의 강화 요구를 들어줘야 될 상황이옵니다. 폐하, 모든 개혁들을 없던 일로 여기고 이제 본연의 안정적이었던 과거로 돌아가는 것만이 우리의 살 길이옵니다."

　국왕은 침통한 낯빛으로 대전 안을 서성이고 있었다. 음험한 돼지얼굴과 교활한 여우눈길의 두 사람이 끊임없이 국왕의 주변을 맴돌며, 할끔거리며 말을 걸어 댔다.

　"국왕이시여. 지금 속히 결단치 않으시오면, 이번의 패배로 우리는 저들의 분할 통치를 받게 되옵니다. 차라리 과거로의 회귀를 속히 시행하고, 이번 사태를 불러 일으킨 도마 일당을 체포하시어, 이번 전쟁의 전범戰犯으로 저들에게 처벌받게 하신다면, 국가와 왕가의 존립을 보장받을 수 있다고 사료되옵니다. 폐하, 폐하의 부마이기도 한 도마의 처벌을 논함은, 신臣으로서도 송구하기 이를 데 없는 민망한 일이오나, 오직 국가와 폐하의 안녕만을 바라는 진심어린 충정임을 의심하지 마옵소서."

국왕은 알 수 있었다. 바로 이들이 적들과 내통하여, 왕국을 침범하게 한 내부의 역적놈들이라는 것을. 그리고 이 두 놈이 개혁을 막으려 한 귀족과 사제 세력의 배후, 음모의 발원지라는 것을. 예전부터 예상해 왔던 두 놈의 소행이지만, 개종한 자들에 대해서는 선처를 호소한 사위, 바로 도마의 간청 때문에 두 놈을 살려 놓았던 것이다. '내가 실수를 했군. 절대로 살려 놓지 말았어야 했을 놈들인데. 양심과 정의감이라는 건 그 어디에도 찾을 수 없는 뱀 같은 것들인데……. 뱀을 살려 놓았어. 이제 이 두 놈이 표면에 나서, 나의 목줄을 조이는구나.'

왕과 두 인물의 주위는, 눈을 반짝이며 사태의 추이를 관찰하고 있는 신하와 귀족들로 둘러싸여 있었다. 이들의 얼굴 대부분에선, 국왕의 대답을 기대하는 야릇한 미소들이 입가에 맴도는 중이었다. 반면에, 드물긴 하나 얼굴에 말할 수 없는 슬픔이 가득 차 있는 얼굴들도 보였는데, 이들은 내심 도마가 믿는 신의 신실한 신자들이었다.

"도마와 그 추종자들을 체포하라. 포교당과 그동안의 모든 회당 시설들을 폐쇄하고, 개혁령도 파기한다. 백성들에게, 다시 원래의 과거로 돌아갈 것을 명령하노라. 우리는 옛 세계로 돌아간다."

왕의 두 주먹이 얼마나 세게 쥐어졌던지, 손톱이 손바닥을 파고들 지경이었다.

3

　도마는 다시금 온몸에 쇠사슬이 감긴 채 광장으로 끌려 나왔다. 주위를 둘러보니, 자신을 쳐다보며 눈물을 흘리는 아녀자들과 청년들이며, 두 손으로 얼굴을 감싸고 이 처참한 상황을 보지 않으려 하는 여러 추종자들이 눈에 들어왔다. 이들은 모두 감옥에 갇혀 있다가 오늘에사 도마와 같이 끌려 나왔는데, 지난 세월 동안 도마의 편에 서서 세상과 싸워 온 자들이었다. 이들을 대하자마자 도마는 얼굴에 미소를 띠우며 희망과 용기를 이들에게 북돋우려 애써 보았건만, 자신의 몰골이 한심한 정도를 지나 비참함을 새삼 깨닫고는, 그는 더 이상 미소를 지을 수가 없었다. 반대편을 보니 자신을 향해 주먹을 휘두르며 욕을 퍼붓는 무리들이 있었고, 그 너머 단상 위로는, 숭전국들의 대표들, 바로 침략자들의 의기양양한 모습과, 그 옆에서 그들에게 갖은 아양을 떨고 있는 귀족들, 그리고 한쪽에 웅크리고 앉아 있는, 망연자실한 채 넋이 다 나가 버린 듯한 사랑하는 아내 즉 공주와, 그녀 옆으로 무표정한 얼굴 표정의 국왕 모습이 차례로 눈에 들어왔다. 도마는 공주와 국왕의 모습을 발견하고는 가슴이 아려와 숨이 멎을 것만 같았다.

'모는 것이 내 책임이다. 내 탓이야. 너무도 많은 피가 흘렀어.'

광장에는 수만의 백성들이 몰려 들어와 작금의 사태를 지켜보았고, 폭동을 염려하여 병사들은 광장 주위를 철통같이 둘러쌌다. 비참한 사태가 일어날 것을 암시라도 하듯, 독수리들이 주검의 냄새를 미리 맡고 10여 마리가 창공을 맴돌았으며, 햇빛은 모든 것을 태울 듯이 칼날을 세우고는 대지에 내리꽂히고 있었다.

"여러분은 각각 제 곳으로 흩어지고 나를 혼자 둘 때가 올 것입니다. 그러나 나는 결코 혼자 있는 것이 아니요, 아버지 하나님께서 언제나 나와 함께 하실 겁니다. 내가 이 말을 하는 이유는, 여러분이 내 안에서 평안을 누리기를 원하기 때문입니다. 세상에서 여러분은 환난을 당할 것입니다. 그러나 두려워 말고 담대하시오. 내가 세상을 이기었습니다."

예수는 십자가형을 당하기 직전의 유월절 밤, 제자들과 함께 한 마지막 저녁 식사 중에, 자신의 모든 믿음과 사랑을 쏟아 내어 제자들을 격려하고, 그들의 혼란된 생각들을 정리하여 주었다. 주위를 둘러보며, 제자 한 사람 한 사람과 눈을 맞추던 예수는, 고개를 들어 하늘을 우러르며 기도하기를 시작했다.

"아버지여! 나의 기도는 제자들만을 위한 기도가 아닙니다. 나를 믿게 될 모든 이들을 위한 기도이옵니다. 아버지께서 내 안에, 내가 아버지 안에 있는 것같이, 이들도 다 하나가 되어 우리 안에 있게 하사, 세상으로 하여금 아버지께서 나를 보내셨음을 믿게 하옵소서. 내게 주신 영광을 나도 이들에게 주었사오니, 이는 우리가 하나인 것과 같이, 이들도 역시 하나가 되게 하기 위함입니다. 내가 이들 안에 있고 아버지께서 내 안에 계신 것은, 이들로 온전히 하나가 되게 하려는 것이옵니다. 부디 이들로 온전히 하나가 되게 하셔서, 아버지께서 나를 보내신 것과, 나를 사랑하심같이 이 사람들도 사랑하신다는 것을, 세상으로 하여금 알게 하옵소서. 아버지여! 내게 주신 사람들도 나 있는 곳에 나와 함께 있어, 아버지께서 세계를 창조하시기 이전부터 나를 사랑하시므로 내게 주셨던 나의 영광을, 이들도 함께 볼 수 있게 해주옵소서. 의로우신 아버지여! 세상이 아버지를 알지 못하여도 나는 아버지를 알았고, 이들 또한 아버지께서 나를 보내신 줄을 알았습니다. 내가 아버지의 이름을 이들에게 알게 하였고, 또한 앞으로도 알게 하리니, 이는 나를 사랑하신 사랑이 이들 안에 있고, 나도 이들 안에 있게 하려 함이니이다."

　기도를 마친 예수는 자리에서 무교병[14]을 떼어 제자들에게 나누어 주며 축복하였다.

　"이것은 여러분에게 주는 내 몸입니다. 여러분도 앞으로 이 일을 행하여 나를 기념하시오."

　식사를 마치고는 예수는 포도주가 담긴 잔을 제자들에게 돌리며 말하였다.

---

14 **무교병** 유대인이 유월절 때 만드는 빵으로 납작하고 크래커 같은 모양이다. 이집트에서 급하게 탈출하느라 효모균에 의한 발효로 반죽을 부풀릴 시간이 없었던 것을 기념하여 발효시키지 않고 만든다.

"이제부터 나는, 새 것으로 포도나무에서 난 것을 여러분과 함께 마시는 날이 오기 전까지, 내 아버지의 나라에서 다시는 마시지 않겠습니다. 내가 진정으로 말합니다. 이 포도주는 죄 사함을 얻게 하려고, 많은 사람을 위하여 흘리는 나의 피, 곧 언약의 피입니다."

"저자를 어떻게 죽여야지, 이 무지한 백성들이 다시는 바보 같은 헛소리에 귀를 기울이지 않겠는가! 그는 이 전쟁의 가장 흉악무도한 괴수! 여러분께서도 저자의 얼굴이 어떻게 일그러지며 죽어 가나를, 어떤 비명을 지르며 진이 빠져나가나를, 곧 보시게 될 것입니다."

돼지얼굴의 추한醜漢이 단상 위에서 소리 지르고 있었다. 그는 단상 위의 승전국 대표자들에게 자신의 진심을 과시하기라도 하듯, 몸을 지나치게 뒤틀어 대며 분위기를 호도하였다. 돼지얼굴의 말에 공주의 파리한 얼굴은 더욱더 핏기를 잃어 감이 도마에게도 선명히 보였다.

"제가 제안하겠나이다. 저자를 우리 왕국의 최고 극형에 처할 것을 주장하옵니다. 그리하여야 우리 자신이 선대의 모든 전통과 신앙을 잃고, 마귀의 소리에 귀를 기울여 바보 같은 파행을 일삼은 수치를, 다시는 행치 않을 것임을 우리 스스로 자신에게 약속하는 일이 되겠나이다. 폐하, 저자를 모두가 보는 앞에서, 산 채로 어떠한 미약도 먹이지 말고, 껍질을 벗기고, 살점을 잘라 내고, 사지를 절단하여, 피를 흘리면서 죽일 것을 허락하소서. 살점을 잘라 내어 죽이는 일은 우리의 사형 집행인이 직접 할 것이 아니요, 지금 결박되어 있는 저 도마의 추종자들 중에, 다시금 우리의 전통에 돌아올 바른 결심을 하는 자에게 하도록 합시다. 바로, 확고한 회심의 결의를 보이도록 하게 하는 겁니다. 괴수의 살점을 바르고 껍질을 벗긴 자는 살려 줍시다. 즉 저 도마는, 그 자신이 가장 신뢰했던 자들의 살기 위한 배반의 손에 의해, 직접 죽어 가게 되는 것이오이다."

끔찍한 제안이었다. 말소리가 끝나자 단 위에서 술렁이는 소리가 들리더니 잠시 후, 기절한 공주가 실려 나가는 모습이 도마의 눈에 들어왔다. 국왕의 자세도 너무나 쪼그라들어, 앉아 있는 모습에서 그 존재감을 찾기조차 어려웠다. 도마는 머리가 멍해지며 귀에서 쨍하는 소리가 들리더니 눈앞의 세상이 흐려짐을 느꼈다. 다리가 후들거렸고 사지를 지탱하지 못하여 땅 위에 엎어지고야 말았다.

예수는 포도주가 담긴 잔을 제자들에게 일일이 직접 건네었다. 짤막한 축복의 기도와 함께 개인적인 정담을 나누었다. 도마는 제베대오의 아들 요한의 옆으로 앉아 있었다. 요한은 스승 예수의 무릎에 머리를 괴고 누운 방약무인傍若無人의 자세를 취하고선, 도마를 올려다보며 깔보듯이 말했다.

"자네, 오늘같이 좋은 날, 왜 또 그리 인상을 쓰고 있나? 오늘 선생께서 친히 우리의 발도 씻겨 주시고, 이리 잔도 돌리시고 하니 나는 기분이 좋기만 하네만."

"글쎄……. 아까 유다가 나갈 때 선생께서 하신 말씀도 좀 이상하고……. 왠지, 선생님의 오늘 담화는 우리들과 이별이 밀지 않았다는 암시가 있는 것 같은데……, 어째 좀 이상하지 않은가?"

"역시 하는 소리가 자네답군. 하여튼 자넨, 겁 많고 의심 많은 소심 쟁이야. 하하하."

성질이 욱하고 화가 나면 천둥이 치는 것 같다고 해서, '우레의 아들' 이란 별명을 가진 요한은 도마의 말에 웃어 넘겼다. 도마는 요한의 말을 듣고 기분이 언짢았으나 별 말 없이 앉아 있었다.

평소에, 요한은 예수에게 가장 사랑받는 제자는 자신이라고 주위에 지껄이며 종종 자랑하고는 했다. 그런 말을 해도 다른 제자들은 대꾸하지 않았고 이는 도마도 마찬가지였다. 도마는 요한과 말 섞기를 싫어했다. 이런 식으로 시간이 흐르다 보니 요한의 어떤 말도 무사통과되기가 일쑤였다. 무리의 반감을 잠재우는 특이한 재능을 발휘하며 튀는 언행을 일삼는 요한이었다.

언젠가, 예수가 죽은 나자로를 다시 살린 기적을 보일 때의 일이었다. 베다니의 나자로 집으로 가야겠다고 예수가 말하자, 그곳은 위험 지역이라 가기 싫었던 모든 제자들은 — 베다니는 예루살렘과 가까운 곳으로서 그곳의 권력자들이 예수를 죽이려 벼르고 있었다 — 자신들의 스승에게 "미쳤냐!"는 식으로 한마디씩 하며 베다니로 가기를 말렸다. 그때, 도마만은 펄쩍 뛰는 제자들과 다른 생각을 하는 중이었다. 대낮에만 이동하자는 예수의 계획이 이번 상황의 위험성을 파악하고 있는 것으로 일단 여겨졌고, 그간 자신의 스승이 보여 준 탁월한 판단과 선견을 눈으로 보고 귀로 들어서, 도마는 그 나름 탈이 없을 것으로 확신하고 있었다. 이렇게 이런저런 생각 끝에, 도마는 평소에 가지고 있던 예수에 대한 사랑과 의리, 고마움이 불러일으키는 충실함으로, "우리가 죽더라도 우리의 스승과 같이 가자!"며, 앞으로 나서 제자들을 설득하고야 말았다. 도마에게는, 어떠한 일이 일어나도 자신이 확신한 일은 물러나려 하지 않는, 그런 면이 있었다. 물론, 생각의 분열과 편집 없이 자신을 괴롭히지 않게 되고 편안한 확신이 다가온다는 것은, 그에게 극히 드물게 일어나는 상태이긴 했지만……

그 이후, 다른 제자들은 그 사건을 까맣게 잊어버렸으나, 요한과 가룻 사람 유다만은 도마에게 경계하는 시선을 던지며 유심히 관찰하는 눈길을 보내고는 했다. 과거 열심당원熱心黨員이었던 유다는, 무리의 회계를 맡고 있으면서 헌물獻物로 들어온 자금의 일부를 열심당熱心黨의 활동비로 지금도 빼돌리고 있었고, 제자들 사이에서 당원으로 포섭할 대상을 계속적으로 찾는 중이기도 했다. 가룻 유다가 그 목록에 자신을 올려놓고 저울질하는 것을 눈치챈 도마는, 그 살피는 듯한 눈빛이 싫어, 언제나 유다 주위에서 멀리 떨어지려 애쓰고 살았다. 요한은 또 달랐다. 목소리가 유달리 큰 요한과 베드로 두 사람은 제자들 중 중심 세력을 이루고 있는 바람에, 쉽사리 경원시하며 상대할 존재들이 아니었다. 그래서 도마에게는 더욱 어려운 요한이었다. 특히 요한은, 도마에게 예수가 보여 주는, 그 무조건적인 용납과 사랑에 대해 질시조차도 느끼는 것 같았다.

하긴, 다른 자가 그런 질문을 던지면 틀림없이 훈계가 떨어졌을 만한 ― 예수는 경우에 따라선 질책과 노여움을 상대에게 표시함에도 주지함이 없었다. 사람마다 대하는 태도기 디 디른 예수였다 ― 도마의 꼬치꼬치 캐묻는 외면상 무례하기까지 한 질문에도, 남이 보기에 예수는 이상할 정도로, 스승으로서의 어떠한 주의나 제재制裁, 짜증도 전혀 보이지 않고, 사랑으로 끝까지 답변해 주곤 하였다. 특히 예수와 만난 초기에는, 도마는 생각의 강박과 편집을 해결하기 위해, 무리한 질문을 연속적으로, 계속 한 적이 몇 번 있었다. 그는 자신의 마음속에서 편집과 강박으로 얽혀 있는 여러 고통들에 대한 해답을 구하는 동시에, 종교적인 두려움들, 즉 신에 대한 무서움, 죄와 처벌, 지옥에 대한 공포 등이 어느 정도 해결될 때까지, 그럴 것이라 예상되는 답을 이미 알고 있으면서도, 어쩔 수 없이 계속해서 질문을 예수에게 해대었어야만 했다. 살아가기 위한 몸부림이었다. 그때마다 예수는 성실하게, 끝까지 해답을 주며, 도마를 사랑으로 붙들어 주었다.

그런 모습을 본 요한과 유다는, 도마를 항상 예의 주시하였다. 요한은 도마가 자신과 같은 먹물이라는 점 때문에, 다른 배우지 못한 제자들에게 느끼던 우월감을 도마에게만은 느낄 수가 없었고, 예수가 보여주는 도마에 대한 이해하지 못할 자애로움이, 왠지 자신이 스스로 자랑하는 '제일 사랑받는 제자'라는 위치를 흔드는 것 같아, 도마를 '의심많은 소심쟁이'로 주위에게 몰아붙이는 면이 있었다. 도마를 단순히 '의심 많은 소심쟁이'로 별명지어 부를 수는 없다는 것을, 어느 누구보다도 깊이 눈치채고 있으면서 말이다. 도마는 그런 요한의 마음을 들여다보고 있었고, 그래서 요한이 제자들 중 제일 버거운 상대였다. 그러나, 가장 나이가 어린 자신의 위치가 제자들 사이에서 그리 힘을 가질 수가 없다는 생각에, 되도록 의사를 개진하지 않으면서 숨어 지내고 참고 지내는 쪽으로 흘러가곤 했으나, 그를 종종 불러 세우는 일을 오히려 스승 예수가 벌여 난감한 상황이 가끔 만들어졌다. 그때마다 제자들의 시선, 특히 요한과 가룻 유다의 시선이 도마에게 쏟아졌다.

"선생님. 어디로 가시는 것입니까?"

저쪽에서 베드로가 나서며, 예수에게 큰소리로 외치는 소리가 들려왔다.

"내가 가는 곳에 그대는 지금 따라올 수가 없으나, 후에는 따라오게 될 것이오." 애매모호한 예수의 답변이었다.

"제가 지금은 어째서 따라갈 수가 없습니까? 선생님을 위해서라면 어디든지, 제 목숨까지도 버릴 수 있습니다."

베드로의 큰소리는 여전히 계속되었다. 도마는 먼저 한 예수의 말이 무슨 뜻인지 속으로 곱씹으며, 이제 그의 말이 어떻게 나오나, 사태의 추이를 관찰했다.

"그대가 나를 위하여 목숨을 버릴 수 있을까? 내가 진실로 진실로 말하겠다. 그대는 닭 울기 전에, 세 번 나를 모르는 사람이라 말하게 될 것이다. 그러나 나는 그대를 위하여, 그대의 믿음이 떨어지지 않기를 아버지께 기도하였다. 좌절치 말고 돌이킨 후에, 형제들을 굳게 지켜야 한다. 내 말을 명심하라."

예수의 답변이 끝나자 좌중엔 침묵이 흘렀다. 분위기가 심상치 않았는지 요한도 자리에서 일어나 바로 앉았다. 이번엔 예수의 시선이 도마를 향했다. 도마는 스승의 시선을 의식하고는, 그에게 조심스럽지만 솔직한 질문을 던졌다.

"선생이시여. 선생님이 어디로 가시는지를 우리가 모르는데, 그곳에 가는 길이 무엇인지, 우리가 그 길을 따라갈 수 있을는지, 우리가 어찌 알 수 있겠습니까?"

예수는 도마에게 포도주잔을 주며 말하기 시작했다.

"내가 곧 길이라. 내가 곧 아버지에게로 가는 길이요, 진리요, 생명이다. 그대는 지금 나를 쫓아 어딘지 따라올 확신과 용기는 없는 자이다. 그러나 후에 그대는, 자신의 신념으로, 자신의 목숨을 바치는 용자勇者가 될 것이다. 절대로, 절대로 어떠한 일에도 후회하고 자신을 자책하지 말라. 마지막까지, 지금 죽음이 임한다 할지라도, 언제나 내가 그대와 함께 할 것이라는 것을 가슴에 새기어야 한다. 내 말을 마지막까지 붙들면, 그대는 진정으로 모든 것을 이긴, 굴하지 않은 자가 될 것이다."

도마는 광장 중앙으로 마련된 단 위의 형틀에 두 손이 결박된 채 묶여 매달리게 되었다. 두 발은 땅에 닿을락 말락한 정도로, 마치 푸줏간에 고깃덩어리를 매달아 놓은 형상이었다. 그 주위에 허연 가루를 뒤집어쓴 채로 상반신을 드러낸 사제들이 앉아, 깃대를 잡고 북을 두들기며 주문을 외웠다. 이는, 형장에 도마를 도울 잡귀를 얼씬 못하게 막아 내어, 그를 무사히 죽어 가게 하려는 의도였다. 도마의 신은 사제들에게도 사실적인 공포심으로 다가오고 있었다.

"이제 형을 집행하겠나이다."

사형 집행인의 말이 끝나기가 무섭게, 병사들은 도마의 추종자 무리 중 한 남자를 지목해서 끌어 내었다.

 "자, 이제 저 도마의 살가죽과 살점을 베어라. 그러면 배교함을 믿
고 살려 주마."

 사형 집행인의 말에 청년은 온몸을 떨며 오열하더니 자리에 풀썩 주
저앉고 말았다.

 "나는 못하겠소이다. 나를 차라리 죽이시오. 오오, 하나님 아버지.
예수님, 날 살려 주세요. 제발 살려 주십시오."

 그 말이 떨어지기가 무섭게 사형 집행인은 오른팔을 하늘로 쳐들었
다. 병사들 중 두 명이 청년의 양팔을 잡고는 그의 얼굴을 형틀 단 한
쪽에 마련된 굵은 나무 동아리에 짓눌러 댔다. 그러자 병사 한 명이 즉
시 도끼로 청년의 목을 내리찍었다. 잘려진 목에서 핏줄기가 솟아 오
르고, 단 밑 땅바닥에 굴러떨어진 얼굴에선 씰룩씰룩 경련이 일었다.
그 모습을 본 군중은 모두 쥐 죽은 듯이 조용해지고 말았다.

 "다음."

 사형 집행인의 외침이 들리고 다시 한 남자가 끌려 나오는데, 바로
압바네스였다.

 "도마의 살점을 잘라라. 그러면 살려 주마."

 압바네스는 무릎을 굽히고 오열하더니 자리에 주저앉았다.

 무너지는 압바네스를 보면서, '살점이 잘려 나가는 고통이 얼마나 끔
찍할 것인가!'라는 공포에 도마는 머리가 어질어질하였다. 거기에 더
하여, 이 모든 일이 자신의 책임이라는 자책감이 무엇보다도 그를 무
섭게 내리눌렀다. 온 전신이 촛농처럼 흘러내리는 것 같은 순간이었
다. 그러나 그는 최후의 안간힘을 쓰기 시작했다. 어린 시절부터 살기

위해 줄곧 해왔던, 어찌 할 수 없는 정신의 숨막히는 고통 속에서 버텨내기 위한 마지막 안간힘을, 지금 이 순간에도, 다시 한 번 더 하기로 그는 결심하였다.

"나를 베시오! 나를 베고 여러분은 살아야 합니다. 주저 말고 베시오. 여러분! 언제나 나는 여러분을 사랑합니다. 아버지 하나님! 주 예수여! 오오! 아버지시여……! 성령이여! 나에게 이 고통을 이길 힘을 주시오! 제발 부탁드립니다! 제발……. 나를 베시오!"

도마의 입에서 외침이 두서없이 흘러나왔다. 광장에 모인 모든 이의 얼굴마다 무거운 숙연함의 흐름이 나타났다. 이때 이 숙연함을 깨는 고함소리가 터져 나왔다.

"뭐하는가! 사형 집행인은 형을 계속 진행하라!"

돼지얼굴이 멀리 단상 위에서 출렁이는 몸을 뒤틀며 주먹을 휘둘러댔다. 관중 무리 중에 몇몇이 돼지얼굴과 똑같이 외치기 시작했다. 그러자, 어서 빨리 저놈을 죽이라는 소리가 여기저기서 튀어나왔다.

"살점을 베겠는가. 아니면 죽겠는가."

사형 집행인의 소리에 압바네스는 퍼뜩 정신을 차리며 자리에서 일어났다. 그는 멍하니 서 있다가, 자신을 베라는 도마의 외침에 따르듯이, 넋 나간 얼굴 표정과 함께 형틀 단 위를 올랐다. 압바네스의 뒤를 병사 세 명이 삼엄한 경계 속에 쫓아갔다.

"나를 용서하시오." 압바네스는 쥐어진 칼을 손에 들고는, 도마의 얼굴을 쳐다보며 흐느꼈다.

"살점을 조금만 잘라라. 많이 자르거나 찌르면, 너도 죽는다."

도마의 급속한 죽음을 염려한 사형 집행인의 냉혹한 목소리가 압바네스의 귓전에 울려 댔다. 그는 잠시 머뭇거리다가, 쥐어진 칼로, 도마의 부들부들 경련이 이는 팔의 살을 잘라 갔다. 피가 흐르며 도마의 입에선 잠혹한 비명이 디져 니왔다. 그때였다. 천둥이 치며 벼락이 광장 주변의 건물에 내리꽂혔다. 먹구름이 온 하늘을 갑자기 뒤덮더니, 빗줄기가 세차게 내려 주위의 모든 풍경을 회색빛으로 물들여 갔다. 도마의 팔에 흐르는 피는 비에 씻겨 형틀 바닥에 샛강마냥 조그만 흐름을 만들었다. 세찬 비는, 빗줄기 너머로 희끄무레 보이는 도마의 모습을 통해, 주위의 군중들에게 산 채로 생살을 자르는 날 선 잔인함을 용해시켜 보여 주는 듯했다.

"주 예수여. 나에게 힘을 주시오. 으으으……, 나를 지켜 주시오……. 아아, 제발."

도마의 비명 섞인 외침이 헐떡거리는 호흡과 함께 입에서 터져 나왔다. 압바네스는 자신이 한 짓이 너무도 저주스러워 두 손으로 머리를 감싸 쥐고는, 도마가 매달린 형틀 뒤로 가서 바닥에 주저앉았다.

"다음."

중년의 여자가 끌려 나왔다. 여자는 주위를 잠시 두리번거리더니 압바네스를 흘깃 쳐다보고는 눈치를 살피며 형틀 단 위로 올라섰다. 여자가 칼을 받아들고는 도마의 살을 잘랐다. 도마의 비명이 터졌다. 압바네스는 귀를 막았다. 눈을 감았다. 도마에게 단 번의 죽음을 행하지 않은 자신의 비겁함이, 살고자 하는 자신의 욕망이 치욕스러웠다.

"다음."

비명이 계속되다가 어느 순간 들리지 않았다. 압바네스는 도마가 기절한 것이 아닌가 싶어 눈을 뜨고 그를 살펴보았다. 고통을 느끼지 못하는 것인지, 도마는 멍하니 하늘을 쳐다보고 있었다. 그 순간, 폭우가 퍼붓는 캄캄한 하늘 한 점에서 밝은 빛줄기가 보이더니, 도마의 머리 위로 내려와 그를 감싸 안듯이 비추기 시작했다.

"오, 주여. 감사하나이다. 고맙습니다……. 그래, 나는 결코 굴복하지 않았습니다. 나는 최선을 다해 왔소……. 아아……, 이제……, 다 놓을 수가 있구나."

도마는 고개를 들고 하늘을 우러러 누군가를 쳐다보면서, 대화하듯이 혼잣말하고 있었다.

압바네스는 놀라서 도마의 얼굴을 쳐다보았다. 고통에 덜덜 떨던 그의 얼굴이, 빛줄기에 감싸여 하늘을 쳐다보며 환하게 웃고 있었다. 언제나, 마음 한구석에 무거운 돌덩어리를 매달고 있는 듯하던 도마의 얼굴이, 말할 수 없는 기쁨으로 채워져 밝게 빛나 보였다. 고통의 무거움은 사라지고 자유의 가벼움이 가득 차 있는 한 인간의 모습이었다. 압바네스는 머리를 조아리고 꿇어앉아 도마를 올려다 보았다.

"그렇습니다……. 아! 이게 이런 것이군요……. 고맙습니다. 고맙습니다. 나는……, 나의 과오로 지금의 결과를…… 아아! 이제야 알겠습니다. ……해야 한다고 생각했었지요……. 고맙습니다. 아아! 몸이 뜨겁습니다……. 나의 눈으로 지금 내가 당신의 영광을 봅니다. 오, 주여. 주여……."

하늘로 향한 도마의 입에서 혼자만의 독백들이 계속 터져 나왔다.

광장에 모인 군중들은, 알 수 없는 빛에 감싸인 도마의 모습을 세찬 빛 줄기 속에서 쳐다보다가, 광휘에 휩싸여 영광을 부르짖는 도마의 독백을 듣고는, 하나둘씩 무릎을 꿇어 나갔다.

"아아! 그의 신은 참으로 진정한 하나님이시다."

"그를 살려 주시오. 제발."

군중들 속에서 하나둘씩 도마를 살려 줄 것을 청원하는 소리들이 터져 나왔다. 병사들도 지금 벌어지는 기이한 현상에 놀라 모두 눈을 휘번드레 뜨고는, 윗사람의 눈치만 보고 있었다. 사형 집행인도 놀라 어쩔 줄을 모르다가, 저편 단상 쪽, 탐욕스런 돼지얼굴의 생각을 살폈다. 돼지얼굴도 방금의 사태를 쳐다보며 놀라서 멍하니 서 있었지만, 사형 집행인의 기척에 정신을 차리고는 발을 동동 구르며 악을 써 댔다.

"안 되겠다. 더 이상 그냥 두면 안 되겠다. 빨리 그냥 처형시켜라. 빨리."

사형 집행인은 그 소리를 듣자, 다시 도마를 쳐다보고는 잠시 고개를 좌우로 흔들더니, 형틀 주변의 병사들에게 손짓으로 명령을 내렸다. 병사들은 손에 들고 있던 창으로 도마를 일제히 찔러 댔다.

"주여. 당신의 손에 나의 영혼을 맡기나이다⋯⋯."

도마의 조용한 독백이 고통 없이 흘러나왔다. 도마의 육체는 잠시 울컥거리면서 요동을 치더니 곧 축 늘어져 버렸다. 가누지 못하는 목과 함께 영혼을 떠나보낸 평온한 얼굴도 힘없이 늘어지니, 올려다보는 압바네스의 눈으로 바로 들어왔다. 압바네스는 도마의 얼굴을 어루만지며 오열을 멈추지 못했다.

"저자들은 다시 감금하고, 군중들은 빨리 해산시키도록 하라."

누군가의 명령 소리가 들리더니, 병사들의 빠른 발자국 소리가 광장 위의 포도에 요란히 메아리쳤다. 폭우는 피범벅인 도마의 육체를 깨끗이 씻으면서, 이 세상의 모든 핏자국을 없앨 기세로, 더욱 맹렬하게 쏟아붓고 있었다.

압바네스와 그 일행은 전원이 다시 감방으로 돌아가게 되었다. 병사에게 끌려가던 압바네스는 도마의 시체가 마음에 걸려 뒤돌아보았다. '그의 시체는 어찌 취급 당할려나!' 마음이 아파옴을 느끼며 압바네스는 눈물을 흘렸다. 뇌성이 들리며, 도마의 주검이 매달린 형틀에 벼락이 내리쳤다. 순간 형틀은 불꽃을 피워 올리며, 도마의 육체를 태우는 제단이 되어 활활 타오르기 시작했다. 도마의 주검에 어느 누구의 손길도 허가하지 않으려는 듯, 불길은 거세게 피어올라 광장 전체를 붉게 물들였다. 무섭게 내리는 폭우 속에서, 활활 타는 불길이 하늘 끝까지 용솟음쳤다. 불길과 물길이 살아 있는 생물처럼 광장 한가운데에서 서로의 영역을 탐하며 투쟁을 벌였다. 이윽고, 타오르는 불길 속으로 도마의 육체가 점점 더 사그러질수록, 진하면서도 청초한 알 수 없는 향기가 폭우 속 물길을 타고 흘러 퍼졌다. 향기는 광장 전체로 퍼지면서 사람들의 마음에 경외감과 두려움을 안겨 주었다. 압바네스가 그 향기를 맡으니, 자신이 도마에게 왕의 사위가 되라고 설득하던 때의 대화가 갑자기 생각났다. 그 회상 때문이라도, 압바네스는 더욱더 가슴을 치고 통곡하며 흐느껴 울 수밖에 없었다.

"이번 사태로 오히려 민심이 동요되었소이다. 그놈들을 공개 처형하는 것이 능사가 아닌 상황이 되었소. 오히려 소요 사태를 불러일으킬 위험이 있소이다. 차라리 그놈들을 어디 다른 곳으로 추방시키거나, 쥐도 새도 모르게 없애 버려야 할 것이오. 그런데……, 죽여 버리면 일은 간단하겠으나, 왠지 후환이 두렵소이다."

"맞습니다. 도마 그자가 죽을 때 일어난 일은 사실 기적 아닙니까? 그렇지요? 나는 그때, 아무래도 우리 이러다 천벌을 받을지도 모른다는 불안까지 들더이다. 도마가 죽은 뒤로, 아직 다른 무서운 일이 일어나지 않는 것은 천만다행이지요. 어쨌든, 이런 기억들은 하루 빨리 그자취를 없애 버림이, 우매한 것들에게 좋은 특효약이 되겠소이다."

귀족들은 연신 지껄여 댔다. 눈알을 희번득거리며 살피던 여우눈길은 옆에 앉은 돼지얼굴에게로 말을 붙였다.

"나으리. 아무래도……, 압바네스 일행을 다시는 돌아오지 못할 만한 곳으로 모두 추방시켜 버림이 나을 듯싶습니다. 하루라도 빨리 이 사태를 정리하고, 나라를 안정시키는 것이 우리에게 유리하겠습니다. 사태를 끌어 봐야 좋을 일이 없겠고, 게다가 이번 사태로, 승전국들의 입장은 오히려 누그러진 상황이 되지 않았습니까? 강경 일변도의 요구도 줄고, 이곳의 상황이 예전으로 돌아가기만 한다면, 자기들도 얻을 만큼의 재물들만 가지고 본국으로 복귀할 생각들이니까요. 나으리께서 국왕과 의논하시어, 이 사태를 종결하도록 하시지요."

여우눈길의 말을 경청하던 돼지얼굴은 고개를 끄덕거렸다.

"알았어. 내, 국왕과 의논하여 모든 일을 마무리 짓도록 하지."

"아바마마. 저도 그들과 같이 떠나겠나이다. 도마 그분도 죽고, 여기서 살아갈 아무 소망이 없습니다. 저의 영혼은 그분과 같이 연결되어 서로 위로하고 격려하며 살아왔거늘, 그분이 없는 이 세상은 마치 연결고리가 끊어진 듯한, 아무 상관없는 무상함으로 가득 차 있습니다. 저의 영혼은 텅 비어 마치 시들어 버린 풀꽃과 같습니다. 아바마마, 저도 이곳을 떠나게 하소서."

초췌한 얼굴로 넋 나간 듯이 말을 이어 나가는 자신의 딸을 국왕은 물끄러미 바라보았다.

"공주야, 내 딸아. 나는 비겁한 자가 되었어. 나는 목숨을 걸고 사위를 지키지 못했다. 결국, 그를 이용만 하다가 쓸모없어지니 나 혼자 살겠다고 그를 죽인 꼴이 된 거지. 지금까지 못할 짓을 많이 해왔다고 생각했지만, 이번만큼 수치스러웠던 적은 일찍이 없었다. 나는 지금 나 자신이 경멸스럽구나. 내 딸아. 그래서 너도, 이 애비 곁을 떠나려 하는 것이냐?"

"아바마마, 저를 압바네스와 같이 떠나게 하여 주소서. 이제 저에게는 이곳의 모든 것이……, 이곳의 공기, 모든 냄새까지도 저를 지치게 하옵니다."

공주는 '아버지까지도'라는 표현이 목구멍에서 튀어나오는 것을 간신히 눌러 참았다. 그녀는 국왕까지도 미워하게 되었다. 도마가 죽은 뒤로는 친부親父의 모습을 쳐다보는 일조차 싫어졌다. 국왕에게 지쳐 버렸다. 그녀는 오직 떠나고만 싶었다.

"떠나라. 내가 허락한다. 사흘 뒤 항구에 외국 선단이 들어올 것이다. 그들은 옛날부터 나와 알고 지내던 자들이야. 동쪽의 바다를 경영하는 자들이지. 믿을 수 있는 자들이야. 그 선단의 수장에게, 압바네스 일행과 너를 부탁하겠다. 떠나라, 내 딸아."

"감사드리옵니다. 아바마마."

국왕은 무표정하게 공주를 바라보더니, 힘겹게 발길을 돌려선 노대露臺로 나가 버렸다.

"공주와 일행은 무사히 떠났는가?"

"예. 폐하. 모든 귀물貴物도 다 무사히 배편으로 실어 보냈으니, 어디에 정착하든지 편안히 사실 수 있을 것이옵니다. 어디로 가시게 되는지는 저희들은 잘은 모르오나, 다만 공주님께서 편안히 사시기만을 바라올 따름입니다."

"내 딸이 가는 곳은 예전부터 교역으로 알고 있던 자들의 나라일세. 그 나라가 물산은 풍부하고 정신은 화통하다 하니, 정착하여 사는 데에 큰 어려움은 없을 것이야. 내 그곳 왕에게도 개인적인 부탁의 편지를 써서, 가는 일행 편에 동봉시켜 놓았네. 멀리 떨어져서 이제는 다시 돌아오기가 어려울 터이니……, 오히려 잘된 일이지. 수고했어. 다들 물러가도록 하게나."

국왕은 사람들을 물리고는 혼자 방안에 남았다.

"오늘밤에 모두 다 처리하도록 하라. 그놈들을 한 놈도 살려 두어선 안 된다. 알겠느냐."

"예. 명령을 받들겠나이다."

벽 뒤에서 조용히 대답하는 소리가 들리더니, 사람의 기척이 세미하게 들리다 사라졌다.

오늘밤에 죽어갈 파렴치한 얼굴들, 그중에서도 가장 음모의 독을 뿌려 댄 욕심 사납고 음험한 돼지얼굴과, 희번덕거리며 음습한 기회만 살펴 대는 여우눈길, 두 인간을 따로 생각 속에 떠올리며 국왕은 입술을 깨물었다.

"오늘로서 내가 정리할 수 있는 일은 다 한 것이다."

왕은 내일부터 왕위를 넘겨 주기로 한 사촌의 얼굴을 또한 떠올리며, 그가 평온 무사히 국정을 운영하기를 진심으로 바랐다. 사촌을 보좌할 세력과도 모든 협약을 마친 상태, 그는 몹시 피로함을 느꼈다.

"오히려 피로한 것이 좋아."

국왕은 조용히 쓴 웃음을 짓더니 혼잣말을 이어갔다.

"나는 도마를 통해서 내 지은 죄가 용서받을 수 있다는 생각이 들곤 했는데, 도마가 죽고 나니 그 생각도 흔들리는구먼. 화살같이 곧기만 하던 내 사위를 어떤 경우라도 지켜줬어야 했어! 아니면 같이 죽던가! 생각해 보면 이 아무것도 아닌 권력이 무엇이라고, 이 자리 지키겠다고 그를 죽게 했는가! 이제는 딸도 떠나가고 참으로 허무하구나, 내 인생! 결국은 내 분노와 욕망에만 휩쓸려서 살아왔을 뿐이지, 한 번이라도 가치 있는 것에 삶을 걸어 본 적이 없구나. 도마! 내 사위라도 있으면 그가 나에게 길을 가르쳐 주겠건만, 이제는 그가 없으니 물어볼 상대가……, 아니……, 유일한 친구가 없어졌다는 것을 이제야 알겠어.

이미 돌이킬 수가 없는 상태가 되었구나……. 이제 그림자 말고는 친구도 없다. 나는 외롭다. 이제 이 모든 사념과 욕망들을 그만하고 싶다."

국왕은 조그만 옥갑을 품에서 꺼내더니, 속에 있는 가루를 탁자 위의 술잔에 털어 넣었다. 술잔을 입에 가져간 뒤, 얼마간 생각에 잠기다가 단숨에 마셔 버렸다.

잠시 후, 국왕은 가슴을 부여잡고 가쁜 숨을 몰아쉬다가, 온몸을 떨더니 그만 고개를 떨구었다. 몸에 남아 있던 온기는 사라지고, 왕은 점차 얼음처럼 차가워졌다.

4

'갈릴리 호수?' 공주는 속으로 되뇌었다.

도마가 고향을 얘기할 때면 언제나 그리운 듯이 회상하던 갈릴리 호수, 바로 그 호숫가에 공주 자신이 서 있는 것으로 받아들이고는, 남편을 찾아 여기저기 둘러보았다. 호수는 따뜻한 석양 속에 졸듯이 물결치고 있었고, 주변에는 그녀로선 처음 보는 줄기가 하얀 나무들이 서 있는데, 아이들의 웃음소리가 그 사이에서 떠돌고 있었다. 호수 가운데에 조그만 조각배가 하나 떠 있었고, 거기에 어부가 되어 고기를 낚고 있는 도마의 모습이 보였다. 공주는 그 모습이 너무도 그리워 그만 호수로 뛰어 들어가면서, "선생님! 선생님!" 하고 외쳤다. 도마가 그 소리를 듣더니 공주를 쳐다보면서 환하게 웃는데, 남편의 그 따뜻한 생전 모습에, 그녀는 그리움으로 그만 눈물이 왈칵 쏟아지고 말았다. 정신없이 도마 쪽으로 뛰어가다가 생각해 보니 물 위라는 것을 깨닫는 순간, 그녀는 그만 물에 빠지고 말았다. 물속에 빠져 허우적거렸고, 물속에서 태풍이 부는 것처럼 회오리가 일더니 그녀를 바닥 깊숙이 끌고 내려가기 시작했다. 그녀는 너무 무서워 살려 달라고 외쳤지만, 물속이라 말이 입 바깥으로 나오지를 못하고 입안에서만 맴돌 따름이었다. 답답하고 숨 막히는 순간이었다. 그때였다. 어디선가 두 마리 큰 물고기가 나타나 그녀의 양팔을 부드럽게 입에 물고는 수면 위로 힘차게 데려갔다. 그리고는 호숫가의 모래 위에 그녀를 뉘어 주더니, 그중 더 큰 물고기의 머리가 눈을 꿈벅꿈벅하면서 자신을 내려다보았다. 그 모습이 조금 우스꽝스럽기도 하여 소리내어 웃는데, 물고기 아래로부터 사람이 나오는 것이 아닌가. '물고기 사람인가?' 이런 생각이 머릿속을 스쳤고, 쳐다보니 바로 도마였다. 남편이 자신을 구해 준 것이 너무도 고마워, "선생님!" 하면서 두 팔로 도마의 목을 끌어안았다. 도마는 공주의 포옹을 부드럽게 안으면서 화답하더니만, 다음과 같이 말했다. "구해 준 녀석이 하나 더 있지. 바로 이 녀석." 하며 그가 가리키는 곳을 보니, 도마를 쏙 빼닮은 어린 여자아이가 총명한 눈을 깜작거리면서 자신을 쳐다보고 웃는 것이 보였다. 공주가 "누구예요?" 하고 물으니, 도마는 씨익하니 입가에 기분 좋은 웃음을 만들면서 "우리의 딸이오. 몰랐소?"라고 말했다.

공주는 흔들리는 진동을 느끼며 잠에서 깨어났다. 꿈을 꾸었다. 배를 탄 이후 벌써 한 달, 멀미를 워낙 심하게 하여 몹시 피로한 채로 잠이 들곤 했었는데, 꿈속에서라도 그리운 도마를 보고 나니 기분이 좋았다. 오랜만에 가져 보는 즐거운 마음으로 침상에 누워 있다가 자리를 박차고 일어났다. 그녀는 배를 탄 이후 심한 우울증에 빠져 신실에서 거의 나오지 않고 칩거하고 있었다.

갑자기 머리 한쪽으로 드는, '이 심한 배멀미가 혹시……, 입덧이 아닌가?' 하는 생각에, 그녀는 살아야겠다는 생의 의욕이 다시금 샘솟기 시작했다. '지난 3년을 기다렸건만 아무 응답이 없다가, 이제야 태胎의 소식이 오시는 것인가? 하나님께서 나의 기도에 응답하신 것인가?'

선실 안에 있다가 밖으로 나서니, 뱃머리에 서서 바다 수평선 쪽을 지켜보며 눈살을 찌푸리는 선장의 모습이 보였다. 그녀는 선장의 눈치가 궁금하여 같이 배를 탄 압바네스에게 통역을 부탁하였다.

"위에서 보니 어떤 것 같냐고 선장이 돛대 위의 선원에게 물어보고 있습니다. 공주님, 선원이 말하기를 2, 3일 후에 폭풍우가 올 것 같다는 말을 하고 있군요."

공주는 걱정스러워 선장에게 상황을 직접 물어보기로 했다.

"선장님. 폭풍우가 온다는 데 괜찮겠습니까?"

"공주님. 걱정하지 마십시오. 어떠한 일이 있어도 공주님을 우리나라까지 무사히 모시겠습니다."

선장은 하얀 이를 드러내며 씩 웃는데, 보기에도 믿음직스런 장년의 거한이었다. 후리후리하고 마른 몸은 키가 커서 6척이고, 밝은 밀껍질 빛깔의 살갗, 가느다란 눈, 그리고 검고 뻣뻣한 머리칼을 단정히 말아 올려, 머리 위에 새 꽁지 같은 묶음으로 묶어 놓았다. '여하튼 지금까지 보던 사람들과는 많이 다르구나.' 앞으로 자신이 살아갈 나라가 어떤 곳인지 공주는 선장에게 직접 물어보기로 마음먹었다.

"선장님의 나라는 무엇이라 부르며, 어디 있으며 어떤 곳인가요?"

"제가 사는 나라는, '백 개의 가문이 바다를 이루다.'는 뜻을 가진 이

름, '백가제해百家濟海'로 씁니다. 줄여서 '백제百濟'[15]라고 흔히들 부릅
지요. 나라 이름의 뜻처럼, 우리는 공주님의 고향에서 본다면 바로 동
쪽의 바다를 경영하는 국가, 바다에서 태어나 바다에 죽는 바다의 사

---

15 **백제(百濟)** 향단고택香壇古宅 지하동실地下同室에서 발견된 「하바수네얀 공주의 일기」나
「압바네스의 생」두 문헌에서, '백제'를 가리켜 '쿠두라'라는 명칭으로 부르고 있다. 특히 「압
바네스의 생」에서는, '쿠두라'를 '위대한 왕국'이라는 뜻이며, 이들의 나라는 "백 개의 가문이
모여 동쪽의 바다를 이루었다."고 표현한다. 지금의 인도 지방을 중심으로 생각하면, 백제
인이 항 해서서 자신들에게 오는 바다는 '동쪽의 바다'로 여겨짐이 당연하다. 백제의 원 명
칭인 백가제해百家濟海의 뜻은 '백 개의 가문이 바다를 이루다.'의 뜻이다. 따라서 압바네스
가 백제에 대해 "백 개의 가문이 모여 동쪽의 바다를 이루었다."는 식으로 묘사한 것을 추론
하면, '백가제해'를 줄인 말 '백제百濟'라는 한자 국명國名이, 본래는 백제의 해상 활동 영역領
域, 또는 영향력을 묘사한 것, 즉 '국가적 특성에 대한 표현'이라는 점을 알 수 있고, 고대 백
제 방언으로 된 순수 우리말의 나라 이름이 따로 있었음도 생각할 수 있게 된다.
  그러면, 하바수네얀 공주나 압바네스가 말하는 '쿠두라'를 생각해 보자. 일본 만요가나萬葉假名
의 한자어 음독音讀은 '백제'를 '구다라'로 소리내어 읽는다. 그런데 압바네스는 '쿠두라'가 '위대
한 왕국'의 뜻이라고 말하며, 동일하게 일본어 '구다라くだら'도 '대왕국大王國'의 뜻이라고 여러
백제학 연구가들이 지적(일례로, 都守熙 著, 『百濟語 語彙 研究』94~96쪽을 볼 것)하고 있다.
또한 백제의 수도 중 하나였던 부여의 옛 지명 중엔 '구드래'라는 순우리말이 있음도 주목할 필
요가 있다. 이 '구드래'의 '구'는 '크다(大)는 의미이며, 'ㄷ(所謂 持格促音)+으래'에서 '으래'는 '어
라於羅(王)'가 음전音轉된 것이라 한다. 따라서 구드래는 '대왕大王'의 의미이다. 그렇다면, '쿠두
라', '구다라', '구드래'가 음성학적으로 유사한 발음의 언어들이라는 점은, '위대한 왕국', '대왕국
大王國'이라는 뜻의 하나의 고대 원原-백제 방언이 존재하며, 그 백제 방언으로 된 순우리말 국
명에서 갈라져 나와 미묘한 언어학적 변화를 거친, 비슷하게 발음한 여러 언어들이라는 사실과
더불어, 모두 동일하게 '위대한 왕국-백제'를 의미 지시하고 있다는 추론을 가능케 한다.
  「하바수네얀 공주의 일기」에는 배의 선원들 중 간혹 이빨에 검은 칠을 한 자, 얼굴에 문신
을 한 자가 있었다는 구절이 있다. 일반적인 백제인의 외양과 풍속이 아님은 확실하다. '위
대한 왕국'이라 불린 백제의 해상 활동 영역에 대한 정확한 묘사는, 「압바네스의 생」에서 나
오지 않는다. 정황적인 이야기만 있을 뿐이다. 다만, 백제인들이 바다로 진출했으며, 하바
수네얀 공주 시대의 백제는 지금의 동아시아 여러 지역에 무역 거점들이 있었고, 인도와도
바다를 통한 무역을 했음을 향단고택 지하 문서들이 입증하고 있다. 또한, 백제의 건국 연도
를 기원전 200년 이상으로 잡는 것이 타당한가에 대한 사학계의 논란에 대해서도, 향단고택
지하 문서들이 그 사실을 추론할 수 있는 근거 중에 하나가 될 것이라 여겨진다. 따라서, 상
기한 여러 면모의 향단고택 지하 문서들은 한국 고대사 연구 부문에 있어서도 차후, 많은 성
과를 가져오지 않을까 예상한다.

람들이 모인 나라입니다. 우리는 여기서 보름 정도를 더 가면 나오는, 누런 바다를 둘러싼 육지에 그 본거지를 틀고, 남으로 바닷물이 옥색을 띠는, 겨울이 없는 큰 바다의 섬과 육지들까지 활동 영역을 넓혔습니다. 곳곳에 무역 거점을 만들었고, 그것들을 '담로'라고 부릅지요. 우리는 각 육지와 섬들에 사는 사람들과 평화롭게 지내면서, 자유로운 무역을 하는 것을 큰 목표로 하고 있습니다. 우리 사람들은 답답한 육지에 갇히어 사는 것을 큰 굴욕으로 생각들 합지요. 천성이 어디에 묶이는 것을 싫어하는 저 같은 사람들이 많이 살지요. 에……, 그리고……."

선장은 말꼬리를 이으며 씩 웃었다. 공주가 그 웃음을 보니, 가느다란 두 눈이 다 감겨 얼굴에서 그만 사라진다는 느낌마저 들었다.

"공주님이 앞으로 사실 나라의 계절은 태어나신 곳과는 다릅니다. 겨울이란 것이 있는데, 몹시 춥고, 물은 추위 때문에 딱딱하게 되어 얼음이란 것이 됩지요. 그리고 비 대신에 하늘에서 하얀 솜털 같은 것이 내리는데, 우리들은 그것을 눈이라고 부릅지요. 1년에 두세 달 정도는 몹시 춥답니다. 그러나 자랑 같지만, 산천의 아름다움과 물의 깨끗함은 어디에도 비길 바가 없지요. 핫하하하하."

공주는 선장의 너털웃음으로 기분이 아주 좋아졌다. '그래, 새로운 곳에 가서 열심히 살아 보자.' 그녀는 선장의 호방함이 앞날의 불안감을 씻어 주는 것을 느끼며 그의 진심이 고마웠다.

폭풍우가 몰아쳤다. 여름의 더운 열기를 머금은 태풍의 위력은 대단했다. 배가 삽시간에 천정부지天井不知로 치솟다가 낙하하는 사태가, 마치 천길 낭떠러지로 떨어지는 것 같은 아찔함으로, 마음의 두려움과 심장의 두근거림을 더했다. 선장과 뱃사람들은 물벼락을 맞아 가면서도, 파도에 굴하지 않고 갑판 위에 꿋꿋이 서서 배를 몰았다. 그들의 뒷모습을 지켜보며, 공주는 '바다의 신들 같구나.'라고 생각했다.

"공주님, 안으로 드시지요."

압바네스가 옆에서 공주에게 걱정스러운 표정을 지으며 부드럽게 말을 걸었다.

"괜찮습니다. 압바네스님, 궁금한 것이 있습니다. 배가 진로를 동쪽으로 돌리는 것 같았는데, 원래 북서쪽으로 올라가기로 하지 않았나요?"

"예, 원래 그랬지요. 그런데 태풍이 남동쪽에서 타고 올라오는 바람에, 기존의 항로를 포기하고 동쪽의 안전한 항구를 찾기로 한 모양입니다. 여기서 한 사나흘을 더 가면 여기저기서 배들이 모이는 안전한 항구가 있다고 합니다. 거기서 정박했다가 바다가 잦아들면 저들의 수도 '칸-호르'[16]로 갈 모양입니다."

"그렇군요. 우선 정박해서 여기 풍물을 눈여겨 보는 일도 좋은 경험이 되겠군요."

---

16 칸-호르 「압바네스의 생」에 나오는 지명 칸-호르khan-horu에서 khan은 han(한), horu는 hol(홀)이다. han(한)은 '크다'는 우리의 고유어이며, hol(홀)은 성城을 가리키는 고대 백제 방언이다. 백제 방언으로 '한 홀'은 '큰 성' 바로 지금의 서울·경기 지방에 위치한 수도를 지칭했다. (도수희 저, 『백제언어 연구 4』, 30~33쪽에서 발췌 인용) 따라서 하바수네얀 공주가 타고 오는 배의 국적인 쿠두라(백제)가, 수도가 여러 번 바뀌는 백제 역사 중 바로 서울 지역에 수도를 둔 강성한 '한홀백제'임을 알 수 있다.

한 달 반이 넘는 항해 끝에 육지에 닿게 되니 긴장과 기대감이 공주의 마음에 가득했다.

배가 아슴푸레한 해무海霧를 헤치고 나아갔다. 이윽고 수평선에 거무스레한 선들이 보이면서 육지가 멀지 않았음을 보여 주었다. 선장은 수평선을 바라보며, "이제 육지가 보이는군."이라며 혼잣말 하면서 팔짱을 끼더니, "아아…! 아……!" 하고 고함을 한 번 쳤다. 그리고는 어깨를 으쓱으쓱하며 춤을 덩실덩실 추었다. 마음의 기쁨이 그대로 공주에게도 전해졌다.

"선장님, 저기는 어떤 곳인가요?"

"예, 공주님. 저기는 우리나라는 아니지만, 우리의 영향 하에 있다고 할까요. 원래는 아홉 명의 족장들이 다스리는 마을들이고, 농사짓고 사는 조용한 곳이었는데, 최근에 저기가 소란스러워졌다고 할 수 있습죠. 저기서 철이 대량으로 발견됐습니다. 그랬더니 그 철로 농기구도 만들고 칼이며 창이며 무기들도 만들어 여기저기에 팔기 시작하는 바람에, 바다 건너 여러 곳에서 외인들이 파리 꾀듯이 몰려들기 시작한 곳입니다. 강 건너 신라인과 바다 건너 왜인들은 철정鐵鋌(제련된 덩이쇠)이나 무기 등을 사러 많이 오고, 한인漢人, 교지인交趾人(베트남인), 멀리는 서역의 파사국波斯國(페르시아) 상인들까지도……. 허허허. 하여튼, 항구에 배가 가득 넘쳐납니다. 항구로서도 천혜의 조건을 가지고 있습죠. 강의 하구[17]가 아늑해서 바다의 기세를 막아 주고 있고, 각 지역과도 적절한 뱃길을 보장해 주니 항구로서도 그만입지요."

"철이 많이 납니까?"

옆에 서서 통역을 하던 압바네스가 갑자기 눈을 빛내면서 선장에게 물어보았다.

"많이 나지요. 아마도 저렇게 철이 많이 나는 곳은 달리 유래가 없을 겁니다. 그냥 길바닥에 굴러다니는 것이 철괴鐵塊라고 할까요. 그 막대한 채굴권을 가지고, 처음에는 아홉 족장들과 '말 위에서 잠자는 자' 이들 두 패거리가 알력이 있었습지요. 하지만, 둘 다 세력이 비슷한지라 험악하게 싸우지를 않고, 지금은 서로 사이좋게 채굴하기로 한 모양입니다."

"'말 위에서 잠자는 자'라는 것이 무슨 뜻인가요? 어떤 사람들이지요?"

공주가 궁금해서 선장에게 물어보았다.

"하하하, '말 위에서 잠자는 자'의 뜻이라……, 이 사람들은 북쪽 멀리 '황금의 얼음 호수'[18]에서 말 달려 단숨에 온 작자들입지요. 북쪽의 무구리국[19]을 지나 계속 남하한 이들에게, 백제 정부는 정착을 명하였

---

17 이곳은 바로 한반도의 남부 김해이다. 때는 A.D. 48년 여름이었다. 바로 가락국(가야) 역사의 인도 아유타국 허황옥許黃玉 공주가 여기 나오는 하바수네얀 공주이다. 당시 김해金海는 말 그대로 낙동강 하구로 둘러싸인 바다였다. 우묵하니 들어간 것이 항구로서도 천혜의 조건을 가지고 있었고, 쇠가 많이 났다. 김해는 말 그대로 쇠(金)와 바다(海)를 합친 이름이다. 김해평야는 조선 말기 이후로 서낙동강에 퇴적되는 흙을 모아 사람이 만들어 낸 간척지이다. 대동여지도에서 보아도 김해는 바다에 연해 있다.

18 **황금의 얼음 호수** 이 지명은 「하바수네얀 공주의 일기」나, 「압바네스의 생」, 이 두 문헌에 공통적으로 나오고 있다. 지명으로 추론하여, 지금의 남시베리아 바이칼 호수와 알타이 황금산(Golden Mts. of Altai) 지역 일대를 가리키는 것 같다. '황금의 얼음'이란 뜻을 생각하면, 황금은 '알타이' 문화의 상징이며, 얼음은 바이칼 호수의 기후적 특징을 의미하는 것으로, 당시 백제인이거나 이주 유목인이 스스로 붙인 지명으로 사료된다.

19 무구리(畝久理, Mug-lig) 고구려.

습니다. 그러자 그들은 계속 말 달려서 이곳 반도의 남쪽 끝까지 오더니, 말고삐를 늦추곤 여기 사람들과 제철 작업을 하기 시작하였지요. 이곳에서 철을 발견한 것도 그들입니다. 우리가 바다에서 태어나 바다에서 죽는다면, 저들은 말 위에서 태어나 말 위에서 죽는 자들입지요. 허허허. 그들이 얼마나 말을 아끼는지, 그저 자나깨나 말잔등만 쓰다듬으면서 사는 족속들인지라, 우리들이 별명을 '말 위에서 잠자는 자'라 지었습죠. 원래 한 군데에 집을 짓고 살지 못하던 족속인데, 여기 와서는 이 온화한 산천이 너무 좋은지 그냥 눌러앉아서 주민들과 잘 지내고 삽니다. 농사짓는 법도 배우고 고기 잡는 법도 배우고 한다더군요. 만나 보면 유쾌하고 재밌는 자들입니다. 술 먹기 좋아하고 떠들기 좋아하고 그런 사람들입지요. 핫하하."

"철이 많이 난다……." 압바네스는 혼자서 골똘히 생각에 잠겨 있다가, 공주의 시선을 느끼고는 얼른 딴청을 하였다.

"선장님. 육지에 닿기 전에 한 가지 청원이 있습니다."

애틋한 마음이 느껴지는 공주의 목소리였다.

"예, 공주님. 청이 무엇이신지요?"

선장은 안쓰러운 표정으로 공주를 내려다보았다. 공주의 내력을 웬만큼 들어서 아는지, 선장은 그녀에게 따뜻한 동정심을 표하곤 했다.

"제가 부군의 유품으로 가져온 깃발과 흉장胸章이 있습니다. 둘 다 그분이 전쟁터에서 사용한 것으로서, 하나는 부대 깃발들이고, 다른 하나는 제가 부군의 흉갑胸甲 안에 매어 준 것이지요. 부군은 죽어 천국에 가고 여기 없으나, 인생의 새 출발로서 제가 이곳 땅에 첫발을 내

딛는 순간, 그분이 저랑 같이 한다는 마음의 위안을 삼고 싶습니다. 그래서 청원합니다. 이 두 가지를 배의 돛대에 묶어 항구에 들어갈 수 있겠는지요."

"물론입니다. 공주님. 당연히 해드려야지요."

공주는 선실로 들어가 도마의 유품들에서 부대 깃발들과 흉장을 골라냈다. 시녀를 시켜 선장에게 전달케 한 후에, 그녀는 유품 중의 섞여 있던 조그만 옥갑의 뚜껑을 열고, 안에 있는 납작하고 조그만 돌덩어리를 꺼내 들었다. 붉은 빛이 전체를 감싸는 아름다운 돌덩어리였다. 그 돌 조각을 하염없이 바라보던 공주는 잔잔한 시냇물처럼 조용히 흐느껴 울었다. 그리 길지는 않은 3년의 혼인 생활, 어쩌면 도마에게는 한없이 힘들 수도 있었던 시간들이었지만, 공주를 바라보던 그의 눈빛은 언제나 사랑으로 가득 차 있었다. 그 눈빛을 다시금 기억해 내며, '이 사람이 나를 사랑하는구나.' 하는 확신 속에 살았던 행복한 혼인 생활을 떠올리는 공주는 눈물을 흘리지 않을 수가 없었다.

토지 부문의 개혁이 시작되자, 도마는 암살 위협에 더욱더 시달려야만 했었다. 그는 신민神民들의 생활 현장을 직접 챙기느라 궁정 바깥에 자주 나가야 했는데, 그 이유로, 시장터에서 괴한들의 습격을 받고는 어깨와 팔에 자상을 입어 돌아오기도 했고, 지적을 분간할 수 없는 암살자의 공격으로 다리에 화살이 꽂혀 들것에 실려 오기도 했다. 그때마다 공주는 궁정 바깥으로 나가지 말아 달라고 울면서 애원했건만, '하나님이 나를 지킨다.'는 도마의 고집을 꺾을 순 없었다. 그러면서도, 도마는 밤에 자주 악몽을 꾸며 잠에서 깨어났고, 그의 전신에는 차가운 식은땀이 흐르고는 했다.

어느 날인가, 그날 밤도 그가 소리치며 잠에서 깨어나자, 비단 천으로 전신에 흐르는 식은땀을 닦아 주며, 이 도마란 사람에 대해 생각하던 것이 불현듯, 흐느끼던 공주의 뇌리를 스쳤다.

'사실은 여리고 소심한, 겁 많다고 할 수도 있는 사람인데……, 무엇이 이 사람을 이렇게 담대하게 하는 것일까? 자신의 신에 대한 믿음일까? 아니면 해야 한다는 의무감에서일까? 이 사람은 왜 이렇게 변하지 않을까? 어쩌면 이렇게 한결같이 초심일까? 좀 편히 살아도 될 터인데……, 무엇이 이 사람을 이렇게 몰아붙이는 것일까?'

"이제 괜찮소. 너무 걱정하지 말아요."

도마는 자리에서 일어나, 자신의 기도처로 걸어갔다. 그는 한밤중에도 자리에서 일어나 기도하고는 다시 잠자리에 돌아오기를 종종 반복했다. 기도처는 그가 홀로 자신의 하나님과 만나는 곳으로서 공주도 출입하지 않는, 일종의 무언의 약속이 되어 있는 장소였다. 그러나 오늘만큼은, 기도하는 도마를 훼방이라도 해서 밖에 나가지 않겠다는 약속을 받아 낼 심산으로, 공주는 잠시 후에 기도처를 찾아갔다.

인기척 없이 그녀는 기도처 안으로 들이닥쳤다. 때마침 도마는 의자에 앉아 손에 무엇인가를 들고는, 물끄러미 바라보며 생각에 잠겨 있었다.

"무얼 그리 하염없이 바라보세요?"

평소와 달리 공주의 얼마간 올라가는 말소리에, 도마는 계면쩍은 웃음을 입가에 만들었다. 그러다가 공주란 존재가 신경 쓰이는 듯한 얼굴이 되더니 어린애 같은 표정으로 다시 변했다. 도마는 손에 들고 있는 것을 공주에게 내밀었다. 받아 보니 붉은 빛이 찬연하게 감도는 조그만 돌덩어리였다.

"이건 그냥 돌덩어리가 아닌데……. 이건 홍옥석[20] 아니에요? 하지만 이런 것은 여기에 많은데……. 무슨 일로 지금 같은 때에 이걸 바라보시는지요?"

공주가 의아해서 물어보자 도마는 싱그레 웃으며 대답했다.

"이건 나한테는 사연이 많은 거라오……."

도마는 홍옥석에 관한 사연을 말하기 시작했다.

"이곳에 도착하기 전에 일이오. 압바네스의 배를 타고 여기 오는데, 오랜 뱃길에 심신이 많이 지쳐 있었고, 떠날 때는 새로운 땅으로 가야 한다는 생각이 머릿속에 꽉 들어차 마음이 설레이기도 하고 그러던 것이, 시간이 지나니 맥도 좀 빠져 있고, 내가 마음 먹은 포교가 잘 될 수가 있을까 하는 생각에 두려움도 들고 하는 그런 때였지……."

자신이 왕국에 오기 전 때부터를 얘기하는 도마의 나즈막한 목소리에는 감정이 풍부하게 실려 있었다.

"밤에 선창에 쭈그리고 누워서 잠이 들었는데, 배가 파도에 흔들려서 그랬나, 깊은 잠은 못 이뤘던 것으로 기억나오……."

---

20 **홍옥석**(紅玉石) 루비의 원석. 홍옥紅玉은 루비를 지칭하는 말이다.

겪은 일을 도마 자신의 입으로 직접 말하기 시작하니, 그 당시의 꿈이 선명하게 그의 뇌리 속에서 다시금 되살아났다.

도마의 앞으로 강한 빛이 환하게 비춰들더니 다시 부드러운 빛으로 천천히 바뀌어 갔다. 아주 친근한 어떤 느낌, 오랫동안 잊어버리고 있던 친숙하면서도 포근한 그 느낌이 그를 에워쌌다. 그러자 도마 앞에는 그 자신이 그토록 잊을 수 없는, 영혼을 다시 되살려 준 그 존재의 모습이, 과거 모습 그대로 나타났다. 이번엔, 조용하면서도 풍부한 울림이 있던 그 목소리가 귓가로 들려왔다.

"오랜만입니다. 평안합니까?"

예수는 도마의 평안을 물어보았다. 예수는 조금은 슬픈 듯한 얼굴 표정으로 도마의 얼굴을 내려다보더니, 부드러운 손길로 그의 어깨를 붙잡고 그를 일으켜 세워 주었다.

"선생이시여, 나의 주님이시여! 어찌하여 제 눈앞에 나타나셨습니까?"

도마는 예수의 나타남에 마음속에서 일어나는 반가움과 감격으로 목소리가 떨려 나왔다.

"힘을 내시오. 이제 때가 무르익었습니다. 그대가 힘차게 발길을 내딛을 곳이 다가오고 있습니다." 예수는 도마의 어깨에 올렸던 두 손을 내리면서 말을 건네었다.

예수는 얼굴에 온화한 웃음을 지으며 이번엔 양손으로 땅을 가리켰다.

"보라! 그대의 땅이니라." 나지막하면서도 힘찬 울림을 같이 한 예수의 음성이 도마의 귓가로 순간 파고들었다.

그러자, 예수의 손바닥에 못 박혀 생긴 패인 상처자국이 나타나더니, 그곳에서 피가 흘러나왔다. 핏방울은 점점이 대지에 떨어지면서 붉은 빛이 감도는 아름다운 돌덩어리들로 변해 갔다. 다시 강한 빛이 예수의 모습을 에워쌌다. 그 빛의 찬란한 밝기로 눈이 부시면서, 도마는 잠에서 깨어나고 말았다.

그 꿈, 그 환상에 대한 기억이 지금, 도마의 눈앞에 현실로서 펼쳐지는 듯 되돌아왔다.

"……나는 그 꿈을 꾸고 난 뒤, 한참을 멍하게 앉아 있었다오. 해야 될 사명이 있는 곳이 다가오고 있다, 그런 막연한 생각이 들더군. 며칠 후, 배는 한적한 항구에 정박했는데, 원래 압바네스가 내릴 예정으로 말해 준 곳이 아닌 외진 변두리였지. 배가 하루는 지체한다는 말을 듣고는, 오랜만에 땅에 발을 딛고 설 수 있나 싶어 내리니, 여기저기 걸어 다니면서 익숙하지 않은 풍광들에 마음이 설레었소. 항구를 지나 해변을 걷다가, 사람들 소리가 들려 수풀을 헤치고 들어가 보았지. 차마 사람이 산다는 것이 믿어지기가 어려운 그런 오막살이며 초막들이 서 있는 마을이 나타나더군. 그때, 직감적으로 어느 정도 예상을 하긴 했지만, 나중에 확인하니 역시 그곳은 가장 비천한 자, 그들에게 손이 닿는 것도 불경이 된다는 아마르나들이 사는 곳이었소. 내가 나타나니 헐벗은 사람들이 얼굴을 피하며 곁눈질로 노려보는데, 누가 자신들에

게 접근한다는 것조차 처음 겪는 일이라는 표정들이었지. 그들을 쳐다
보다가 마을 어귀에서 돌아가려 하니, 조금 떨어진 곳에 애들이 옹기
종기 모여 있는 게 눈에 띄더군. 애들한테라도 말을 걸고 싶어 다가갔
다오. 가서 보니, 애들은 개구리를 막대에 꼬치 꿰어서 불에 구워 먹으
려고 하는 참이었고, 장난삼아 먹어 보는 것이 아니라는 점이 그 아이
들의 모습에서 확연하였소. 며칠을 굶었는지, 눈이 퀭하니 들어가 있
는 어린아이들이더군……."

공주는 아무 말도 하지 않고 도마의 말을 듣고만 있었다. 도마의 목
소리에는 지금도 그 아이들의 모습이 생각나는지 측은한 울림이 가득
했다.

도마가 다가가니 신기했는지, 아이들은 그를 흘깃 쳐다보다 약속이
나 한 듯 모두 고개를 돌려 버렸다. 아이들은 모닥불 주위를 둥글게 무
리지어 앉아 있었다. 도마는 무릎을 굽혀 쭈그리고 앉아 가만히 있기
만 했다. 침묵이 얼마간 흘렀다. 개구리를 불에 돌리고 있던 소년 하나
가 도마에게 조심스레 말을 걸어왔다.

"무슨 일이십니까? 어디서 오신 분이십니까? 저희한테 이렇게 가까
이 오시면 안 됩니다."

"나는 너희들에게 좋은 것을 말해 주려고 여기서 먼 곳에서 온 사람
이야."

"……."

도마의 말에 아이들은 관심을 보이지 않았다. 모두들 개구리에만 집

중하고 있었다. 그렇다고 입 다물고 있을 수는 없다는 생각이 들어 도마는 계속 말을 이어갔다.

"아저씨한테 선생님이 계시는데, 선생님 이야기를 들려줄까? 아저씨가 좋아하는 선생님이 있거든……."

예수가 십자가에 죽어 3일 만에 부활한 일, 그가 세상의 모든 죄를 짊어지고 죽어서 다시 살아났기 때문에, 인간이 죄에 매일 필요가 없다는 이야기, 그래서 다람쥐 쳇바퀴 돌 듯, 이 세상의 인과관계, 카르마로 묶인 인간이 다시 비천하게 축생이나 미물[21]로 태어날 필요 없이, 극락왕생할 수 있게 되었다는 이야기 등등, 도마는 자신이 믿는 믿음을 이곳 신神들의 언어로 바꿔 가장 쉬운 말로 아이들에게 설명하려 애썼다. 그는 시간이 있을 때마다 압바네스하고 서로 간의 믿음을 토론하여, 이곳의 신들에 대해 어느 정도 이해하고 있었다. 자신의 믿음을 이쪽 세상에 적용하려 수도 없이 정리했던 생각들을 이렇게 써먹게 되니, 어쨌든 마음은 흐뭇했다.

"……."

아이들은 아무 반응이 없었다. 눈들만 멀뚱멀뚱 뜨고는 도마의 말을 듣는 둥 마는 둥 했다. 다들 불에 익어 가는 개구리들을 보며 군침을 흘렸다. 도마는 자신의 얘기가 아이들에게 전혀 먹혀들지 않자 그만 멋쩍어져, 이번엔 꼬치에 꿰어져 돌아가는 개구리 쳐다보기만을 아이들과 같이했다. 그러자 도마에게 처음 말을 걸었던 아이가 좀 미안했

---

21 불가촉 천민은 다시 환생하면 인간으로 태어나지 못하고 짐승이나 미물로 태어난다는 생각이 과거 브라만-힌두교에 존재했다.

는지, 아니면 반응 없는 대화하기를 줄곧 시도한 도마가 측은해 보여서 그랬는지는 몰라도, 그를 흘깃 쳐다보며 수줍게 말을 걸었다.

"구루지(선생님). 배고프세요? 이것 드실 수 있겠어요?"

"응, 그래."

도마는 웃으며 고개를 끄떡거렸다. 소년은 공경의 자세로 상체를 엎드리고 개구리가 꽂힌 꼬치 하나를 두 손으로 내밀었다. 도마가 받아 들자 소년은 얼굴을 얼른 돌리며 개구리 꼬치를 잡았다. 소년의 손에 개구리들은 불 속에서 뱅글뱅글 회전을 다시 시작했다. 도마가 개구리 다리를 뜯어 입에 넣자, 소년은 그의 먹는 모습을 곁눈질로 몰래 쳐다보다가 다시 말을 건넸다. 눈은 도마를 쳐다보지 못하고 바닥만 보는, 주눅 든 어린 소년의 모습이었다.

"극락에 가면 개구리를 안 먹어도 배고프지 않나요?"

슬픔이 있는 목소리였다. 도마는 그 말을 듣자 가슴이 먹먹해졌다.

"선생님께서 말씀하신 극락에 가면, 배고프지 않고, 매 맞고 살지 않았으면 좋겠어요. 저는 부모님한테 매일 맞아요. 때리지 말았으면 좋겠어요……."

도마는 자신의 가슴 속에서 눈물이 흐르고 있음을 느꼈다.

'아! 이런 애들에게 내가 무슨 말을 할 수 있단 말인가…….'

"나의 선생님, 예수란 분은 이런 말씀을 하셨단다. 너희 같은 어린 아이들에게 잘 대해 주는 것은, 나 예수를 믿는 것과 같고, 어린아이들 처럼 사는 게 바로 천국에 들어가는 것이라고 말이야. 너희들과 같은 어린아이만 보이면, 그분은 어른들과 말하다가도 앞으로 불러 무릎 위에 앉히시고 머리를 쓰다듬어 주셨어. 아이들에게 일일이 축복을 하고 재밌는 얘기들을 해주셨지……."

도마의 말을 귀 기울여 듣고 있었는지, 소년의 옆얼굴 입가로 희미한 미소가 보였다. 아마도, 자신을 무릎 위에서 앉히고 머리를 쓰다듬어 주는, 자애로운 예수를 상상해 보는 것 같았다.

"우리 아버지도 그런 사람이면 좋겠는데……."

"아마 아버지도 사는 게 너무 힘들어서 그럴 거야……."

도마가 말을 하자 소년은 도마 쪽으로 조금 고개가 돌더니 대답했다.

"우리 아버지도 어디 가나 매를 맞아요. 사람들이 우리 아버지만 나타나면 피하고 욕설을 퍼붓고 그래요. 우리 아버지는 소똥, 사람 똥, 똥들을 치우는데, 다른 사람이 하기 싫어하는 일을 하는데……, 그런데두 사람들이 소보다도 못하게 대해 줘요. 나도 크면 그렇게 살 거래요."

"그래……."

"전, 선생님 같은 분을 첨 봤어요. 이런 것을 우리랑 같이 먹는 분을요. 선생님한텐 하고 싶은 말을 해도 될 거 같은데……. 다른 사람한테 제가 이런 말했다고 하지 않으실 거죠?"

"뭔데 그러니?"

"난 크면 아버지같이 매 맞고 살고 싶지 않아요. 지금 아버지한테 맞는 것도 지긋지긋한데, 커서도 매 맞고 배고프고…… 살기가 싫어요……. 그치만, 어쩔 수가 없잖아요……."

개구리들은 불 속에서 익다 못해, 이제는 타들어 가며 까맣게 그슬리고 다리가 오그라들고야 말았다. 어린 소년은 말을 마치자, 어깨를 움츠리고 고개를 푹 수그리며 계속해서 개구리를 불 속에 돌리고 있었다. 도마와 대화하느라 정신을 파는 바람에 소중한 개구리들이 그만 타 버렸다고 생각했는지, 말없이 오직 개구리 돌리기에만 집중했다. 도마는 아무 말도 하지 못하고 그 모습을 쳐다보기만 했다. 속에서 갑자기 무언가가 울컥거리기 시작했다. 통곡이 나오며 눈에서 피눈물이 흐를 것만 같았다. 태어나 처음으로, 자신이 아닌 타인의 마음이 그냥 도마 자신 속으로 들어왔다.

'아아……! 또 다른, 어린 시절의 나로구나.'

"나와 같이 하시는 예수님과 하나님이……."

도마는 말하기를 중단하고는 두 눈을 내리감았다. 말을 습관적으로 더 이을 수가 없어서였다. 슬픔과 분노가 범벅이 되어서, 가슴속에서 터져 나오는 소리를 그냥 내뱉어 버리고 말았다.

"이 아저씨가 어떻게 해볼게! 이 아저씨가 그 일을 하려고 왔단다. 내가 너희들을 배 안 고프고, 매 맞지 않고, 헐벗고 살지 않게 해줄게! 사람으로 태어나면, 사람으로 살아가게 할 거야! 너희를 짐승같이 무례히 대하게 만든 모든 것을 부수고, 새로이 하겠어! 아저씨가 약속할게!"

눈에 눈물을 글썽거리며 고개를 숙이다가, 자기도 모르게 하늘을 쳐다보며 외치고 있었다. 아이는 놀라서 멍하니 도마를 쳐다볼 뿐이었다. 이게 무슨 일인가 싶은 아이의 표정이었다. 순간, 도마의 눈과 아이의 눈이, 만나서 처음으로 맞부딪쳤다. 도마는 아이의 커다랗고 맑은 눈을 볼 수 있었다. 그 눈 속에서, 지푸라기라도 잡는 심정이랄까, 마치 머리칼과도 같이 가느다랗고 미세한 여린 믿음 하나가, 처음으로 아이의 마음에 들어오고 있음을 알게 되었다. 도마는 아이의 눈을 바라보며, 자신의 눈에도 눈물이 흐른다는 것을 깨달았다.

"선생님. 고맙습니다. 저한테 그런 말을 하시니 고마워요. 난 그런 말을 들어본 적이 없어요. 저하고 이렇게 말을 하는 어른을 본 적이 없어요⋯⋯."

아이는 가만히 뭔가를 생각하다 품속을 뒤적거리기 시작했다. 그러다 헤진 헝겊으로 꽁꽁 싸맨 무언가를 꺼내더니, 소중한 것인지 두 손으로 감싸 안고 그것을 잠시 쳐다보다가, 고개를 돌려 개구리를 건넬 때처럼 수줍은 표정을 지으며 말을 건넸다.

"저, 이것 드릴게요. 염소 먹이를 얻느라 산속을 헤매다가 주운 것인데⋯⋯. 아무도 몰라요. 뺏길까 봐, 아버지나 어머니에게도 말 안 하던 것이에요. 그냥 드릴게요. 선생님이 큰일을 하실려면 돈도 필요하잖아요⋯⋯."

도마가 받아서 헝겊을 풀어 보니, 그 안에서 찬연하게 빛나는 돌조각이 나왔다.

붉게 빛나고 있었다. 바로 꿈속에서 본, 예수의 두 손에서 흘러나온 피가 변해 붉게 빛나던, 그 아름다운 돌덩어리였다.

도마는 너무 놀라서, 돌조각을 정신없이 쳐다보았다.

"⋯⋯나는 그때, 예수께서 꿈속에서 말씀하신 '그대의 땅'이 어딘지를 알았다오. 바로 그곳이었던 서시. 내가 해야 될 일도 깨달았소. 나중에 생각하니, 유다 땅에 있을 때 같은 사도들하고 계속 대화하면서,

내가 너무 교리적인 것으로 얽매이게 된 게 아닌가 하는 생각도 들고, 예수께서 나에게 원하시는 일이 무엇인지를 다시 생각하게 되더군. 사실 궁정에 들어와서 내가 겪은 일들을 생각하면 점점, 예수라는 존재가 무엇을 의미하는지 잘 모르게 되었소. 지금까지 내가 살아온 경험으론 그래⋯⋯. 믿음은 점점 자라나나, 한편으론 잘 모르게 되었다고나 할까. 하하하. 잘 모르겠어⋯⋯. 어쨌든 내 인생에서 그렇게 다른 사람의 마음이 내 안에 그대로 느껴지던 경험은 그 불쌍한 어린아이가 처음이었소. 나는 아이에게 언뜻 값을 치르려고 하니⋯⋯, 가진 거라곤 이 홍옥석밖에 없는 아이니까⋯⋯, 한사코 거절하더군. 값을 치른다는 것도 죄스럽게 느껴져서⋯⋯, 나는 고맙게 받았지. 이 돌조각은 나한테는 그 아이와의 약속의 증표니까. 그리고는 바로 여기가 '나의 땅'이라는 확신 속에 배에서 홀로 내려, 바닷가에 조그만 초막을 지었다오. 그 초막에 기거하면서 포교를 시작했지."

공주는 도마의 말을 들은 후에 그의 개혁에 대한 집념도, 그리고 지칠 때마다 조그만 홍옥석, 이 돌덩어리를 바라보는 심정도 이해할 수 있었다.

"선생님, 나의 주인이시여. 이제는 쉬어야 할 시간이에요. 침소로 드시지요. 그리고 이 홍옥석은 제가 보석 세공사를 불러다가 아름다운 것으로 가공하여 항상 지니고 다니며, 마음이 힘들 때마다 들여다보실 수 있게 하겠어요."

도마는 공주의 말을 듣자 싱긋 웃으며 부드럽게 말을 이어갔다.

"아니오. 나는 이 돌조각이 좋다오. 이 형상이 갖추어지지 않은 홍옥석처럼, 예수도 나에게는 갖추어지지 않는 그 무엇이라오. 그분은 무엇이라고 꼬집어 말할 수 없는 분이셨소. 나도, 이 홍옥석을 그냥 가지고 있고 싶어요."

도마는 말을 마치더니, 서 있던 공주의 허리에 두 팔을 감으며 천천히 조용하게 공주의 몸을 끌어안았다. 공주의 젖가슴에 자신의 피곤한 얼굴을 파묻으며 눈을 감았다. 공주는 도마를 가슴에 안으며 측은한 표정으로 말하였다.

"선생님은 용감한 분이세요. 선생님의 두려움조차도 용기인 거예요……. 이젠 눈을 감고 생각을 멈추고 편히 쉬어야 해요……."

공주는 도마가 자신에게 말을 건네던 그때의 모습과 음성들이 너무도 다정하게 되살아나 침상에 누워 눈물을 하염없이 흘렸다. 그러다가 자리에서 일어나 얼굴의 눈물자욱을 지우며, 도마가 전쟁에 나가기 전 자신에게 준 홍옥석을 다시 만지며 들여다보고는, 옥갑에 넣어 소중히 보관했다. 배가 파도에 흔들리자, 공주는 고개를 숙이며 자신의 배를 두 손으로 쓰다듬으면서 호흡을 가다듬고 선실 바깥으로 나갔다.

배에는 붉은 깃발들과 도마의 붉은색 흉장[22]이 나부꼈다. 도마가 밑

---

22 **붉은 깃발들과 도마의 붉은색 흉장** 붉은 깃발과 붉은색 흉장의 관한 기록은『삼국유사三
國遺事』가락국기駕洛國記에도 나온다.
  "유천간留天干과 신귀간神鬼干이 각각 망산도와 승참에서 왕의 명을 받들고 있던 중, 바다
서남쪽에서 한 척의 배가 오는 것이 보였다. 유천간이 살펴보니, 그 배는 아름다운 장식을
하고 **붉은 비단 돛과 깃발을** 펄럭이며 고운 빛깔의 옷을 입은 사람들이 타고 있었다. 유천
간이 왕이 기다리라고 한 것이 이것인가 보다 생각되어 망산도에서 횃불을 올렸다."

었고, 지금은 공주와 압바네스 일행이 믿고 있는 신의 상징이 펄럭이면서, 섬들 사이를 뒤로 하며 나타나는 항구를 향해, 잔잔한 파도를 헤치고 배는 미끄러지듯이 나아갔다. 공주는 커져 오는 항구의 모습을 보면서, 도마의 영혼에게 말을 걸고 있었다.

'지금 두려움이 앞섭니다. 언제나 내 옆에 서서, 나를 지켜 주리라고 믿습니다.'

「하바수네얀 공주의 일기」의 대목을 소개한다.

"나는 쿠두라(백제)의 선장에게 말하였다. '나의 사랑, 나의 영혼인 부군, 나의 주군의 붉은색 깃발과 흉장을 이 배에 맬 수 있게 하소서. 그리하여 저들로 하여금, 이 배를 보고, 나의 하나님과 나의 주군이 하신 아름다운 일들을 우리에게 묻게 하소서.' 나는 바람에 휘날리는 '라뜨나야카'의 광채를 보며, 나의 영혼, 나의 부군이 내 옆에서 나를 지키고 있음을 깨닫고, 우리의 하나님께 감사를 올렸더라."

라뜨나야카(Ratnayaka, 최고의 보석, 홍옥, 루비)의 광채란 정확히 어떤 표식인지는 불명이다. 기독교 상징이 십자가인 것을 생각하면, 열십자 모양(＋)의 광채 상징이 붉은 바탕 위에 있던 게 아닌가 상상한다.

제2부

도화선
導火線

5

　새벽이면, 스튜디오로 가는 길은 어두운 바닷속 심연으로 들어가는 듯, 언제나 두려움과 기대감이 발걸음을 잡아당기며 행동을 재촉하는 공간들이었다. 좁고 답답한, 마치 잠수함의 둥근 창 같은 스튜디오 출입문 창문 너머엔 희미한 불빛이 스며 나왔고, 그 광경을 보며 출입문을 열어젖히면, 깊은 바다의 어둡고 찐득찐득한 소금물이 자신을 덮칠 것만 같은 압박감에 순간 마음이 휩싸이곤 하였다.

　오늘은 조금 달랐다. 수혁은 스튜디오의 문을 열면서 안에서 나는 쾅쾅거리는 망치 소리, 찌이익 찌익거리며 세트 벽체가 스튜디오 바닥에 끌리며 나는 소리, 세트맨들의 성난 듯한 고함소리들이 동시에 자신을 공격하는 것을 느꼈다. 그러나 오늘은 이 소리들이 반가웠다.

　"한 과장. 이제 왔어? 좀 늦었네! 이거 어째! 아직 시아게(마무리)가 끝나지 않았어."

　옆을 보니, 세트 철야조 조장이 눈을 치뜨곤 실룩실룩 입술을 일그러뜨리며 힐난조로 말을 걸어 왔나. '오늘 드라마 첫 세트가 서는 날인데, 너 이 자식, 일찍부터 와서 봐 줘야지, 이제 왔으니 제대로 안 되었어도,

난 책임 안 진다.'는 으름장으로, 새벽부터 한 방 먹이기 시작했다.

"뭐, 다 섰네요. 괜찮네, 상황이. 현업조가 인수하기 전에 다 끝날 것 아니오?"

"아니, 사업국 파견 갔다 복귀하면서 하는 첫 작품인데, 어찌 그리 무심하실까! 우리가 밤새 세트 맞추느라고 얼마나 애먹었는지 알아? 달동네 세트가 쉬운 거여?"

하긴, 일일극 달동네 세트를 본격적으로 원·투·쓰리 스튜디오 카메라[23]용으로 세우기는 참으로 오랜만이라는 생각이 수혁의 머릿속을 스쳤다. 제대로 된 달동네 골목부터 시작하여 마당, 달동네 집 외관과 내부 모두를 묘사한 세트가, 드라마 전용인 이 C스튜디오에 세워진 것도 몇 년만에 처음인지 모른다. 요새는 외부 로케로 대부분 처리하곤 하

---

23 원·투·쓰리 스튜디오 카메라 여기서 말하는 원·투·쓰리 스튜디오 카메라라는 것은, 전형적인 TV 드라마를 제작할 때 쓰이는 카메라를 말한다. 카메라맨이 발로 밀고 다닐 수 있게 되어 있는 페데스탈 위에 달린 카메라들인데, 보통 한 드라마에 기본적으로 3대를 사용한다. 원, 투 카메라는 배우 두 명이 연기하는 클로즈업, 바스트 샷과 투 샷을 주로 잡고, 쓰리 카메라는 배우의 옆으로 돌아 그들의 다양한 측면 샷을 제공하는 경우가 많다. 이런 녹화 방식은, 비교적 짧은 시간에 많은 녹화를 해낼 수 있어 효율적이지만, 원 포인트 카메라 (ENG 카메라)만 사용해서 — 영화를 생각하면 된다 — 찍는 경우처럼 다양한 카메라 샷 변화를 보여 주기가 어려운 단점이 있다. 카메라가 세트 내부로 마음 놓고 들어가지를 못하기 때문에 아무래도 카메라 샷의 제약이 있다. 한국에서는 일일극, 주말드라마 같은 데에 원·투·쓰리를 많이 사용하고, 미니 시리즈, 특집극들은 원 포인트를 사용하여 찍는다. 세트도 카메라 방식 때문에 달라진다. 원·투·쓰리 용은 카메라가 들여다 봐야 할 곳에 벽체를 만들지 않고 세워야 하고, 그 만들지 않은 벽체들로 인해 카메라 각도에 따라 빈 곳(세트 바래)들이 보여지기 때문에, 세트 디자이너는 '바래'를 막기 위한 절묘한 세트 평면을 구성하게 된다. 하지만, 원 포인트는 실제 집처럼 사면 막힌 벽체를 세워도 녹화가 가능하다. 물론, 원 포인트 경우도 벽체 중 한 곳은 카메라가 롱 샷으로 잡는 것이 편하고, 스태프들이 자유로이 돌아다닐 수 있도록, 전환 벽체를 뗐다 붙였다 하게 세우기는 하지만 말이다.

는 골목 씬Scene이지만, '일일극은 녹화 분량이 워낙 많으니 스튜디오 내부에서 많은 씬을 소화해야 한다.'는 나이 많은 PD의 고집 덕분에 벌어진 일이었다. 결국 수혁은 스튜디오를 꽉 채운 규모의 주인공 달동네 집과 거기에 연결된 골목을 대대적으로 디자인해야 했지만, 오히려 마음은 즐거웠다. 주위 신경 안 쓰고 책상머리에 코를 박고 디자인하는 맛이라니!

수혁은 얼마 전까지도 방송미술국 디자인부에서 본사 사업국으로 파견 나가 있었다. 그가 사업국에서 한 일이란, 모처 남쪽 지방에 세워지는 테마파크 사업의 진행이었다. 하지만, 지방 군청 공무원과 군민들의 몰이해, 임기 말 차기 선거 표를 의식한 군수님 특유의 포퓰리즘 행정, 지방 유지들 간의 이권 관계, 사업 주체가 애매한 데서 오는 한 없는 일처리의 지연 등, 개인적인 이해득실이 엉켜 붙은 복마전 속을 헤집고 헤매이다, 그는 결국에 나가떨어지고 말았다. 자신의 대학원 전공(테마파크 건축 계획)을 살려 보고 싶어서, 사업국으로의 파견 기회를 '좋아라!' 하고 잡아채고는, 물을 만난 고기처럼 헤엄치는 자기 모습을 그리며, 7년 넘게 해오던 무대 디자이너 직분을 미련 없이 걷어차고 파견을 갔건만, 결국은 쓴물을 삼키며 복귀해야만 했다.

돌아오니 첩첩산중疊疊山中이요, 적막강산寂寞江山이라! 원래 시기심과 경쟁심으로 서로를 갈구기 즐겨하는 디자이너들인지라, '입신영달立身榮達을 위해 지 혼자 배신 때리고 나갔던 놈! 결코, 마음 편히 지내게 해주지는 않으리라!' 하는 굳은 결의들이 번뜩이는 눈들 사이를 헤치며 ─ 눈에 결의는 번뜩여도 뚜렷한 행동은 못할 테니, 일단 살아가

155

는 데는 지장이 없었다―수혁은 앉을 자리 디자인 책상을 정리하고는 '고생길이 훤하구나', 혼자서 쓴웃음을 지었다.

　수혁은 다른 디자이너들과는 달리 학부 전공이 미학이었다. 그가 다닌 대학은 미술 대학 내에 미학과가 있었다. 입시 때도 점수 반영 폭이 타 실기과보다 훨씬 낮기는 하나 실기 시험, '데생'을 보고 들어갔다. 그가 다닌 미학과는 심리적으로 미술 대학에 제대로 끼질 못했고 그렇다고 인문 대학도 아니었으니, 어디에도 제대로 끼지 못하는 수혁의 팔자는 꽤 일찌감치 그 싹이 돋고 있었던 모양이다. 배우는 것이 반드시 책만 파는 것도 아니었다. 커리큘럼에 미학은 말할 것도 없고, 실기도 있고, 비평도 있고, 미술사, 건축사, 문학사, 음악사, 박물관 현장 실습까지 다양했다. 교수들이 공부는 많이 시켰다. 어쨌든, 머리 돌리는 것에 대해 오랜 세월 강제된 선입견을 제거하고, 이왕이면 체계적으로 흘러갈 것을 요구하는 비판적 사유批判的 思惟를 대학 시절에 훈련받은 덕분인지는 몰라도―과연 선입관 없이 사고하는지 제대로 판별할 길은 사실상 없지만, 마음이라도 그렇게 먹고 살아가라고 얘기라도 해주니, 그게 얼마인가!―수혁은 방송국 입사 시험으로 처음 생겼던 이론 시험 문제들에 대해 채점관 눈에 확실히 뜨일 만한 논술 답안을 작성할 수 있었다. 무대 디자이너[24]로서의 입사 지원 요강은, 계열이 미술 대학으로 되어 있으면 전공에 상관없이 누구나 지망할 수 있다고 되어 있었고, 디자이너 입사 시험으론 실기와 이론이라는 두 가지의 시험 형식이 기다리고 있었는데, 실기 시험에 대해서도 퍽 자신

감 있는 결과물을 제출했던 수혁은—한때 회화과 진학도 고려했으니,
시험에 나오는 한옥 스케치 정도는 부담 없이 해낼 수 있었다—이론
시험을 마친 뒤엔 왠지 느낌이 좋다는 예상까지 해보며 시험장을 나서
게 되었다. 이런 시험 형식을 '누가'—이 사람도 생각해 보면 정말 디
자이너 중에 숨어 있는 괴짜라면 괴짜다—만들었는지 모르지만 수혁
은 덕을 보았고, 그해 한 해만 시행하고는 그 뒤 자취를 감추었다. 그
런 면에서는 운이 있었다고도 할 수 있겠다. 덕분에, 수혁은 우수한 성
적으로 입사는 했으나 그 이유 때문에 별종으로 찍혀서, 선배들한테도
'넌, 우리처럼 실기를 한 게 아니라, 공부를 했지!'라는 식의 밥맛 없다
는 표현의 압력들을 많이 받아 내야 했다.

　원래 디자이너들이란, 방송국 내에서 권력을 그리 향유할 수 없는
직종, 즉 황제 같은 PD를 서포트 하는 스태프 중에 하나이다. 현장을
직접 발로 뛰는 제작 파트 중에서, 출신 성분이 입사 자격부터 대졸로
한정된 것은 PD와 무대 디자이너 둘뿐인지라, 연출자 PD에 대한 비
교 의식과 상대적 박탈감을 가장 많이 가질 수 있는 직종이 바로 무대
디자이너이다. 지금은 모르겠지만, 수혁의 선배급들은 미대에 들어가
기 위해선 공부보다 실기 능력이 굉장히 중요시 되던 시기의 사람들

---

24 **무대 디자이너** 방송국 무대 디자이너란 직책은, 크게 두 가지 종류의 일을 병행하게 된
다. 쇼, 토크쇼, 보도-뉴스의 세트를 디자인할 때는 '무대(Stage) 디자인'이란 단어에 어울리
는 일을 하는 것이며, 드라마 세트를 설계할 때는 '세트 디자인'이란 단어에 딱 맞는 일을 한
다 할 수 있다. 결국 '무대 디자인', '세트 디자인' 두 단어 모두가 방송국 무대 디자이너의 업
무를 적절히 표현하고 있는 셈이며, 조금 다른 이 두 단어의 혼용으로 생긴, 본문 중 수혁의
직업에 대한 설명에서 나타나는 약간의 혼란상을 독자들께선 이해하실 수 있을 것이다.

이었다. 따라서, 자신들처럼 머릿속에 있는 생각을 실제로 그려서 멋지게 표현하지를 못하는 주제에, "이 세트는 어쩌고저쩌고, 여길 고치고……." 이런 식으로 말로만 어때야 한다고 요구하는 PD들을 볼 때마다, '입만 살아서……. 니가 한 번 해봐라.'라는 혼잣말의 분노를 꿀꺽꿀꺽 삼키고 있는, 비평가나 이론가를 매우 경멸하고 싫어하는 전형적인 실천가의 유형들이었다. 수혁은, 선배뿐만 아니라 디자이너 누구라도, 자신부터도, 이런 면에서는 똑같은 마음이라는 것이 솔직한 표현이라고 회상하였다.

　PD들은 방송 제작 전반을 통제해야 하고 책임져야 하니, 스태프 모두에게 **입만 살아서** 수정 사항을 지적하는 것은 당연한 업무 플로우이다. 그렇긴 하지만, 막상 어느 **입만 살아 있는** 한 인간이 자신에게 다가와, 자신이 죽어라고 애써서 해놓은 것에 대해 **입만 살아서** 지적하는 경우를 연이어 맞닥뜨리게 되면, 시각이 점점 졸보기로 좁아들면서 자기 입장에서만 생각하며 고까워하는 버릇이 생겨남은, 직접 기구를 다루며 무언가를 구체적으로 만들어 내야 하는 직종에 속한 인간들의 공통적인 면모일 것이다. 게다가 무대 디자인 업무 특히 드라마 세트 디자인의 경우, 연출자가 요구하는 세트들은 ― 의뢰 또는 협의라는 형식이 있기는 했지만 ― 일정이 촉박하거나 안 하거나 간에, 디자인하고 세트실에 제작 맡긴 후 녹화 날짜까지 반드시 다 세워야하는 것이 불문율이다시피 했다. 그러니 디자이너 입장에선, 종종 '내가 PD의 노예가 아닌가.' 하는 생각이 드는 것도 당연지사다. 칸막이 하나하나에 틀어박혀선 사무실에 들어오는 사람들, PD의 하명下命을 받은 조연출이나 아니면 드물긴 해도 겸양의 미덕으로, '그래도 직접 내가 가야지!'라며 찾아오는 개중個中 성격 착한 PD들을, 이상하게 일그러진 표정으로 외면하던 선배 디자이너들. 물론 그들 중엔 정말 그리는 것이 즐겁고, 자신이 상상하며 도면에다 줄 그은 것들이 순식간에 스튜디오에 세워지는 그 쾌감에 사로잡혀서, "너희 PD놈들이나 탤런트 놈들이 아무리 잘난 척해 봐야, 내가 구상한 세트 안에서 노는 거야!"라며 자랑을 가지며 사는 이들도 있었다. 이런 극히 소수—두 세명 정도나 되었나?—의 선배들은, 수혁을 좋아하진 않지만 편견 없이 대하려고 애는 쓰는 사람들이었다. 사실은, 그들조차도 조직 생활 부적응자들이라 수혁을 도와줄 아무 힘이 없었고, 자기들끼리라도 어떻게 힘을 합쳐 볼까 궁리라곤 아예 하지 않는, 혼자 사는 개성 강한 모래알들이자 수혁 정도까진 아니더라도 결국 물만 먹고 앉아 있는 왕따들이었다.

시험과는 상관없이 낙하산인 입사 동기 다섯 명 중, 본사 미술국 국장 아들이 섞여 있어, 또한 수혁의 회사 사랑을 훼방하였다. 수혁이 입사한 회사는 NBS 공중파 방송국의 갓 창립된 방송 미술 전문 자회사, NBS 아트코어Art Core였다. NBS 본사 미술국이 부분 분리되어 나와 드라마 미술 전반과 예능, 교양 일부를 떠맡은 자회사가 창립된 것이니, 수혁의 선배들은 모두 본사 미술국 출신 디자이너들이었고, 수혁과 동기들은 자회사 창립 제1기 사원들인 셈이다. 막상 나와서 새 회사를 차린 것까진 좋았는데, 처음 생긴 회사란 것이 얼마나 혼란하고 정리되지 않았겠는가! 편안히 본사에서 사원으로 살다가 세파에 시달리게 되니, NBS 아트코어 내부는 나오자마자 회사에 불만을 가진 디자이너 그룹이 생겨났다. 반면에, 장립의 주축 세력은 자신들의 권력을 강화하기 위해, 불만을 잠재우고 결속과 지배 강화에 나선 것은 당연한 일이었고. 그런 상황이니, 회사 내부 선배 디자이너들은 창립 초기부터 서로 간에 분란이 가시질 않았다. 여기에 아직 NBS 본사에서 버티고 있는 본사 미술국 내부 상황은, 새로 생긴 NBS 아트코어가 잘 나가는 경우, 남아 있는 자신들조차 미술국 폐쇄와 자회사 병합의 운명을 거칠지도 모른다는 우려들로 팽배해 있었다. 따라서, 자연스럽게 본사 미술국 국장 이하 미술국 사원들과 아트코어 내부의 불만 세력이 손을 잡게 된다. 이 새로운 결속 집단의 행동 강령은 다음과 같았다.

1. 창립 주축 세력을 제거하고, 생긴 지 얼마 안 되어 허약한 NBS 아트코어를 공중 분해한다.
2. 아트코어의 무대 디자이너들 중 자신들과 손을 잡은 디자이너들만 골라서, 본사 미술국으로 다시 불러들인다.

이런 상황이니, 수혁의 동기이자 위 계획의 주요 멤버인 본사 미술국 국장 아들이, 아트코어 내부에서 회사 붕괴를 위한 암약暗躍, 막상 '암약'이라 표현하니 안 어울리지만, 동기 몰고 다니며 뭔가 있을 것 같은 분위기를 펼치는 것은 절차상 다음 수순 아니겠는가. 그 결과로, 국장 아들 뺀 나머지 동기 네 명은—시험 성적만으로 입사한 사람은 수혁 혼자였다. 동기 다섯 명은 '나는 빽줄도 좋고 시험도 나름 잘 쳤다.'고 서로 말들 하는 상황이었다—"나하고 손을 잡으면, 디자이너의 일원으로 본사에 들어갈 수 있을 것."이라는 국장 아들의 말을 믿고, 본사 입성의 날만을 꿈꾸게 된다. 당시 수습 기간을 1년이라는 가혹한 조건으로 한 바람에, 이들 모두가 아트코어 내에서 정식 사원으로 발령이 날지도 불투명했고, 따라서 수혁의 동기들이 국장 아들한테 매달리게 됨은 불을 보듯 뻔한 일이었다. 수혁의 경우는 달랐다. 유일하게 시험 성적만으로 들어왔다는 프리미엄 덕분에, 아트코어 사장이 개인적으로 불러 1년 후 사원 발령을 약속한 상황이니 — 당시에, 수혁은 갈등이 있었다. 들어와 보니 회사 상황도 시원찮고, 그래서 대학 전공 살려 박물관이나 미술관 학예사로 갈까 하고 궁리하던 참이었다 — 자신이 국장 아들에게 목매달 필요가 없어 보였다. 그래서, 이리저리 붙지를 않고, 이래야 좋을지 저래야 좋을지 갈등만 하면서 수수방관을 하던 차인데, 입사한 내력도 다르고 성격도 맞지 않는, 그러나 자신에게 붙을 것을 끊임없이 암시하며 은연 중에 협박과 회유를 하는 국장 아들과 동기들에게 거리가 생기는 것은 자연스런 수순이었다. 그가 보기엔 사실 한 대 쥐어박고 싶은, 사내답지 못하고 밥맛이 없는 철 안 난 애들이었다. 이렇게 수혁이 아무 태도를 보이지 않자, 본때를 보이겠다는 국장 아들은 동기들에게 수혁에 대한 '집단 따돌림'을 요구했고, 살아남아야 하는 동기들은 그 편에 서서 집단 왕따로 자신들의 충성심을 국장 아들 녀석에게 표시하곤 했다. 뭐 어차피, 인간 사회라는 것 자체가, 생존 경쟁을 통한 살아남기의 피 터진 결과물 아니겠는가!

　또한, 선배 그룹도 둘로 나뉘어져서 고래 싸움을 해대는데, 가운데서 온몸이 찌부러지는 새우는 어디에도 제대로 끼지 못한 수혁이었다. 본사 미술국 국장 편인 불민 세력이 수혁을 도외시하기 시작한 일이야 그에게 '할 수 없지.'라는 체념이나 쥐어 주지, NBS 아트코어 창립 세력은 수혁을 제대로 끌어 주지도 못하면서, 갓 들어온 신입을 자신들 창립 명분의 시범 도구로만 사용하려 하는 만행을 저질러, 그를 더욱 곤경에 빠지게 만든다. NBS 아트코어는 창립 목적으로 방송 미술의 '미술 감독제'를 정착시킨다는 대외적 명분을 내걸었다. 그런 까닭에, 크나큰 드라마의 미술 감독을 맡으신 선배 무대 디자이너의 '따까리'로서, 신출내기 신입 디자이너가 팔팔한 젊음으로 촬영 현장에서 계속 알짱거려 준다면[25], 현장의 다른 방송 제작진들, 바로 PD, 카메라, 조명 등등에게 'NBS 아트코어가 창립한 이후 일을 무지 열심히 하는구나'라는 착각을 불러일으킬 것이란 생각을 하게 된, 창립 세력 중의 왕초, 모某 부장이 있었다.

당시의 방송판 '미술 감독'이란 직책을 영화판에 비유해서 분석해 보면, 무대 디자이너들과 각 미술팀들에 대한 디자인 총괄 감독을 가리키는 '프로덕션 디자이너Production Designer', 그리고 맨손으로 세트와 소도구를 진짜 만들어 내자니 힘들어서 성격만 거칠어진 미술 제작팀을 얼르고 달래고 하는 진행 역할의, 마치 건설 공사판의 현장소장 같은 노릇을 하는 '아트 디렉터Art Director', 이 두 가지 역할을 어쨌든 겸업해야 하는 형편이었다. 그런데 '아트 프로듀서Art Producer'로서, 미술 전

---

25 무대 디자이너-미술 감독은, 촬영이 실제로 벌어지는 현장에서 계속 자리를 지키고 있을 필요는 없는 직책이다. 본문의 경우는 특수한 예로, 일하는 모습을 억지로라도 주변에 보여 줘야 한다는 압박감 어린 회사 시책이 있지 않았나 여겨진다.

반에 들어가는 돈 계산을 현장에서 머릿속으로 하고 있을 의무도 가
끔가다가는 아울러 져야 했으니, 매우 복잡하고 다중인격적인 특징을
가진 '새로운 직책'이었다. 대충 따져 봐도, 두세 가지의 역할을 짬뽕
해 놓은 방송 제작 시스템의 '미술 감독제'이다. 즉, 역할이 분명치 않
은 대신, 미술 쪽에서 뭔 일이 터지면 모두 '미술 감독'을 가리키며, '저
놈이 나쁜 놈이야!'를 외칠 수 있는 시스템이었다. 당시, 미술 감독제
가 잘 시행되려면, 무대 디자이너도 현장 스태프의 일원으로 같이 현
장에서 구르고, 그러면 다른 미술 스태프들(세트 장치, 소도구, 의상 등
등)과도 화합도 잘 되고, 그리하면 미술 감독인 무대 디자이너의 말을
찍 소리도 안 하고 다들 잘 들을 것이란 이상한 이론들이 회사 안에서
판을 치고 있었다. 이렇게 분석도 없고 판단력도 미비한 논리로써 회
사 내 미술 감독제를 하니 마니 하며 바라보던 시절이니, 이 왕초 아무
개 부장의 '따까리 활용' 생각도 이해할 수 있을 것이다. 이 사람은 수
혁을 개인적(그에겐 이 "개인적으로 만나자."는 말이 나중에 제일 듣
기 싫은 말이 돼 버리고 말았다)으로 불러, 이 '따까리 디자이너' 일을
하라고 요구했고, 그 결과 수혁 자신도, '있기도 싫은 사무실, 그까짓
것.' 하면서, 계속 출장 다닌 것은 아니지만 열 달 내내 짬밥에 어울리
지도 않는 대형 시대극 현장을 누비게 된다. 전국 방방곡곡 안 돌아다
닌 곳이 없었다. 여기저기를, '현장 대리 미술 감독'이란 미술 스태프들
의 조롱까지 들어가며 헤매고 다니는 결과를 불러왔다. 그런데 일처리
를 좀 못해야 할 텐데, 경험도 없고 들어온 지 1년도 안 되는 수습도 안
멘 초짜 녀석이, 당시에 10년차 이상이 하는 '특집 대하 시대극'을 혼자

서 해치우고 있는 것이 아닌가! 다행히 이 시대극은 대형 오픈세트장을 한곳에 만드는 대단위 작업은 없었고, 야외 드레싱Dressing 위주여서 그나마 혼자서 할 만했다. 미술 감독이라고 이름만 달아 놓은 어르신 선배 디자이너께서는, 수혁이 오픈세트를 디자인해서 다 세워 놓으면 나중에 현장 와서 한번 둘러보는 것밖에 하는 일이라곤 없었다. 이게 또 화근이었다. 가만 보니 그동안 해왔던 선배들 나름대로의 권위의 아성을 다 깨 버리고, "시대극 세트 디자인을 경험 없이도 할 수 있네. 야아! 이거 알고 봤더니 세트 디자인 별거 아니잖아!" 하는, 주위 다른 스태프들의 섣부른 판단을 가져 오고야 말았다. 수혁이 거저 디자인했던 것이 아니다. 몰래, 밤에 선배 디자이너들의 도면을 복사해서 들여다보고, 자신이 개인적으로 연구한 것을 덧붙여서 간신히, 정말 간신히, 피눈물을 흘리며 디자인 작업을 해 나갔던 것인데, 사정을 모르는 선배 디자이너들은 "세트 디자인이 아무나 데려다 놓으면 누구나 금방 하는 일이 되어 버렸다."는 식의, 머저리같이 우리의 가치를 우리 스스로가 격하시켰다는 분노들을 가지게 되었다. 출신 성분도 맘에 안 드는 놈인 데다가 이것저것 더하여져, 수혁은 선배들에겐 '눈 밖에 난 놈' 꼴이 돼 버렸다. 이 일 이후엔, 그나마 수혁을 눈여겨 보고 있던 창립 세력조차도 그를 등돌리게 되는 결과를 불러온다. "요자식은 조심해야 할 놈이다. 어쩨 느낌이 좋지 않아."라는 경계 말이다. 전체적으로 보면, 참으로 이래저래 좋은 일이 없던 수혁의 첫 사회 진출이었다. 이상하게 모든 일이 '왕따'라는 쪽으로 굳혀져 갔다. 그러나, 이미 1년 가까이 회사 생활을 하고 보니, 자신의 대학 전공 쪽의 좋은 일

자리들은 학교 동기들이 다 채워 버린 상황이라, 다른 곳으로 옮기는 것도 억울하게 된 수혁이다. 할 수 없었다. 좀 더 기회를 기다리는 수밖에는……! 게다가 가슴 한 구석엔 오기도 불타올랐다. 앞으로 얼마나 시간이 필요할지는 모르겠지만, 내가 언젠가는 니들 눈앞에서 날아오르는 모습을 보여 주리라 하면서!

한편 '왕따', 이게 굳어지기 시작하니까, 조금이라도 상황이 나아질 기미는 직장 생활 내내 도무지 보이질 않았다. 후배 디자이너들이 3~4년에 한 번씩 몇 명 들어와도 ─ 공교롭게도, 수혁 때에만 그렇게 낙하산들이 설치더니, 그 후론 시험 성적으로 공정하게 입사한 눈치들이었다 ─ 그들조차도 수혁이 왕따라는 사실을 알게 되면 왠지 경원시하는 경향이 있었다. 그 집단의 분위기를 쫓아가야지만 될 것 같은, 그런 군중심리 말이다. 그래도 후배들이, 나아가 선배, 동기들이 왕따는 해도, 면전에서 수혁을 대놓고 멸시 천대하지는 못했던 것도 사실이다. 아마도, 멸시 천대, 또는 노골적인 면전 박대까지 계속적으로 당했다면, 그도 견뎌 내지를 못했을 것이다. 아무도 말을 걸지 않고, 자신도 누구하고 말도 하지 않는, 혼자서 살아가는 외로움 정도로 ─ 종종 뒤로 하는 모함과 디자인 업무 배분의 불공정, 인사고과의 불이익이 속을 뒤집기는 했지만 ─ 상황이 정리된 것이 그나마 다행이었다. 회사 생활 초기에는 이런 정리된 상황도 아직 정착되지 않았고, 세월 지나 돌이켜보면 기억을 되살리기도 싫은 면전 박대도, 수모와 굴욕도 잠시나마 있었지만, 사회 초년병의 위축된 공포심을 견뎌 내고 이것만큼은 결국 극복해 낸 수혁이었다. 이유는 그가 가진 '육체적인 힘'이라고 할 수 있

었다. 디자인 능력도 능력이지만 우선 수혁은 체격이 좋았다. 근육이
울룩불룩한 타입은 아니어도 183센티미터, 퍽 후리후리한 키에 전체
적으로 운동으로 다져진 서늘한 기분이 있는 친구였다. '열 받는 회사,
스트레스나 풀자!'라고 맘 먹고, 입사 초기부터 밤에는 합기도 도장에
서 땀을 흘린 보람이었는데, 운동한 지 2년이 넘어가는 시점에서 몸이
확연히 달라지기 시작했다. 아주 날이 서 있다고 할까, 상대방 특히 남
자들이 보기에, '건드리면 내가 얻어 터지겠구나.' 하는 그런 기분을 느
끼게 하는 몸이었다. 이런 원시적인 면이 이 복잡한 현대 사회 생활에
무슨 역할을 하겠냐 하겠지만, 수혁같이 회사에서의 입신양명立身揚名
을 포기한 몸에게는, 그런 호신 수단이 없었다. 남자들이란, 처음 만나
는 상대편 동성同性을 대할 때, 우선 서로의 육체적인 능력을 재보는 무
의식적인 습관이 있는 동물, 즉 수컷이다. 하다못해, 길거리에서라도
저쪽에서 오고 있는 '어깨에다 힘준 어떤 녀석'을 보면, 즉각적으로 자
신도 어깨에 갈기를 세우며 스치는 생각, '나보다 쎌까? 아닐까? 자식.
건방져 보이네. 한 대 후려치고 싶게 생겼다', 뭐 이런 식으로 자신도
모르게 재 보면서 상대방을 평가하는 존재가 수컷들이다. 그런 디자이
너 서로 간 수컷으로서의 원시적인 본능이, 다른 이권에 대한 관심 없
이 회사 생활의 모든 것을 포기한 수혁에게는, 좀 슬픈 얘기이긴 하지
만 호신의 결과를 가져왔다. 선배들과 동기 중에 여자 디자이너가 없
었던 것은 — 후배 중엔 여자 디자이너도 생겨났다 — 수혁에겐 천만다
행이었다. 그녀들은 더욱 골치 아프고, 그녀들한테는 안 통하는 방식
이니까. 어찌하든, 윗사람한테 만만하게 잘 보여서 출세할 일 없으니,

나름대로는 배짱을 가진 방식이다. 간혹, 겉으로는 도통 건드리질 못하는 이런 정착된 상황이 억울해서, 반전의 묘미를 살려 보고자 하는 비상사태가 발생할 시엔, 수혁은 한 마디 말로 상황을 긴급히 안정화시키곤 했다. 선배한테는 "수틀리게 굴지 마쇼!"였고, 동기한테는 "너, 죽고 싶냐!"는 식의 한 마디를 던지면, 굳이 다음 수순의 '행동'으로 옮기지 않아도, 수혁의 왕따 세계는 편안하게 재정착되었다.

　세트 디자인 작업이란, 프로그램 담당자들, 주로 담당 PD와 협의하며 진행하니, 다수의 디자이너 협업도 아니고 디자인 작업 자체는 혼자 하면 되는 일이므로, 일처리에서 왕따라고 크게 고생스러울 것도 없었다. 다수가 필요한 큰 드라마는 디자인 부장이 수혁에게 주지도 않았다. 그렇다고 어차피 주인도 없는 방송국 자회사, 누가 앞장서서 수혁 모가지를 자르려 하겠는가? 자회사인 NBS 아트코어에 오는 사장들부터가, NBS 방송국 본사에서 식민지로 파견 왔다가 몇 년 지나면 사라지는 임시 총독들이었고, 디자인부 부장 자체도, 그 자리에 오르면 자기가 언제 이 자리를 물러나서 현업 복귀할지 모르는데, 나중에 해코지를 당할 수도 있는, 원한 살 만한 목숨 거는 일은 하지 않게 되는 법이었다. 물론, 이런 식으로 하는 '왕따가 사는 법' 발생 효과를 도화지에 그려 보면, 유쾌한 것과는 거리가 먼, 측은한 모양새임은 사실이다. 수혁은 이쪽에 혼자 서 있고, 중간에는 선線 정도가 아니라 깊게 골이 파여져 있는데, 깊은 골짜기 저편에 한 집단이 우글거리고 모여서는, 이편으로 넘어오는 큰 소리를 수혁 무서워서 노골적으로 내진 못하지만, 지들끼리 그에게 들릴락 말락, 속닥속닥, 욕을 하고 있는 그런 광경이다. 하지만 수혁은 이런 상황이 차라리 유리하며 자신이 여기서 무너지지 않고 살아 나가는 방법이라 확신하며 지냈다.

하나 더 지적한다면, 이런 상황을 도와주는 요소로 수혁의 얼굴도 한몫 했다 할 수 있겠다. 생긴 것이 미남이라고 할 순 없어도 호남 정도는 되는 용모를 가지고 있었다. 가까이서 보면 이마도 훤칠하니 넓어 머리 좋아 보이고, 눈매도 깊고 부드러운 지성도 있어 좋은 눈인데, 이 두 눈 사이에 너무 콧대 높게 솟아 있는 코가 말썽이었다. 이 코가 억센 선이 보이는 턱하고 맞물려, 좀 멀리서 보면 만만한 구석이라고는 찾아볼 수 없는 인상을 만들곤 했다. 조직 사회에서는 쓴맛 보기 딱 좋은 인상이다. 조직에서 사랑하는 얼굴은, 온화하고 어딘가 모르게 "이놈보다야 내가 낫지."라고 윗사람이 흐뭇해할 수 있는, 여유를 주는 인상이 각광받는다. 하지만 수혁의 인상은 조직이 사랑하는 얼굴하고는 거리가 머니, 지금 이 NBS 아트코어 디자이너 세계에서 처절하다면 처절한 이런 방식으로 살아가는 것엔 일정 부분 유리해도, 사실상 이점은 큰 마이너스였다. 차라리 개인적인 인기를 가지고 영업을 하는 직종, 예를 들어 정치나 연예계, 아니면 하다못해 커피숍 하나 차려서, 바리스타 의상을 쫙 빼입고 카운터에 폼 잡고 서 있으면, 아마 인기가 좀 있었을 것이다. 그러나 잘 안 맞고 너무 작아서 괴로운, 이 '조직'이란 옷이, 수혁을 자꾸 위축되게 만드는 것은 어쩔 수 없는 현실이었다.

뭐라 해도, 회사 생활 초기에 자신이 비빌 언덕을 재빨리 만들지 못한 그도 문제가 있었다. 생각이 경직되어서 영리하고 유연하지 못했으니까! 자존심이 강했던 수혁은 절대로 국장 아들에게 머리를 숙이지 않았고, 그렇다고 수혁에게 비빌 언덕이 돼 줄 가능성이 그나마 있었던 NBS 아트코어 창립 세력도, 그의 눈에 그다지 신통해 보이지 않았던 게 사실이다. 그때, 그가 슬기롭게 헤쳐 나가지 못한 원인이 일종의 교만 때문일 수도 있지만, 사회 초년병으로서는 상황 파악이 힘든 혼전 양상이었다고 나중에 혼자서 자위하는 수혁이었다. 어찌하든, 회사 내 정치 게임의 희생양이 되는 쓴맛을 수습 사원 시절부터 몸소 짜릿하게 맛보게 되니, '정나미 다 떨어졌다. 어떻게 하면 이곳을 성공적으로 탈출할 수 있을까?'라는 욕망이, 회사 생활 내내 수혁의 마음속에서 꿈틀꿈틀 하였다. 처음부터 꼬인 매듭은 제대로 마무리 지어지지 않는 법! 수혁은 어차피 틀어져 버린 회사 생활에 전력을 기울이기보다는 바깥세상, 그가 항상 바라마지 않는 푸른 물결이 넘실거릴 듯한 세상을 향해, 언제나 기회를 엿보고 있었다.

6

　투명 강화 아크릴로 된 벽면 속에서, 길이가 석 자는 됨직한 아로와나 아홉 마리가 붉은색에 황금빛이 혼합된 비늘을 반짝이며 유유히 좌우 왕복 운동을 서로 간 교차하고 있었다. 순간, 덥썩 금붕어를 낚아챈 아로와나 한 마리가, 금붕어 꼬리부터 우적우적 씹어 삼키다가, 금붕어 머리만을 입에서 떨어뜨리며 아크릴 너머의 한 인물을 응시했다. 금붕어 머리는 아직 살아 있는지 밑으로 낙하하면서 주둥이를 꿈쩍거렸다. 그 주둥이가 벙긋 열릴 때마다 선지 피의 가는 선들이 흘러나오며 물속에서 붉은 안개처럼 퍼져 갔다. 아로와나는 자랑이라도 하고 싶은 듯 꼬리를 살랑거리며 아가리를 벌렸다. 아로와나의 머리 전체가 입으로만 되어 있는 것처럼 크게 벌어지면서, 아직 씹어 넘기지 못한 금붕어의 일부분이 그 입속에 남아 있는 꼴을 보여 주었다. '콱' 하고 아가리를 닫자, 금붕어 비늘 몇 개인가가 아로와나의 입 부근에서 우수수 떨어져 나왔다. 검은 셔츠와 바지를 입은 인물은 귀여운 강아지를 어루만지듯이 아크릴 벽을 툭툭 건드리며 건너편 아로와나에게 말을 걸었다.

"그래. 착하지. 마저 다 먹어야지. 쯧쯧쯧……. 불쌍하지 않니? 얼른 머리도 다 먹으렴."

아로와나는 주인을 물끄러미 응시하다가 아크릴 벽면 너머로 헤엄쳐 갔다. 검은 옷의 인물은 잠시 아로와나들을 바라보다가, 책상 위의 신호를 듣고는 걸어가 스피커폰에서 나오는 젊은 여자 목소리에 대답했다.

"사장님. 통화 대기 중입니다."

"어디지?"

"드림밸리Dream Valley사의 미스터 에드워드 그라임스Edward Grimes입니다."

"통화 연결 시켜 줘요."

"하이, 헨리 유 사장님. 잘 지냈어요? 나, 에디Eddie예요."

"하이, 미스터 그라임스. 그래요, 덕분에 잘 지내고 있지요. 그래, 일을 잘 되지요? 마스터플랜이 나오고 한참 됐는데 전번에 말한 사항은 어떻게 되고 있는지?"

"우리 쪽에서는, 당신이 요구한 바대로 준비를 해 나가고 있습니다. 계속해서 마스터플랜을 디벨럽시키고 있지요. 헨리. 워낙, 당신을 좋아하는 우리 보스가 지랄지랄 채근해 대니 직원들도 찍 소리 못하고 일만 열심히 합니다. 그런데……."

말꼬리를 일부러 길게 늘이고 있는 통화 저편의 목소리 때문에, '헨리 유'라 이름이 불리는 사내는 얼굴이 조금 굳어졌다. 그는 약간 따지는 듯한 말투가 되어 한 마디 불쑥 했다.

"그런데……라니, 무슨 말을 하고 싶은 거요?"

"뭐어…… 어차피, 이 일의 특성상 첫 삽 뜨는 시기를 확실히 정한다는 것이 어렵기는 하지요. 다만, MOU[26] 상태에서만 머무르며 질질 끌던 것이, 양국 정부의 이해가 맞아떨어졌으니 나머지는 다 해결되었다 해도 과언이 아니겠지요? 하여간에, 디자인적인 문제는 고민해야 할 것들이 많은 상황입니다. 그리고 확실한 사업성의 확보가 문제인데, 거기에 대해서는 모두가 반신반의하고 있지요. 저번에 보내 주신 수요 예측 자료는 분명한 겁니까? 그렇다면, PF(Project Financing)에 분명 문제가 있을 텐데……? 위에서는 일언반구 말이 없고……. 이런 경우는 나도 처음이라 좀 당황스럽기도 하고……. 해내야 한다는 당위성에 모든 것을 맞추어야 한다는 것이 영……." 저쪽에서의 남자 목소리가 개운치 않은 여운을 남기고 잠잠해져 갔다.

헨리 유는 상대편의 말을 듣더니 잠시 미간을 찌푸리다가 이내 응수를 했다.

"걱정할 필요 없어요. 미스터 그라임스. 모든 일은 잘 되게 되어 있어요. 이 계획은 테마파크 역사상 획기적인 전환점이 될 수밖에 없을 거요. 단순히 수익이 나느냐 안 나느냐를 따지기 이전에, 이제껏 인류가 경험하지 못한 미개척의 분야에 도전하는 마음으로 해야 될 거요. 수익은 어차피 보장받게 되어 있어요. 많은 부분이 보장되어 있어

---

26 MOU(Memorandum of Understanding) 양해각서. 투자에 관한 합의 사항을 명시한 문서. 체결된 내용에 대해 법적 구속력을 갖지 않는 게 일반적이다. 계약서와 달리 파기가 가능하다.

요……. 당신이 알고 있는 부분도 내가 알고 있는 부분도, 어차피 전체를 바라보는 입장에서 생각하면, 작은 이해타산에 지나지 않을 거요. 중요한 점은 보안의 유지, 관계자들의 입을 단속해야 한다는 것, 이 점이 중요합니다. 어쨌든 지난번에도 내가 말했다시피, 지금까지 해오던 테마파크 설계와는 다른 면들을 많이 요구받아 디자이너들이 헤매일 것 같은데, 당신이 보기에는 어떤지?"

"물론 동양계 디자이너들을 많이 활용하려 하고 있지만, 그들의 오랜 경험이 오히려 장점이자 단점이 되고 있는 것 같아요. 디자인 초안들이 영 어디서 많이 보아 오던 것들이라 헨리, 당신이 요구한 획기적인 것, 그야말로 환상적인 것하고는 아무래도 거리가 있는 것 같은데……, 도대체가 그들에게 일의 순서조차도 이해시키기가 어려워요. 그리고 F Zone은 뭡니까? 지형에 대한 정보만 입력되어 있고, 다른 아무 일도 하지 말란 식으로 설계 지침이 되어 있으니 참 알다가도 모를 게 이 일이에요. 이건 도대체 뭐죠? 보스에게 물어봐도, 눈치가 자기도 모르는 일이라는 것이 너무 명백하고, 그래서 당신에게 물어보는 건데 나에게 답변해 주실 수 있습니까?"

헨리 유의 왼손이 잠시 이마를 만지작거렸다.

"미스터 그라임스. 너무 많은 것을 알려 하지 말아요. '거의 모든 삶이, 어리석은 호기심에 낭비되고 있다.'고 누가 그랬지? 당신은, 당신이 해야 할 일만 하면 되는 거요. 무엇보다도 각 존Zone들의 공간 프로그램(Space Program)과 컨셉 스케치들을 봐야겠소. 얼마나 진행되고 있는 지, 나에게 지금 자료들을 보내 줘요."

"예. 알았습니다. 헨리 유 사상님. 그러나 헨리, 당신도 혼자서만 너무 많이 감싸 쥐려고 하지 않는 게 좋을 거예요. 이 일이 어디 한두 사람이 모여서 하는 일입니까? 어차피 나중에 다들 눈치를 챌 텐데, 혼자서 재미 보려고 하다가 다치는 수도 있지요. 안 그래요? 핫하하하. 농담이고……! 아무튼 내가 지금 자료들을 웹하드에 올려놓을 테니까 보고 품평을 바랍니다. 아참! 삶은 어리석은 호기심에 낭비되고 있다는 말, 나도 누가 했는지 알아요. 보들레르지요? 하하하하."

웃음소리가 전화기 저편에서 점차 멀어지다가 갑자기 통화가 끝나버렸다.

헨리 유는 긴 한숨을 내쉬었다.

"건방진 녀석."

그는 잠시 숨을 고르고는 관리이사를 오게 하라고 스피커폰에 대고 말하였다.

"그래, 지난번에 알아보라던 사람은 조사 좀 해보았나?"

관리이사가 들어와 자리에 앉자마자, 숨 돌릴 틈을 안 주고 질문을 쏟아 내는 헨리 유였다.

"예. 말씀하신 대로 뒷조사를 해보았습니다. 이름은 한수혁. 나이는 34세, 지금 NBS 방송국 자회사, NBS 아트코어의 무대 디자이너로 8년째 근무하는 중입니다. 얼마 전까지 NBS 본사 사업국에 파견 나갔다가 요사이 복귀하였습니다. 사업국에서는 지자체의 지역 테마파크 개발 일을 진행시키긴 했는데……, 뭐어, 개발 일이란 것 자체가, 어떻게 되려는지 앞일을 보장할 수 없는 것 아니겠습니까? 답보 상태가 계속되자 그냥 복귀 신청을 한 것 같습니다."

"대학원을 다닌 것은 입사 후지?"

"예. 회사 생활 중에 대학원에 들어갔습니다. 회사 내 직책은 무대 디자이너인데, 대학원은 모교의 건축학과로 갔더군요. 거기서 테마파크 건축을 연구했습니다. 대학원에 들어가기 전에, 회사에서 미국 테마파크 산업계를 산업체 연수 명목으로 보름 정도 견학시켜 준 적이 있는데, 거기서 대학원 진학의 동기가 될 만한 무엇을 느낀 것 같습니다. 어찌했든 변화가 심한 인물입니다. 대학 학부는 미학 전공, 회사 업무는 무대 디자인, 대학원은 건축학, 매번 달라지는데 각각 연결될 만한 그 무엇이 있는 것도 같고……."

"변덕이 심한 인물일 수도 있다 그거지?"

"예. 뭐, 야심이 있는 인물일 수도 있겠죠. 대학원 논문은 사장님도 아시다시피 '테마파크 계획을 위한 영상 건축 기법의 연구'라는 제목으로 되어 있고, 테마파크 건축과 세트 디자인의 유사성, 테마파크 건축의 구체적 방법론 등을 기술했는데, 논문 통과 때 건축학과 심사 교수들 사이에서도 논란이 많았던 모양입니다. '과연 이것을 건축으로 볼 수가 있는 것이냐.'라는 원론적인 문제였으니 아슬아슬했지요. 지도 교수가 강하게 보호막을 쳐 준 덕분에 통과할 수가 있었습니다. 어찌했던 대학원에서도 논란이 많은 인물이었고, 논문도 우여곡절 끝에 간신히 통과했습니다."

"논문은 상당히 공이 들어가 있던데?"

"예. 열심히 쓴 깃은 시실입니다. 회사를 1년 휴직까지 하고 달라붙었던 것이니까요. 그러나 같은 학교 출신이라 해도 학부를 건축학과로 나오지 않은 인물이, 학과 처음으로 테마파크 관계의 논문을 썼으니 아무래도 견제받기가 십상이지요. 그 전까지 테마파크 논문은 미대 디자인 계열이나 조경학과 출신들이 써 왔고, 건축학과에서는 학문적으로 취급하지 않았던 분야입니다. 게다가 미대의 영향을 받아서인지, 건축물에 대한 조형성을 중시하는 풍토랄까? 그런 교육과정으로, 한국대 건축학과 출신들이 현상 설계나 기본 계획 분야에선 실적이 좋잖습니까? 과 자체가 그런 면에서는 콧대 높다고 소문나 있더군요. 같은 학교 미대하고도 경쟁 의식이 심하구요. 타과 출신, 그것도 미술대학 출신이 들어와 자기들이 안 다루던 분야를 처음으로 다룬 데다가, 조형적인 면을 들입다 판 논문을 썼으니 견제를 받을 수밖에 없지요. 스승 덕을 많이 봤더군요. 지도교수는 바로 김건영 교수라고……."

"알아. 남서울대공원 계획을 했던 분이시지. 그러니 테마파크에도 관심이 많을 수밖에 없지. 그 친구에게 관심이 많았을 거야."

"그렇습니다. 직장 생활하는 그 친구에게 연구실에 자리까지 마련시키고 대학원 생활을 빡세게 시켰더군요. 낮에는 직장, 밤에는 연구실에서 연구가 계속되는 생활이었습니다. 대학원 생활 때문에 학교 근처로 집까지 옮긴 걸 보면, 그 친구도 꽤나 열심이었던 것 같습니다. 호랑이 교수로 유명한 분이시고, 연구실 자체도 공부 안하면 못 배겨나는 풍토더군요. 그러니 논문 자체에 대해, 질質 가지고는 아무도 왈가왈부를 못했던 겁니다. 덕분에 논문 통과도 되구요."

"그래. 제자로서 스승에게 감사해야 할 일이지. 공부시키는 스승이 훌륭한 스승 아니겠나. 조사한 테마파크 관계 논문 중에서 가장 우수하더군. 그래서 자네에게 논문 쓴 인물에 대해 뒷조사를 시킨 거지. 기존의 이 판에서 아는 사람들이야 너무 뻔하구, 좀 다른, 참신한 인물이 없나 해서 알아보라고 한 게야."

헨리 유는 만족한 듯이 입가에 슬며시 미소까지 지었다. 그 미소를 본 관리이사의 눈꼬리가 순간 실쭉하니 치켜 올라갔다.

"그 친구 논문의 장점이 상당히 실제적이라는 거야. 논문 뒤에 NBS 영상 테마파크 계획을 보면 제법 했어. 수요 예측부터 스페이스 프로그램을 도출해 내는 과정이, 뜬구름 잡는 식이 아니라 상권 분석으로 이루어진다는 것이 재미있어. 이 친구, 무대 디자이너로서 실무를 방송국에서 줄곧 해왔기 때문에 머릿속이 상당히 실제적이야. 테마파크 계획 도면들도 기본 계획 단계에 머무르기는 했지만 독창적인 데가 있어. 어쨌든 재미있어. 하지만 내게 진짜 흥미를 끌게 한 것은 논문 전반부의 이론 파트라네. 이론 파트를 끝내면서 사족같이 긴 주석을 붙여 놓았는데, 자기가 미학과 출신이라는 걸 숨기지 못하더구만. 간단히 말하자면, 테마파크의 모든 건축적 조형은 현실의 단순한 복제면 안 되고, 현실과의 혼동이 있어서도 안 된다. 관객으로 하여금, 현실과의 혼동이 아닌 심리적 거리감을 테마파크의 환경으로부터 유지하게 해 줌으로써 안정감을 느끼게 해야 한다. 뭐, 그런 말인데, 흔히 테마파크의 4요소로 테마성, 비일상성, 배타성, 통일성이 어쩌고저쩌고 하다가 만 다른 논문들과는 확실히 차별화가 되더군. 테마파크와 영화,

드라마 세트와의 건축석 비교 이론도 그렇고……. 흥미를 끌게 하는 인물이야. 그러나 나에게 한 번 만나 봤으면 하는 생각이 들게 한 건, 다름 아닌 논문 속의 이 구절 하나 때문이라네."

그러면서 헨리 유는 자신의 책상으로 다가섰다. 그는 논문을 펼치더니 읽기 시작했다.

"'심리적 거리(Psychical Distance)가 소실되면 환영(Illusion)은 사라지고 현실이 된다. 관객에게 주어질 엔터테인먼트적 즐거움이 끼어들 여지가 여기엔 존재치 않게 된다. 엔터테인먼트는 고통스런 삶의 현실과는 분리된, 심적 여유 속에서 존재한다. 영화나 드라마를 볼 때 관객은 현실이 아닌 가공의 환영이라는 것을 마음속에 전제함으로서, 카타르시스를 느낀다…….' 무엇인가 내 마음을 치는 구절이야. 이 친구는 본질을 꿰뚫어 보는 데가 있어. 하하하. 재미있어, 재미있어."

헨리 유는 혼잣말처럼 중얼거리더니 이사 앞에 와 털썩 주저앉았다.

"양면성이 보이는 친구야. 섬세한 감수성과 돈다발에의 욕망이라……. 테마파크를 갑자기 왜 연구했겠어. 돈 벌고 싶다 이거지, 뭐. 하하." 헨리 유는 짧게 웃으며 눈매를 가늘게 뜨면서 생각에 잠겼다.

"하지만, 좀 문제를 일으키기가 쉬운 사람이라는 결론을 얻었습니다." 관리이사는 충격 요법으로 사장의 마음을 돌리려는 듯, 강한 어조로 외마디 내뱉고는 호흡을 죽이며 사장의 눈치를 살폈다.

"무슨 말이지?" 물어보는 헨리 유의 눈살이 찌푸려졌다.

"회사에서 평이 좋질 못합니다. 디자이너로서의 능력은 출중한데, 그 능력만큼 큰 드라마, 말하자면 대하 사극이나 특별 기획 드라마 같은 것은 한 번도 맡지 못한, 큰 드라마들 사이의 끼워 넣기 드라마 전용 디자이너라는 소문도 있고……, 다음은 밑에서 일하는 세트 장치 담당자들의 평입니다. '고집은 세서 디자인 양보도 안 하고, 내가 디자인했으니 너희는 찍소리 말고 세트나 도면대로 만들어란 식으로 대한다.'는 불평이 많습니다. 그래서 애써 세트를 제작하면 세워 놓고 볼 만은 한데, 디자인 부서내에서 프로그램 배분을 보면 역량에 맞는 드라마는 한 번도 맡겨 주질 않고……, 아무래도 부서장에게 미운 털이 박혀 물 먹고 앉아 있는 것이 아니냐는 소문도 있습니다."

"그리고?" 말하기를 채근하는 헨리 유의 얼굴에선, 왠지 속에서 나는 웃음을 참는 듯한 느낌이 은근히 감돌고 있었다. 관리이사는 헨리 유의 기분을 살피며 발언의 강도를 더욱 높여 갔다.

"같은 일을 하는 무대 디자이너 동기에게 들은 바에 의하면, 부서 내 디자이너 사이에서도 영 대화하는 친구가 없답니다. 점심시간이면 혼자서 어디 가서 밥 먹고 들어오는데, 그 생활이 입사 초기부터 지금까지 계속이랍니다. 그걸 어떻게 견디고 사는지 모르겠다고 하더군요. 입사 초기에 불미스런 일이 있었는데, 그때 받은 마음의 상처 때문인 것 같다고 말했습니다. 그때 자기네들이 그 친구한테 잘한 것은 없으나, 그걸 가지고 8년이 넘는 세월을 혼자서만 묵묵부답으로 사니 지독한 놈이라고 평하더군요."

그 말을 듣는 헨리 유의 눈빛이 조금 흔들렸다. 남이 보기에는, 자신의 먼 과거를 회상하기라도 하는 듯한 분위기로 어림짐작할 민한 눈빛이었다. 관리이사는 앞에 마주 앉아 있는 사장의 눈치를 살살 살피며 짧게 숨을 들이킨 뒤, 한 번 더 강한 어조로 내뱉었다.

"한 마디로 직장 내의 왕따인 모양입니다."

"그래서?" 되물어보는 헨리 유의 표정은 약간 곤혹스럽다는 기분을 선명하게 보여 주고 있었다.

"그런 자가 이 일에 적합하다는 생각을 못하겠습니다. 어차피 우리 일의 특성도 협업 아니겠습니까? 그렇게 외통수로 배배 꼬인 것 같은 자를 어떻게 활용하시겠다는 겁니까?"

헨리 유는 잠시 고개를 아래로 떨구고 생각에 잠기더니, 이내 다시 고개를 쳐들어 관리이사를 정면으로 응시했다.

"여러 사람이 미워할지라도 반드시 살펴보아야 하며, 여러 사람이 좋아할지라도 반드시 살펴봐야 한다는 옛말이 있네. 한 인간에 대한 평가는, 그 사람이 처했던 상황을 제대로 파악하고, 또 그 사람을 실제로 사귀어 보기 전에는 판단 보류라는 것이 내 삶의 철칙들 중 하나야. 만나 봐야지 알아. 더구나 그런 분야와 분야 사이를 넘나들며 경계인이 돼 버린 자들은, 내면적 특징으로 지금의 상황에서 다른 상황으로 탈출해야 하는, 나름대로의 쓰라린 심리적 동기를 가진다네. 왜 그 친구가 힘든 회사 생활 속에서, 대학원은 자신의 학부 전공과도 관련 없고 지금 하는 일과도 상관없는 건축학과를 들어갔겠나. 다 현실에서 벗어나고 싶은 안간힘일세. 내가 아까 읽은 그 친구의 논문 구절은 왠지 자기자신의 내적 고통을 논문 한 귀퉁이에 숨겨 놓은 것이란 생각이 들더군."

헨리 유는 양손으로 무릎을 치더니 이내 오른손을 허공에 쳐들었다.

관리이사 눈앞에 보란 듯이 오른 검지손가락을 흔들면서 미소 지었다.

"김 이사. 자네『장자莊子』를 읽어 보았나?『장자』에는 이런 이야기가 있다네. '한 사당의 상수리 나무가 있는데 크기가 소를 덮을 만하고 백 아름이나 되도록 컸지만, 그렇게 커지도록 베어지지 않은 이유가, 나무가 아무 짝에도 쓸모없는 잡목이라서 사람들이 베지 않고 남겨 두었기 때문이었다.'라고 말이야. 나는 이 이야기를 종종 생각해 본다네. 세상에 대해, 인간에 대해, 투명하게 보여 주는 이야기거든. 그 상수리 나무가 한 목수의 꿈에 나타나 자기자신을 변호하기를, '열매 맺는 나무는 그 열매 때문에 잡아 뜯기고, 좋은 재목의 나무는 일찍 베어져, 타고난 목숨을 부지하지 못하고 중간에 일찍 죽는다. 스스로 세속으로부터 타격을 입는 것이다. 나는 아무 짝에도 쓸모 없기를 바라온 지 오래다.' 이런 말을 하지. 이게 뭘 뜻하는 우화인지 아나? 사람이 사회에 나가 조직에 몸담게 되면, 재주나 능력 때문에 오히려 중도에 꺾인다는 말이라네. 대부분의 사람들이, 뛰어난 능력이 있으면 출세가 빠를 거라고 생각하지만, 현실은 반대야. 내가 실제로 어느 조직이나 윗자리에 있는 사람들을 살펴본 결과, 큰 인물이라는 세간의 평가와는 반대인 사람들이 의외로 많았어. 그저 무사안일로 자리나 지키면서, 윗사람에게 위협적으로 보이지도 않는 외양이며 체격을 가진 사람들이야. 누구하고도 원수 안 지며 적을 만들지 않고 살다 보니, 세월과 함께 각계 분야의 윗자리에 앉아 권위자이니 전문가이니 하는 소리를 듣는 자들이 대부분이더군. 기름 바른 미꾸라지가 되는 게 출세엔 제일 간편해. 하지만 한 조직에 대해 창조적이거나 혁신적이려면─사이비가 아닌 진실로 말이야! —조직이 주는 압력을 혼자서 견뎌 내야 한다는 고통이 따른다네. 사실 현실은 말이야, 능력 있는 놈은 그 조직에서 편히 살게 두질 않아. 그 친구도 자기자신을 지키려 하다 보니 그런 회사 생활을 할 수밖에 없었을 것이네. 혼자서 사는 거지. 그러면서 탈출을 꿈꾸는 것이고……."

헨리 유는 혼잣말 하듯이 느릿느릿 말을 이어 나갔다. 자신의 과거 경험이라도 이야기 하듯이, 가슴속 깊은 곳에서 목소리가 공명이 되어 울려 나왔다.

"어찌했든 간에, 나는 그 친구를 빨리 보고 싶으니, 김 이사는 그 친구와 당장 연결되게 해주게. 알았나?"

"예. 알겠습니다. 하루라도 빨리, 제가 직접 면접이 가능하도록 손 쓰겠습니다."

김 이사가 나가고 혼자 남겨진 헨리 유는 커다란 사무실 안을 서성이기 시작했다. 그러다가 느닷없이 무슨 생각이라도 난 사람처럼 책상으로 거의 뛰어가다시피 하더니, 모니터 화면에 자료들을 불러들였다. 그는 나타나는 자료들을 보고는 고개를 절레절레 흔들었다. 있는 대로 인상을 구긴 표정으로 담배를 한 대 피워 물고, 걸신들린 사람처럼 연기를 뻑뻑 빨아들였다. 한 대를 빠른 속도로 피운 뒤, 두 번째 담배를 입에 물고 다시 사무실 안을 서성거렸다. 걸음이 점차 편안히 느려져 갔다. 헨리 유는 사무실 벽을 장식하고 있는 사진들 앞에 멈추어 섰다.

여명에 안개 베일을 뚫고 나오는 빛으로 은은한 실루엣이 돼 버린 전나무 숲, 바로 그 숲을 연상시키는 고딕 성당의 내부 사진. 이 흑백 사진이 보여 주는 흑화은黑化銀의 부드러운 톤 변화에 골몰하여 한동안 물끄러미 바라보다가, 담배 한 대를 손가락 사이에서 다 태워 버렸다. 그는 세 번째 담배를 입에 다시 물고는 그 옆에 걸린 다른 흑백사진으로 시선을 옮겼다. 거무스레 어두워지는 저녁 무렵의 햇살을 등지고 처연히 솟아 있는 언덕 위 성벽. 성벽은 오랜 세월의 모래바람에 씻겨나가 바위 덩어리인지 성벽인지 구분조차 되질 않고 있다. 황량한 사막 한가운데 무심히 멀리 보이는 유적을 뒤에 하고, 하얀 치마를 입은 남자들 무리가 뱅글뱅글 선회하며 하늘을 향해 치켜든 한 팔은, 천상으로 향한 회전축이 되었다. '당신이 오지 않는다면 무엇이 의미가 있겠냐.'는 말 없는 행동의 호소들. 이 남자들의 모습은 신과의 합일을 갈구하면서 죽음 직전까지도 춤을 계속 추려는 듯하다.

"계속해서 해 나가는 거야. 계속 돌아야 된단 말이지. 쓰러지지 않으려면……."

치마는 허리에서 펼쳐져 하얗게 아래로 부드러운 부채꼴을 이루고, 치맛단은 동그란 원호를 줄곧 만들어 내는 선무교단의 선회 동작. 그 모습 위로 하얀 담배 연기는 그들의 염원이라도 표현하듯이 모락모락 피어올랐다.

7

"한 감독님. 감독님께서 좀 오시라는데요."

촬영장에는 감독이라 불리는 자들이 상당히 많은 수를 차지한다. 촬영 감독, 조명 감독, 미술 감독(무대 디자이너), 무술 감독 등등……. 그 중에서 감독의 성씨가 불리지 않고, 그냥 '감독님'으로 대명사화한 이가 있으니, 그가 바로 TV 드라마에서는 연출 PD요, 영화판에서는 영화 감독인 것이다. 수혁은 앞에 서서 쭈뼛거리는 표정으로 눈치를 살피고 있는 FD(현장 진행)의 말을 듣고, 드라마 녹화 전에 한 번 넘어야 될 산이 기다리고 있음을 직감했다.

"정 조장님. 내 말대로 해줘요. 지금 지붕이 너무 높아! 본채는 놔두고 신혼부부 방 지붕 높이 한 자 낮춰 줘요, 예?" 수혁은 옆에서 FD가 뭐라 하든, 자기가 하던 일은 계속 해야 했다. 그는 녹화 들어가기 전에 고칠 건 다 고쳐야 놔야 직성이 풀리는 성격이었다.

"녹화 시간 얼마 안 남았는데 언제 고쳐. 오늘은 그냥 가자. 다음에 세울 때 고쳐 놓을 테니까……."

"안 돼요. 여기가 높으면, 저 본채 마루 뒷편에서 오버로 마당 씬 잡

을 때 너무 어색해. 도대체 달동네 집 처마를 아홉 자에 거는 게 어디
있어요. 내가 제작 도면 설명할 때도, 제작조에게 지붕이 낮아야 된다
고 골백번은 말했는데 왜 이렇게 됐지? 이 벽체 새로 짠 게 아니오? 있
는 것 썼나? 어쨌든, 지붕 끝 선이 기단 말고, 스튜디오 제로 바닥에서
일곱 자 떨어지게 해놔요."

　키가 자그마하고 동글동글한 얼굴을 가진 사람 좋은 정 조장은, 지
난밤의 철야조가 저질러 놓은 만행을 뒷수습하느라 진땀을 뺐다. 세
트란, 주로 나왕나무로 된 합판과 각재로 골조를 만들고, 그 표면에는,
시멘트 블록 담을 만든다고 하면 그 비슷한 느낌이 나오도록, 미술팀
자체로 사진 전사傳寫 제작한 '오자리트' 도배지를 붙인다든지, 골목 계
단이나 축대, 지붕의 느낌 등은 FRP[27] 조형, 우레탄 포밍[28]이나 스티로
폼을 깎아 붙여 칠을 한다든지 해서, 실재하곤 비교도 안 되게 가볍고,
설치와 수정이 용이한, 겉모습만 진짜고 사실은 전부 가짜로 제작되는
법이다. 그래서, 세트 배튼에 매단 철사줄[29] 때문에 성가시긴 하지만,

---

27 FRP(Fiber Reinforced Plastics) 유리섬유 강화 플라스틱. 유리섬유·탄소섬유·케블라
　등의 방향족 나일론 섬유와 불포화 폴리에스터·에폭시 수지 등의 열경화성 수지를 결합한
　물질이다. 이론적으론 철보다 강하고 알루미늄보다 가볍다. 물론 만들기 나름이긴 하지만
　말이다. 녹슬지 않고 가공하기 쉽다.
28 우레탄 포밍(Polyurethane Foaming) 폴리우레탄을 구성 재료로 하고, 휘발성 용제를
　발포제로 섞어서 만드는 발포 제품을 일컫는다. 폼의 겉보기 밀도Bulk Density를 비교적 자
　유롭게 조절할 수 있으며, 따라서 주형을 만든 뒤 우레탄 포밍기로 형태를 찍어 낸다. 세트
　에는 기와나, 돌로 쌓은 담등, 자유로운 조형 소재로 많이 쓰인다.
29 스튜디오 세트의 지붕이 필요한 경우, 건축물을 만들 때처럼 지붕을 구조적으로 올리는 것
　이 아니고, 세트는 스튜디오 천장에 달린 세트 배튼들에 철사줄로 지붕 부분을 매달아, 벽체
　랑 맞물리게 힘을 받게 하여 고정한다. 이는 역학적으로 힘을 받아 내지 못하는 세트 벽체의
　구조적 취약성을 보완하는 작업이다.

지붕의 높이도 하겠다고 맘만 먹으면 재빨리 낮출 수 있는 상황이다. 어찌했든, 녹화 들어가기 전의 세트 정리는 낮 시간을 맡은 현업조가 해내야 할 일이고, 수혁은 자신의 의지를 관철시키느라 평소에 친하게 지내는 정 조장을 닦달할 수밖에 없었다.

"지금 감독님을 만나 보시지요."

FD는 상황을 이래저래 재어 보다가 눈치껏 다시 채근했다. 수혁은 북새통을 이루며 세트에 달라붙어 일하는 세트 현업조, 소도구, 생화목 담당자들을 쳐다보았다. 거기에 조명팀 또한 세트에 조명을 맞추느라, 스튜디오 천장에 있는 조명 배튼을 아래로 내리려 자기들끼리 소리소리 지르고 있었다.

'아수라장이로구만. 어떻게 되겠지.' 사업부 파견 이후로 오랜만에 맛보는 생동감이라고 자신을 위안하고선, 수혁은 연출을 만나러 갔다.

"한 과장. 이거 세트 '바래'[30]야."

연출은 발 하나를 주인공 집 마루에 올려놓은 자세로 팔짱을 끼면서, 수혁에게 만나자마자 대뜸 공격을 퍼부었다. 수혁은 연출자 입에서 그 말이 튀어나올 줄을 예상하고 있었다. 마당이 나오고 집 외관이 다 나오는 세트는, 언제나 카메라 잡을 때 어디가 '바래'라는 둥, 여기가 낮아서 카메라 잡을 수 없다는 둥의 말을 달고 살기가 쉬운 것이었

---

30 **바래** 카메라로 어느 한 장면을 잡았을 때, 드라마·영화 대본의 설정에 어울리지 않거나 이상해 보이는 부분, 또는 세팅이 빠져 있거나 제대로 되어 있지 않은 부분을 현장 용어로 '바래'라고 한다.

다. 스튜디오라는 조건 내에서, 집의 내부가 아닌 바깥의 경치를 묘사하기는 그리 녹록지 않은 일이다. 게다가 멋진 인테리어의 호화판 저택이 쉽지, 달동네는 그 특유의 올록볼록 자유로운 면들 구성 때문에 제대로 느낌 내기가 정말 어려웠다. 제일 트집잡히기가 쉬운 게 달동네였다.

지금, 이 주인공 집은 비교적 너른 마당을 끼고 있는, 달동네 집 치고는 상당히 좋은 주택이라 할 수 있었다. 기역자를 이루는 본채는 여러 개의 작은 방들과 부엌이 연결되어 건축 평면을 이루었고, 문짝이 달리지 않은 열린 형태의 8자 폭 작은 마루가 기역자로 꺾어지는 본채의 중심에 있었다. 본채 마루에서 보면, 마당 건너편에 쪽방(신혼부부방 예정) 하나로 이루어진, 연기를 위한 공간이기는 하지만 카메라 '바래'를 막는다는 의미가 더 큰, 슬레이트 지붕까지 머리에 이고 있는 좁다란 창고 같은 집채가 서 있었다. 마당 쪽에서 본채를 바라보는 식으로 카메라 각을 잡을 때는 상관이 없었다. 지금 연출이 문제시 하는 장면은, 본채 뒤로 들어가, 마루 배후에서 마루를 거쳐 마당 쪽을 바라보고 카메라 앵글을 잡을 때의 경우이다. 연출은 그 배경으로 보이는 세트 묘사가 왠지 휑하다고 트집을 잡고 있었다. 그 카메라 앵글을 설명하자면, 시선 바로 앞으로 보이는 마루, 그 너머 근경의 마당이 훤히 보이고, 그 다음 중경으로 이 집의 다 찌그러진 대문이 보이고, 그 대문 바깥에 골목이 있는데, 골목 끝 축대담 위에 달동네의 원경을 묘사한 부조를 만들어 시점에 어울리게 부조 벽체를 올려놓았고, 그 달동네 원경 위로는, 스튜디오 공간을 이루는 호리존트Horizont라는 하얀 벽에 조명팀이 칼라 조명을 입혀 하늘 묘사(완전한 하늘 묘사가 가능하다. 시간의 변화에 따른 색채의 차이, 구름, 석양, 여명 등등을 만들어 낼 수 있다)를 하기로 약속되어 있는, 근-중-원경이 결합된 하나의 달동네 그림이었다. 조명 들어간 상태에서 카메라로 잡은 장면을 확인하지 못했음에도 — 녹화가 들어가야 부조정실 영상으로 확인이 가능하다 — 막상 세트를 세워 놓고 보니, 연출은 확실한 하늘 그림 없이 맨눈에 휑해 보이는 호리존트가 부담스럽기만 한 눈치였다.

"아니에요. 여기서 보면 저 부분은 하늘이 되어야죠. 보통 이런 집, 마당에서만 원, 투 잡고 말지만, 이건 내가 생각해서 집 마루 뒤에서도 카메라 쓰리가 잡을 수 있도록 연구한 겁니다. 집 마루에서 보면 달동네가 멀리 보이는, 그 위엔 하늘이 시원하게 보이는 장면, 좋잖아요?"

"그래두, 뭐 좀 세워야 되지 않아? 저렇게 휑하니 놔두면 이상할 텐데."

연출은 고개를 외로 꼬았다, 인상을 썼다, 계속 궁시렁거렸다. 연출자들은 흔히 세트를

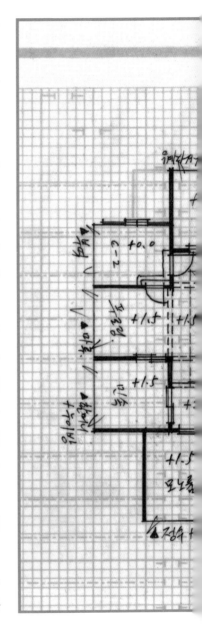

188

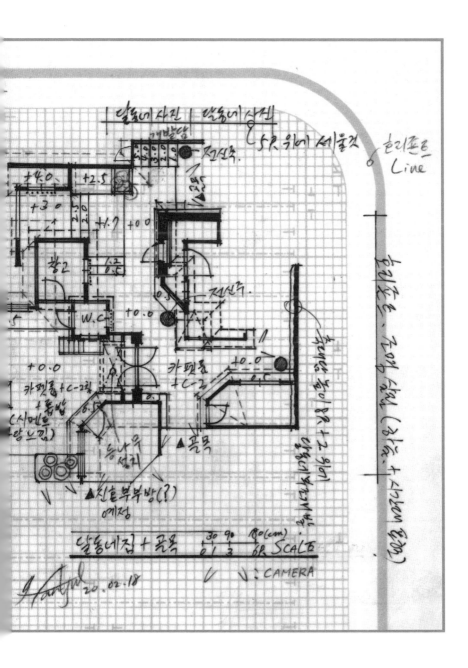

Scene # 달동네집세트 마루에서 마당쪽 ㅂ
대문 위에 만들어 놓은 등나무 덩굴에 인조 잎들
보인다/또한 그 위로 보이는 하얀 면이

장면/마당의 두 사람은 생화복 담당자인데,
[...]고 잇다/등나무 덩쿨위로 달동네지붕을 부즌가
[...]오 호리존트이다!

잔뜩 복잡하게 만들거나 과다하게 많이 세워 주면, 자기가 하는 드라마를 무대 디자이너가 신경 써서 디자인해 줬다고 생각하는 버릇들이 있었다. '간결이야말로 지혜의 진수'라는 사실을 아는 이는 거의 없다시피 했다.

"나두 좀 불안한데. 화면에 나오는 것을 봐야겠지만, 호리즌트에다 조명 갈겨서 하늘 만들자는 건데……, 그게 영 어색하게 되는 수가 많더라고."

연출 옆에 서 있던 카메라 감독이 이에 질세라 얼른 끼어들며, 수혁이 곤경에 처하도록 부채질을 했다. 그러자 눈살을 찌푸리며 대화를 듣던 조명 감독이 한 마디 던졌다.

"난 괜찮을 것 같은데. 아까 한 감독하고도 말을 맞추었지만 저 멀리 보이는 호리즌트는 조명으로 커버하고, 그 밑에 달동네 집들 원경은 이 친구가 조그맣게 부조들을 만들어 놓았잖아. 그러니까 멀리 달동네 집들이 보이는데 그 위로 하늘이 있는 거지. 그리고 중경으로 이어지는 대문 위에 지금은 나뭇가지들만 있지만, 생화목실에서 이파리를 많이 달면 중경과 원경 사이 경치 연결의 어색함이 감춰질 것이고……. 난 이거 괜찮을 것 같은데. 우리가 조명으로 아침, 저녁, 대낮, 하늘을 다 표현해 줄 테니깐 시간 흐름 묘사도 좋고, 맨날 세우는 와이드 컬러 사진보다 난 더 마음에 드는데. 한번 해봐도 좋을 것 같애. 난 좋아. 우리가 일할 부분이 많은 것이, 사실 좋은 세트야."

조명 감독은 도와주는 말을 이어갔다. 세트는 조명이 살리는 법이다. 무대 디자이너는 조명 감독과 밀접하게 일로써 연관되어 있었다.

아무리 세트로 힘을 주어 입체를 만들어 놓아도, 조명이 한번 '플랫하게 조져 놓으면' 완전 판자때기로 화면에 보이는 것을 수혁은 여러 번 경험해 보아서, 언제나 그는 디자인이 나오면 조명 감독들을 자신이 먼저 찾아 나섰다. 아랫사람 같이 상대방을 먼저 찾아다니는 수고를 아끼지 않는 사람은, 수혁이 디자이너들 사이에서 유일했다. 그 덕분에 수혁은 '착한 애'로 조명팀에서 평판이 좋았다. 이번에도 디자인이 나오자마자, 일일극 조명 감독을 직접 찾아가서 자신의 구상을 미리 이해시켜 둔 덕을 톡톡히 보는 중이다. 어찌했든, 전세는 차차 역전될 것이다.

"난 사실 저 부조로 만든 달동네 경치가 영 이상해. 무슨 만화도 아니고……. 세트가 리얼해야 하는데, 무슨 애들 학예회 모양, 판자 오려 놓은 것 같으니……."

연출은 조명 감독의 설득에도 불구하고 계속 투덜거렸다. 그는 정치적인 압박감을 수혁에게 주입시켜, 향후 나올 일일극 세트들에 대한 양질의 보장을 받아 내려 했다. 연출자는 스태프를 절대 칭찬하지 않는 법. 언제나 스태프들의 헌신을 쥐어짜는 것이 연출자의 임무다.

"난 자신 있습니다. 이런 거 처음 보셔서 놀라셨겠지만, 다 내가 연구한 거예요. 중경이나 원경에 일부러 세트 스케일을 축소시켜서 공간감을 확장하는 방법을 여러 번 생각해 왔고, 연극 무대 같은 것에는 똑같지는 않지만 실례도 있는 겁니다. 이번 달동네 세트에 내가 해보고 싶은 거니까, 이해해 주셨으면 합니다. 저 각도에서 카메라 쓰리가 자유자재로 돌게 만드는 세트, 시간의 흐름이 조명으로 자유롭게 표현될 수 있는 세트, 감독님도 좋아라 하셨잖아요. 난 이번 디자인에 이 점이 꼭 되게 했으니까, 모두들 이해해 주셨으면 합니다."

수혁이 강하게 말을 내뱉으니 모두가 놀라서 그를 쳐다보았다. 나이든 연출은 수혁의 얼굴을 살피더니, 다시 고개 돌려 세트를 쳐다보며 말을 이어갔다.

"좋아. 한 번 그냥 가 보자고. 첫 녹화 끝나고 부조정실에서 한 번 만나 얘기해 보자고."

수혁이 주위를 둘러보니, 연출과 카메라 감독은 딴청을 하고 있고 조명 감독은 혼자서 싱글싱글 웃고 있었다. 조명 감독은 수혁의 어깨를 부여잡고 딴곳으로 끌고 가더니, 귀에다 대고 작은 말소리로 한마디 했다.

"한 감독, 말 한 번 쎄게 하대. 흐흐흐. 저 연출 자네한테는 많이 참는다. 원래 욕쟁이로 유명한데 욕이 안 튀어나오대. 은근히 자네 세트가 마음에 드나 봐. 이젠 뭐 그냥 가는 거지. 뭐."

"뭘요. 화면 잘 나올 거예요. 잘 좀 부탁드립니다."

"한 감독. 아직 젊어. 새로운 시도도 해 보고 싶은 걸 보면 아직 젊어."

조명 감독은 수혁의 등을 한 손으로 툭툭 두드리며 신통하다는 듯이 친근감을 표시한 후, 지금 한창 일을 벌이고 있는 조명팀에게 지시하러 갔다. 수혁은 오십이 한참 넘은 조명 감독의 키 크고 우람한 뒷모습을 바라보며, '나는 저 나이가 되면 저렇게 당당한 체격을 유지할 수 있을까?'라는 딴생각을 잠시 했다.

 밀물처럼 사람들이 몰려들면서 북적이던 스튜디오는, 녹화 리허설이 끝나자 썰물처럼 빠져나가면서 잠시 정적이 감돌았다. 첫 녹화가 시작되기 전, 마지막 세트 점검을 하려 수혁은 스튜디오 안을 서성거렸다. 그는 언제나 사람이 얼마 남아 있지 않은, 녹화 시간 바로 직전의 스튜디오를 사랑했다. 세트는 완결되어 있고, 그가 바라던 모든 것들이 보여지고, 적절하니 균형잡고 있는 그 상태. 세트는 녹화가 끝나면 분해되고 저장고로 들어가 다시 세울 날을 기다리다가, 녹화 전날 밤부터 매번 새로이 세우는 것이었지만, 그가 머릿속에서 구상하던 공간적인 조화와 균형이 '이거다!' 하고 무릎을 칠 수 있는 상태는, 항상 순간에 불과하기만 하였고, 또한 세워질 때마다 매번 이루어지는 것도 아니었다. 세트 철야조 중에는, 도면대로 세우기보다는 언제나 자유분방하게 자신들의 입맛대로 재해석하여 세우는, 자유로운 정신을 모토로 삼는 철야 조장이 반드시 있기 마련이며, 그 조장 밑에는 맹장猛將 밑에 약졸弱卒 없다고, "세트 좋다고 드라마 뜨는 건 아니다!"를 삶의 지표로 삼고 사는 하이에나들이 들끓기 마련이어서, 아침에 세트 점검할 때면 등골에서 식은땀 흐르는 일이 다반사茶飯事이다시피 했다. 그러나 오늘의 일일극 첫 세트는, 수혁이 바라는 그 아슬아슬한 균형을, 공중에서 뱅글뱅글 돌다가 찰나의 조화미를 보여 주는 모빌 조각처럼 위태롭게 지탱하고 있었다.

 '또 하나 세웠구나……' 수혁은 자신이 세운 세트를 멍하니 바라보며 만족감과 동시에 서글픔 같은 것을 느꼈다. 갈증 같은 것, 갇혀 있는 듯한 느낌이 그를 잡아당겼다.

"간만에 볼 만한 세트가 섰네!"

하이 톤인 여자 목소리가 느닷없이 들려 뒤돌아보았다. 본사 사업국 파견 시절에 같이 일했던 윤미란 차장이 웃으며 서 있었다. 대체적으로, 자회사 파견 사원에 대해 의도적으로 무시하고 싶어 하는 시선을 던지던 사업국 직원들이었지만, 그중에서 가장 편견 없이 일로서만 공명정대하게 수혁을 상대하던 여자였다. 윤곽이 또렷한 용모를 굵은 안경테로 가리고 다니면서, 타인 특히 남자들에게 일말의 섹스 어필 없이 상대하며, 자신의 능력을 조직에 각인시키려 애쓰는 노처녀. 이 여자는 갑자기 왜 이 스튜디오에 온 것일까 궁금해하며 수혁은 순간 사교적인 웃음을 얼굴에 지으려 애썼다.

"아니, 어쩐 일입니까? 스튜디오에서 다 뵙고?"

"아! 한 과장님 근황이 궁금해서 사무실에 물어봤더니, C 스튜디오에 있을 거라고 해서 일루 찾아왔지요."

"의욉니다. 참……, 윤 차장님이 저를 직접 찾으실 때는 무슨 사연이 있을 텐데……. 그 사연이 뭘까? 안 좋은 일은 아니겠지요? 나 겁 많아요."

수혁은 약간의 농을 섞으며 말을 던졌다. 사무실에서 마주치던 사무적인 태도와 달리, 허릿매에 양손을 올리고는 약간 몸을 뒤틀면서 고개를 외로 꼬며 올려다보는, 어딘가 교태가 섞인 듯한 느낌이 드는 윤미란의 태도에 흥미가 느껴져서였다. 그녀는 안경 너머로 눈썹을 올리고 눈을 크게 뜨며 수혁을 올려다보더니, 다시 눈을 가늘게 뜨며 팔짱을 끼면서 스튜디오 바닥을 내려다보았다.

"한 과장님. 내가 어쩌면, 한 과장님 인생을 뒤바꿔 놓을 수도 있
는 일의 전달자가 될지도 모르겠는데……, 그냥 맨입으론 안 될 것 같
고……, 점심이나 한 번 쏴요."

수혁은 자신에게 점심 사 달라고 하는 사람이 제일 반가웠다. 이는 8
년의 직장 생활 동안, 혼자서 점심 먹으면서 생긴 고통의 반응이었다.

"그러시죠. 뭔가 저에게 할 말이 있으신 것 같은데, 여기까지 친히
오신 걸 보니 중요한 일인가 보군요. 당연히 밥 사드려야죠."

수혁은 입가에 미소를 만들며, '오늘 점심은 외롭지 않겠구나!' 하고
마음속으로 되뇌었다.

"그래…… 무슨…… 일입니까?"

참다못해, 수혁의 입에선 질문이 튀어나오고야 말았다. 점심 사 달
라고 해서 평양식 왕만두 집에 모시고 가니 밥 먹는 내내 신변잡기만
말하곤, 계산을 끝낸 후 식당에서 나오는 수혁에게 생긋 웃으면서 "이
제 커피를 사세요."라고 명령조를 한 마디 내뱉고, 근처 스타벅스까지
끌고 온 윤미란이었다.

"궁금하죠?" 그녀는 수혁을 힐끗 쳐다보았다.

"네. 굉장히 궁금하네요. 도대체 내 인생을 뒤바꿔 놓을 수도 있는
일이란 게 뭡니까?"

"그래도 한 과장님, 잘 참네요. 밥 먹는 내내 물어보고 싶은 걸 말야.
얼굴에는 궁금해서 죽을려구 하는 게 막 쐬어 있는데, 눌러 참는 모습
이 얼마나 웃기는지……. 호호호. 그렇게 표정 관리가 안 돼서 어떡하

나! 아직도 어린애 같애 가지구……."

"그래요? 하하. 내가 좀 어린애 같애 보여요?"

"그럼요. 사무실에서도 보면 좀……, 너무 간사한 데가 없다고 해야 하나?" 윤미란은 고개를 좌우로 저어 대며 농담기를 잔뜩 섞는 말투를 구사했다. 표현에 오버가 계속되었다. 프로 의식에 차 있는, 그러나 왠지 편히 대하기는 어렵기만 하던 평소의 윤미란이가 아닌, 농담조로 분위기를 부드럽게 만들려는 의도가 있어 보였다. 수혁 자신도 긴장감을 풀고 대화하기로 마음먹었다. '어차피, 지금 나는 이 여자 입에서 나오는 말에 귀를 기울어야 하는 입장 아닌가. 나한테 적대감 들지 않게만 하면 되는 거야. 뭐라 지껄여도 가만히 있자!'

"한 과장님. 펠드스파[31] 홀딩스란 회사가 있어요. 일종의 투자 개발 회사인데 거기 사장이 한 과장님을 만나고 싶어 해요." 불쑥, 이해가 안 되는 단어들이 윤미란 입에서 마구 튀어나왔다.

"예?" 이번에는 이게 뭔 소린가 뜨악해져서, 수혁은 멍하니 윤미란을 쳐다보았다.

그녀는 안경테를 손으로 살짝 올리며 고개를 앞으로 내밀고 수혁의 얼굴을 응시했다.

"자, 간단히 말하면 내가 한 과장님의 픽업을 위한 그 사장의 헤드헌

---

31 펠드스파(Feldspar) 라브라도라이트 펠드스파Labradorite Feldspar라는 보석은 경도 6~6.5 이며, 전체적으로 회색 톤이 돌면서 부분적으로 푸른빛, 오렌지빛, 적색빛이 돌아 표면의 빛이 신비롭고 아름답다. 몸에 지니고 있으면 건강과 행운과 부를 가져다준다는 의미와 유래가 깊은 보석이다. 펠드스파 자체는 장석長石이란 광물질을 의미하나, 라브라도라이트 펠드스파를 좋아하는 회사 사장이 '펠드스파'로 회사명을 지은 것이다.

터 노릇을 하고 있는 거지요. 물론 한 과장님의 채용은 사장과 면접 후에 결정되겠지만, 지금까지의 그쪽 태도를 보면 한 과장님에 대해 상당히 적극적인 것 같아요."

"하도 뜻밖의 말씀을 하시니 어안이 벙벙합니다. 좀 자세히 상황을 설명해 주시면……."

"그런가? 호호. 내가 좀 말펀치가 셌나?"

윤미란은 상체를 뒤로 물리면서 팔짱을 끼더니, 고개를 갸우뚱거리면서 수혁의 반응이 재미있다는 듯 생긋 웃었다.

"얼마 전에 그 펠드스파홀딩스에 다니는 학교 선배한테서 연락이 왔어요. 한 과장님에 대해 뒷조사를 부탁한다고. 이미 한 과장님에 대해 어느 정도의 정보가 있더라구요. 학교는 어디 나왔는지, 지금 뭘 하는지 정도? 어쨌든 내 입장에서 보면 선배 부탁 무시할 수도 없는 노릇이고. 그래서 그동안 틈틈이 회사를 누비면서 한 과장님을 연구하곤 보고서를 작성해 줬지요."

"그래……서요?"

"뭐, 뒷조사라 하니 안 좋은 어감이 있긴 하지만, 그만큼 그 회사에서 한 과장님께 관심이 있다는 말도 되고, 사람 채용에 관해 신중을 기하고 있다는 말도 되고. 좋게 생각하세요. 어쨌거나, 나는 선배 부탁을 열심히 이행해서 한 과장님에 관한 온갖 말들을 여과 없이 모아서 전달해 줬고, 또 내가 겪어 본 한 과장님에 대해서도 개인적인 의견을 피력했고……."

"그래, 저에 대해 연구하시니 어떻던가요?"

"아트코어 내부의 말들은 주로 네거티브한 쪽으로만 흐르고, 그러나 일에 대해서는 프로 근성이 있는 것으로 평가가 되고, 또 저의 개인적인 평가는 긍정적인 면이 많고, 그랬지요."

순간 수혁은 이 여자, 정말 웃기는 여자란 생각이 들었다. '지가 뭔데 나를 평가해! 니가 뭘 안다고 나에 대해서 회사 내의 평판 가지고 평가할 수 있다고 생각하나! 어쨌거나 아트코어 내부의 말들을 조합했다면, 정말 쪽팔린 얘기 투성이겠군.'

윤미란은 수혁의 얼굴 표정을 살피더니 눈까풀을 내리깔면서 어조를 조용하게 바꾸었다.

"한 과장님. 그 회사 상당히 비전이 있는 회사예요. 그리고 대학원 전공 살리고 싶지 않아요? 내가 보기엔, 사업국에 파견 올 때부터 무대 디자이너 그만두고 싶어 했던 거 아닌가요? 듣기에 그리 유쾌하지 않은 회사 생활 해야 했잖아요. 지금도 힘들잖아요. 그래 언제까지 NBS라는 타이틀에 매달릴 건가요. 내가 한 과장님 상황이라면 이런 좋은 기회 놓치지 않겠어요. 지금 그 회사에서 제주도에 아주 그럴 듯한 테마파크를 기획하고 있어요. 한미 합작 형태로 진행될 예정인데 모든 것은 기밀 사항이에요. 사내 직원들조차도 한다는 것만 알지, 모든 일은 사장 사무실 안에서 조용히 진행되고 있을 뿐이라고 하더군요. 요 근래 부쩍 들려오곤 하던, 하니 마니 하는 그 많은 테마파크 소문들과는 달라요. 이것은 지자체에서 먼저 몸달아 있는 게 아니에요. 정말 하려고 마음먹은 민간 투자 회사들이 달라 붙어 있고, 게다가 양국 정부가 직접 관심을 가지고 있다는 소문도 있어요. 굉장한 건수예요. 이건 틀림없어요. 나도 테마파크 일을 알았다면 그쪽으로 가고 싶을 정도예요. 그리고……."

"그리고 뭡니까?"

"한 과장님 같은 경우, 이직 때 평판 안 좋아서 참 힘든 케이스예요. 나 자신도 한 과장님 보고서 작성하면서 마음이 안 좋더라구요. 그러나 들리는 소문 그대로 보고서 만들었어요. 왜냐하면 내가 안 하더라도 다른 누군가가 그 일을 할 게 틀림없으니까요. 그럴 바엔 내가 하는 게 낫다는 생각을 한 거예요. 나는 같은 사무실에서 직접 겪어 본 게 있으니까……. 그래서 나의 의견도 같이 보고서에 피력했어요."

그녀는 짧지만 단호하게, 그리고 조용히 말을 끊었다. 수혁은 생각에 잠겨 허공을 쳐다보았다.

"한 과장님. 그 회사는 한 과장님에 대해, 물론 한 과장님 생각에는 자신에 대한 피상적인 말들로 들리겠지만……, 이미 알고 수용을 한 거라구요. 그래도 그쪽 사장은 만나자는 것 아니겠어요? 만나 보세요. 오히려 이렇게, 미리 접을 것 다 접고 들어가는 게 얼마나 좋아요?"

수혁은 윤미란의 말을 듣자 점차 마음이 홀가분해지면서, '그래. 한 번 만나 보지.' 하는 생각이 들었다.

"예. 만나 보겠습니다. 어떻게 하면 됩니까?"

그녀는 수혁을 쳐다보면서 부드럽게 말을 이어갔다.

"논현동 건설회관에 그 회사가 있어요. 한 과장님이 그곳에 가서 면접을 봐야 하는 건데 언제가 좋겠어요?"

"뭐어……, 오늘 녹화 끝나고 이틀 정도 여유가 있으니까, 내일 모레 정도가 좋겠습니다."

"시간대는 상관 없어요?"

"예. 오전이 좋겠지요. 그러나 그쪽 입장도 고려해야 할 테니까, 시간대에 대해서는 그리 구애받지 않으셔도 됩니다."

"그래요. 내가 약속을 잡고 연락을 줄게요."

윤미란은 만족한 듯한 표정을 짓더니, 커피를 한 모금 마시고는 자리에서 일어났다.

"나는 지금 사무실에 들어가 봐야 하는데, 한 과장님은 조금 더 있고 싶으면 자리에 그냥 앉아 있어도 돼요."

수혁은 휙 돌아서 나가는 윤미란의 뒷모습을 멍하니 바라보았다.

8

건설회관 빌딩은, 강남 논현동이라는 금싸라기 땅에 위치한 것 치고
는 풍부한 공유 공간(Public Space)을 자랑하는, 당당한 건물이었다. 수
혁은 사실, 철골 유리조로 통일되어 혁신적인 구조공학 기술을 뽐내면
서 최근에 지어지는 빌딩들보다, 조금은 오래된 듯 풍성한 철근 콘크
리트 매스와 넉넉한 스페이스를 자랑하는, 일종의 고즈넉함이 감도는
건축물을 좋아했다. 건설회관은 기능과 함께 공간적 넉넉함에도 건축
가의 설계적 여유를 보장하던 시대의 산물이라, 수혁은 1층 로비에 들
어서는 순간, 왠지 이곳에서 마음을 붙이며 일할 수 있지 않을까 하는
희망 섞인 예상을 하며 — 건물의 모습과 자신이 장차 일하게 될 회사
의 분위기가 서로 비슷할 것이란, 일종의 점치고 매달리는 심정에 가
까웠다 —9층 펠드스파홀딩스 사무실을 찾았다. 9층 전체를 사용하는
펠드스파홀딩스는 두 번의 출입이 모두 보안 장치가 되어 있어, 회사
로비의 안내양에게 이름을 밝혀야만 다시 내부로 들어갈 수가 있었다.

"어디서 오셨나요?"

"예. 헨리 유 사장님과 면담 약속이 된 한수혁입니다."

"잠시만⋯⋯, 아, 예! 들어오세요."

상냥한 젊은 아가씨의 목소리가 스피커에 울리더니 대형 유리문이 열렸다.

"한수혁님. 사장님이 기다리고 계십니다. 우측 복도 끝 사장실에 계세요. 지금 만나 보시지요."

또 다른 유리문이 열렸다. 정면을 막고 있는 벽체 양옆으로 서로 반대 방향인 복도 둘이 나타났다. 수혁은 우측으로 향했다. 어두운 색채의 긴 복도는 벽체에 벽감이 늘어서 있으면서, 신라의 화려한 금관과 허리띠 장식, 금제 귀걸이들, 그리고 아라비아 사막의 분위기가 물씬 풍기는, 보석이 잔뜩 박혀 휘어진 금빛의 검집과 도검들이 전시되어 있었다. '다마스쿠스 검인가? 십자군 원정 시대의 것 같은데⋯⋯.' 수혁은 고개를 갸우뚱거리며 잠깐 쳐다보다가, 전시물 모두가 금이 재료임을 깨닫고는, 헨리 유란 사람에게 호기심이 더욱 강해지는 것을 느꼈다. '진품은 아닐 거야. 아마 최고급 이미테이션들이겠지.'

"들어와요"

수혁은 노크를 하자마자, 안에서 나는 조금은 쉰 듯한 목소리에 내심 긴장하며 사장실 문을 열었다.

"안녕하십니까? 저는 한수혁이라 합니다."

"그래요. 내가 좀 보자고 했지. 이리 와 앉아요."

중후한 색조의 원목널 벽체들이 분위기를 돋구는 큼지막한 사무실 한편, 벽면에 커다란 수족관이 설치되어 있는 것이 이채롭게 느껴지는 공간에, 조그마한 마른 몸집에 혈색 좋은 안색을 가진, 머리칼을 단정하게 올백으로 빗어 넘긴 오십대 초반의 사내가 검은색의 와이셔츠와 바지를 입고 서 있었다. 가벼운 악수를 나누고 소파에 앉아 상대방을 바라보니, 넓은 이마와 날카로운 콧날과 매서운 눈매를 가진, 헨리 유라 불리는 사내의 얼굴이 수혁의 시선에 들어왔다.

"마침내, 만나 보게 되는구만. 대충 미스터 한에 대해 알 것은 알고 있으니, 이력 소개 하느라고 시간 낭비할 것은 없어요. 먼저 미스터 한이 궁금한 게 있으면 질문하고, 그다음 내가 질문하면 대답해 주면 되고, 마지막에 가서 서로의 의사를 타진합시다."

"예. 그리하겠습니다."

수혁은 만나자마자 단도직입적으로 회견의 순서를 정해 버리는 사장의 태도에 조금은 기가 질리는 느낌이 들었다. 그러나 속으론 긴장 타고 있는 걸 들키기 싫어서, 미소 지으며 쾌활한 목소리로 사장 이름에 대한 질문부터 시작했다.

"아무리 뵈어도 순수 한국인이신 것 같은데, 어째서 존함을 헨리 유라 하시는지요?"

그 질문을 듣자 헨리 유도 사교적인 웃음을 지으며 어깨를 약간 으쓱하는 것이, 대면 초기에 사무실에 흐르던 긴장감이 많이 희석되어 버렸다.

"아! 난 재미교포 1.5세예요. 열두 살에 부모님 따라 미국으로 이민 갔으니까, 이민 1세라고 하기에도 뭐하고 2세도 아니고, 그냥 1.5세지요. 가서 고생 많이 했지요. 낯선 곳에서 언어부터 익히려고 하니 참 힘들더군……. 그래도 세탁소를 해서 열심히 돈을 버신 부모님 덕분에, 하버드내 경제학과를 나와서 월 스트리트에서 좀 일하다가 MBA 까지 땄고……, 다시 월 스트리트에서 이쪽 일을 시작해서 여기까지 오게 되었어요. 지금은, 고국에 파견 나온 셈이고.”

‘하버드 학부 출신에 월 스트리트에서 일했다……, 상당한 엘리트겠구만.’ 사장의 간략한 자기 소개의 말이 멈추자, 일단 이름에 대해 물어봤던 수혁은 더 이상 개인사를 질문하는 일은 실례라는 생각이 들어, 이번엔 펠드스파홀딩스라는 회사에 대해 알아보기로 했다.

“펠드스파홀딩스는 어떤 회사입니까?”

“홀딩스라 이름 지어 놓았으니, 무슨 대기업 지주회사持株會社인 것으로 착각할 수도 있겠지만, 우린 기본적으로 부동산 투자개발 회사예요. ‘피전블러드[32]홀딩스Pigeon Blood Holdings’라는 다국적 투자개발 회사의, 아시아 지역 부동산 투자개발 부문을 담당하고 있어요. 우린 피전블러드의 자회사예요. 나는 자회사 사장이고……. 우린 말레이시아, 인도네시아, 중국, 러시아, 각 지역의 돈이 될 만한 부동산 개발이라면 뭐든지 다 하고 있어요.”

“그러면 제주도에서 한다는 테마파크하고는 어떤 연관성이 있습니까?”

좀 멍청해 보이는 질문 스타일이기는 했으나, 수혁은 말을 에둘러 조심스레 자신의 주 관심사로 대화가 옮겨지기를 바랐다. 헨리 유는

---

32 **피전블러드** 보석 루비 중에서도 빨강색이 가장 짙은 최상품의 것을 ‘피전블러드Pigeon Blood(비둘기의 피)’라 부르며, 그 희소성으로 ‘루비의 여왕’으로 알려져 있다. 그 강렬한 느낌의 강력한 색상으로, 불사조가 새로 태어난 것이라는 의미를 가지는데, 여기에서 ‘피전블러드홀딩스’라는 회사명을 착안하여 지은 것이다.

슬쩍 수혁의 눈치를 살피더니 대화를 이어갔다.

"그 테마파크 건은 사실상 회사와는 상관이 적은, 아예 없다고 할 수는 없겠지만……, 별도의 프로젝트라고 할 수 있어요. 사실상 내가 좋아서 하는 일이고, '나의 꿈'이라고도 말할 수 있지요. 내 고향이 제주도거든."

"아! 고향이 제주도신가요?"

"그래요. 제주도예요. 나는 평생 제주의 아름다운 해변과 한라산을 잊어 본 적이 없어요. 그 아름다운 옥색 바다 빛깔과 온화한 공기, 말이 뛰노는 푸른 초지, 계절마다 바뀌는 한라의 정취, 그 기억을 지닌채, 은퇴 후에는 제주로 돌아가야지 하는 결심을 가지고 오늘까지 열심히, 정말 열심히 일해 왔어요."

'자신의 꿈이라…….' 헨리 유를 살피며 수혁은 의외로 감상적인 면도 많이 보이는 사람이라는 생각을 했다.

"이 테마파크는 한국과 미국의 정부 주도 프로젝트예요. 테마파크 개발에 대해, 지자체가 아닌, 정부 주도의 여러 혜택과 자금 조달이 우선된다는 것은 거의 없는 일이에요. 여기서 실현됨이 확실할 것을 충분히 이해할 수 있겠지요? 물론 그런 면이 장점도 되고 약점도 될 수 있어요……. 나는, 우리 회사의 노하우를 거기에 제공하는 것이고, 이 프로젝트가 완전히 현실화될 때까지의 PM(Project Management)을 책임지는 거지. 사실 한미간의 이 테마파크에 대한 실제적인 협약이 체결될 때까지, 나의 역할이 주요했다 할 수 있고, 따라서 상당한 부문의 권한이 나에게 이양되어 있는 상태입니다."

"그렇군요"

"그래요. 난 제주를 위해 뭔가 하고 싶어요. 나에게 그 힘이 있어요. 거기에 더하여, 이 프로젝트에는 지금까지의 테마파크와는 다른 새로운 방법론이 도입될 거예요. 사실, 테마파크 산업은 전 세계적으로 한계에 도달해 있어요. 월트 디즈니의 디즈니랜드 문법을 지금까지 못 벗어났잖아요? 모든 이를 위한 테마파크 설계, 거기에 따른 적절한 객단가客單價, 광범위한 배후 인구, 초기 투자 자본의 장기간의 회수, 이런 것들이 현재 테마파크 산업의 발목을 붙잡고 있지요. 그러나 제주에 세워지는 테마파크는 이런 면들의 벽을 모조리 깨부술 수 있어요. 나는 확신하고 있소."

'도대체 어떤 테마파크이길래 저런 자신감을 내비치면서 말을 하는 걸까?'라는 의문이 수혁의 머릿속을 맴돌았다.

"사실 저는 제주에 테마파크가 세워진다는 말을 들었을 때 상당히 의아한 생각이 들었습니다. 제주는 섬 아니겠습니까? 물론 한국에서는 가장 계절이 온화하니까 겨울의 추위 걱정할 필요는 없으니, 4계절성은 쉽게 극복할 수 있으리라 여겨집니다만, 테마파크의 배후 인구, 즉 상권이 애매합니다. 저는 대단위 테마파크의 배후 인구로 1억은 되어야 한다고 생각합니다만……. 왜, 디즈니사도 몇 번 한국에 디즈니랜드 가능성을 타진하다가 결국은 파크의 배후 인구수 때문에 마음을 접지 않았습니까? 2천 6백만 인구의 서울과 수도권 지역을 핵심 상권으로 설정해 놓고도 그런 결정이 나온 거잖습니까. 그런데 제주도 건은 한국의 수도권과 이웃한 것도 아니고, 거기다 섬이니……. 물론 제주가 아시아권 전체에서 유명한 관광지이긴 합니다만."

"디즈니사가 마음 접은 것은, 표면적으로는 배후 인구수 때문이라고 하지요. '땅 값이 너무 비싸서다.'라는 말도 있고……. 글쎄요……. 내 생각에는, 예상 입지 옆에 이미 터 잡고 있는 무시무시한 강적 때문이 아닐까 싶어요."

"포에버랜드Forever Land 말씀 하시는 겁니까?"

"그래요. 포에버랜드는 파크의 크기도 매머드하고 시설도 굉장하지만, 무엇보다 중요한 것이 자체 프로그램이 압도적이에요. 나도 한국에 와서 몇 번 유심히 본 적이 있는데, 서비스의 질도 높고, 퍼레이드들하고 무대 공연물 수준이 세계 최고 수준이라, 나도 깜짝 놀랐어요. 야간에 하는 퍼레이드 있지요? 전구 잔뜩 박아서 만든 퍼레이드 카들과 배우들 의상이 눈을 뗄 수 없게 만들더라고. 내 눈을 황홀하게 할 지경이니 대단한 수준인 거지. 난 웬만한 거에는 잘 놀라지 않거든. 무대 공연도 아주 압도적이야. 무대 전환이나 기술적인 면이 첨단을 달리고 있다는 인상을 받았어요."

"아! 그런 느낌이 드셨습니까?"

"그래요. 또 한편으론, 포에버랜드를 전형적인 테마파크라고 볼 수 있을 것인가 하는 의문점은 남더군요. 테마파크는 각 존Zone마다 분명한 테마 컨셉을 유지하는 것이 일종의 원칙이에요. 월트 디즈니가 처음으로 그렇게 만들었구. 미스터 한도 잘 알지요?"

"예. 알고 있습니다."

"그래요. 하지만 포에버랜드는 각 존Zone들의 테마가 약하다는 생각이 늘어요. 테마성이란 단순히 건축적 특징, 환경 디자인의 차이, 어트랙션Attraction의 특성 차이, 이런 것들을 의미하는 게 아니오. 난 각기 다른 세계관의 차이라고 생각합니다."

'세계관의 차이라……. 아이구. 와아아아. 이 양반, 정말 어려운 얘기를 하는군!' 수혁은 헨리 유의 말하는 스타일을 분석하며 그에 대해 호기심이 점점 커져 갔다.

"원래부터 그랬는지, 나중에 그렇게 된 것인지는 잘 모르겠지만……, 가만히 뜯어 보면 변천 과정이 좀 복잡했던 것 같더라고……. 각 존의 테마를 굉장히 중요시하던 시절도 있었다고 할까, 그런 발자취가 남아 있는 곳들이 아직 내 눈에 보였어요. 파크 전체를 놓고 보면, 각 존마다 달라지는 테마성의 장소적 변화보다는, 일 년 중 각각의 시즌마다 매번 바뀌는 페스티벌의 시간적 변화에 더 관심을 쏟고 있다고 할까, 디즈니랜드하고는 소비 방식이 달라요. 여러 가지 요인이 있다고 보여지더군. 워낙 사계절이 뚜렷한 지역이라는 것도 한 원인일 것이고……. 지금은 각 존의 특성이 점차 옅어지고, 곳곳에 식음료 시설이 좀 과다하게 들어온 것으로 보입디다. 과장해서 말하면, 구역마다 거대한 외부 무대가 있고, 거기엔 노느라고 정신없는 사람들이 버글버글하지요, 그리고 그걸 구경하면서 '나도 빨리 먹고 저렇게 놀아야 하는데.'라고 좀이 쑤시게 만드는 백화점식 식당가가 각각 쭉 늘어서 있다, 그런 느낌이 들더군. 물론 파크 자체가 한국에서 태어나 스스로 커 나갔고, 따라서 한국 사람 특성을 잘 이해하고 있으니, 절묘하게 응용한 것이 아닌가 하는 생각도 들고……. 왜 한국 사람들, 성질 급하고 음주

가무에 능하잖아요? 내가 보기엔 그렇던데. 구경하고 놀고 곧바로 먹고, 또 구경하고 놀고 먹고, 계속적인 변화를 유도하는 빠른 소비 시스템의 순환. 하하하."

헨리 유는 가볍게 웃었다. 말하는 뉘앙스가 한국인을 감정개입 없이 타자로만 설명하는 것이, 생김새만 한국인이지, 머릿속은 미국인이란 느낌이 들었다. 수혁은 그가 테마파크에 대해서도 전반적으로 훤히 꿰고 있고—아무래도 건축이나 환경 디자인 쪽으로 치우치는 시선을 가진 수혁보다, 넓은 시야로 총체적으로 관찰하는 것 같았다—관찰력이 예민한 사람이란 생각이 들어, 함부로 테마파크에 대해 아는 척은 먼저 하지 말자고 속으로 굳게 다짐했다.

"미스터 한. 포에버랜드는 세계 탑 텐Top Ten에 들어가는 테마파크예요. 탑 텐 순위를 보면 포에버랜드 외에는 거의 다 '디즈니'란 사람 이름이 들어가는 파크들이요. 그러니, 포에버랜드가 얼마나 힘든 일을 해낸 겁니까? 독자적으로 자생력을 갖춘 거예요. 그런 상대 꺾기가 쉽지 않다는 것을 디즈니사도 잘 알고 있는 거지요. 그런데, 그런 파크 옆에 디즈니랜드라는 테마파크를 또 만들어, 대형 테마파크 두 개가 서로 인접한다? 내가 보기엔 자살 행위요."

헨리 유는 '자살 행위'란 단어에 힘을 주면서, 고개를 좌우로 가볍게 흔들며 눈살을 찌푸렸다. 그 모습을 보는 수혁은 인접해서 짓는 일이 자살 행위라면, 제주도에 대단위 테마파크를 만드는 일도, 그 못지 않은 자살 행위가 아닐까, 라는 의문이 들었다.

"섬에다 짓는 것은 더 힘든 일이 될 수도 있지 않겠습니까?"

질문에 숨은 뜻을 깨달았는지, 헨리 유는 수혁을 가만히 바라보았다. 괘씸해한다던가, 언짢아하는 기색은 없었다. 다만 물끄러미 수혁의 표정과 태도를 관찰할 뿐이었다. 그리고, 곧바로 대답하기 시작했다.

"테마파크는 기본적으로 입장객이 주변 지역으로 한정되는 산업이에요. 포에버랜드 말이 나왔으니 하나 더 예를 들어봅시다. 포에버랜드의 CST[33] 맵Map을 보면, 서울 바로 밑 용인에 위치했는데도, 한강 건너편 서울 강북 지역 사람들은 자주 가질 않아요. 재방문율이 약하지. 포에버랜드의 주고객은 서울 강남 지역, 경기 남부 지역이라 할 수 있어요. 요새는 중국인 포함 외국인들도 많이 늘어나긴 했지만, 주 고객층을 이루는 핵심 상권 지역은 변함이 없어요."

"아아, 예. 그렇습니까?"

경영학, 마케팅 용어가 줄줄 쏟아져 나오기 시작하는 헨리 유의 입을 쳐다보며, 내가 괜한 소리 했나 걱정스러워지기 시작한 수혁이었다. 겸손하게 고개를 끄덕거리며 맞장구를 쳐주었다.

"한국인은 테마파크 말고도 놀 곳이 지천으로 널려 있는 나라에 사는 사람들이에요. 밤새워 노는 유흥가 얘긴 뺍시다. 규모가 크지 않아도, 곳곳에서 행사하고, 철마다 축제 열죠, 난 일 때문이라도 일부러 찾아서 가보곤 했는데, 그 왜 있잖아, 여주나 이천에서 하는 도자기 축제 같은 것 말이야, 그건 규모도 크지. 가보면 재밌고 좋더라고. 하하하. 하

---

33 CST(Customer Spotting Technique) '고객 스포팅 기법', '소비자 출발지 조사기법'으로 번역되며, 방문 고객의 출발 주소지를 파악한 후 지도상에 무수한 점들로 표현, 상권의 범위를 측정한다. 이 점들로 표시된 상권 분석 지도를 'CST Map'이라 한다.

여튼, 한국 사람들끼린 재밌게 살아. (이 말을 하는데, 자신은 한국 사람들 무리에 제대로 끼지 못해서 좀 외롭다는 뉘앙스가 어딘가 풍겨 나왔다) 그리고 서울만 해도 인근에 등산하기 좋은 산 천지요. 수도에 국립공원 급의 산을 갖고 있는 나라입니다. 해변과 바다가 수도에서 지척이고, 물놀이, 낚시하기 좋은 호수, 계곡들도 한두 시간만 차를 타고 가면 잔뜩 있어요. 또, 기존의 유적들 말고도, 뭔 볼거리, 놀거리를 새로 그렇게 많이 만들어 놨는지, 조그만 테마파크 같은 것도 찾아보면 널려 있어요. '허브'를 테마로 한 정원을 만들어 놓고 식음료 사업하는 곳도 여러 군데 있던데, 수준들이 각기 다르긴 하지만, 어떤 곳은 바닥재, 소도구 완벽하게 환경 디자인이 되어 있어서 깜짝 놀랐어. 그 섬세한 정원이나 볼거리에 나도 많이 놀랐어요. 지자체에서 새로운 아이디어로 직접 만든 것도 좋은 게 많아요. 지자체 것이 오히려 규모도 크고 자유롭다고. 수익성은 좀 생각해 봐야 할 문제들이겠지만 말이야. 가서 보면 꽤 볼만해, 진짜로! 수도권뿐만 아니고 크게 잡아 말해 봅시다. 포천의 아트밸리, 영주의 선비촌, 대전의 과학단지 체험 코스, 순천의 갯벌생태공원, 토요일, 일요일, 1박 정도로 돈 쓰고 와도 아깝지가 않더라고. 그 주변엔, 그 지방의 정서를 보여 주는 또 다른 볼거리가 있으니까, 같이 묶어서 관광하는 거지. 내 입장엔, '이 부분을 좀…….' 하는 생각이 드는 상황들이 간간이 눈에 띄지만 말이에요. 목적이 관광지 자체의 수익보다 지역 경제 활성화가 더 크니까. 오히려, 수익성에 목매단 것들보다, 천천히 둘러보면서 마음을 쉬고 싶은 사람들에겐 더 좋을 수도 있겠더라고. 즉, 대규모 테마파크라도 한국인에게는 일 년에 한두 번, 가볼까? 생각나는 곳들 중에 하나일 뿐인 기란 얘기요. 그러니, 포에버랜드를 생각하면, 난 굉장히 선전하고 있는 테마파크라고 존경하고 싶을 정도예요. 막 강해. 나라면 피하고 싶은 상대요."

미소를 띠고, 가볍게 손짓을 섞어 가며 말하는 헨리 유의 모습이었다. 태도에 자신감이 넘쳐 흘렀다.

"예. 하긴 그렇지요."

수혁은 헨리 유의 열변에 고개를 끄덕일 수밖에 없었다. 관광과 땅 개발이란 것에 관해선 많은 지식과 경험을 자신 속에 쌓아 두고 있는 사람으로 헨리 유가 비쳐지기 시작했다.

"난 역발상을 한 거예요. 제주도에 한 번 놀러 갈 때, 1박으로 가는 사람이 어디 있어요? 다 3박 4일이라고. 그리고 가족 동반이 대부분이요. 그러면, 나의 제주테마파크가 일정 중에 반드시 한 번은 들러야 하는 권위까지 가진, 압도적인 매력물이 되어 주기만 한다면, 이건 승산이 있는 거요. 제주 관광객들은 내국인이건 외국인이건 상관없이 어차피 다 바다 건너온 사람들이니까! 주변 지역에 한정된다는 테마파크의 상권 분석 이론과도 상관없이, 광역 지역에서 분산되어 몰려오는 테마파크 입장객이 동시에 되는 겁니다. 다른 테마파크와는 완전히 경우가 다른 케이스이지요. 올해, 제주 관광객 수가 7백만이 훌쩍 넘어간다 하고 있고, 2013년 이후엔 1천만 명 이상이 쉽게 될 것이다 예상하고 있어요. 제주 관광은 일찍이 제주도가 경험해 보지 못한 단계, 바로 메가 투어리즘 시대를 맞게 될 거요. 거기에, 나의 테마파크가 일조해 주면 되는 겁니다."

헨리 유는 '나의 테마파크'란 단어를 말할 때, 목소리에 굉장한 힘을 실었다. 동시에 양손을 수혁 쪽으로 내밀면서 손바닥을 펼치며 다섯 손가락으로 뭔가 움켜쥘 듯한 모양을 만드는 것이, 들끓고 있는 욕망의 한 끝을 슬쩍 보여 주는 듯했다.

"모든 것은 극복될 수 있고 또한 극복해야 해요. 우린 이미 불완전하긴 하지만 대략적인 마스터플랜을 만들어 놓긴 했어요. 하나, 미스터 한이 우리 회사에 입사하겠다는 의사를 분명히 밝히기 전까지는 보여 줄 수 없어요. 테마파크에 관한 모든 것은 극비요. 또 미스터 한이 이 일을 진행시키는 시점에 가서도, 나는 모든 것을 알려 줄 수는 없을 거요. 마지막에 가서야 모든 베일은 벗겨질 겁니다."

수혁은 잠시 헨리 유의 얼굴을 쳐다보다 고개를 숙이며 한 손으로 얼굴을 문질렀다. 그 모습을 본 헨리 유는 빙그레 웃더니 말을 이어갔다.

"뭐, 너무 의혹을 가질 필요는 없어요. 언제나 새롭게 전개되는 변화무쌍한 일은 초기 단계에서 예외를 인정해야 하는 거요. 예외는 법칙을 시험한다고 하지 않나요? '비밀주의'라는 예외를 두려워하면서 어찌 모험을 할 수 있겠소. 미스터 한도 어차피 인생이라는 항로에 새로운 방향을 부여하려는 시점 아니겠어요?"

헨리 유는 갑자기 자리에서 일어나더니 바지 호주머니에 양손을 찔러 넣고는 주변을 서성댔다. 다시 수혁 앞에 서서는 내려다보며 질문을 던졌다.

"영어는 잘합니까?"

"예. 하고 싶은 소리를 다 지껄일 정도는 됩니다."

수혁은 회사 점심시간마다 영어회화 학원을 다녔다. 회화 연습을 하며 왕따의 외로움을 달랬다.

"됐어. 아주 좋아. 이 일은 외국인들과 많은 의사 소통이 필요하오. 우선 테마파크 디자이너들이 거의 다 외국인들이 될 테니까. 그들과 미스터 한은 직접 맞부딪칠 수 있어야 할 거요. 어쩌면 미스터 한이 주축이 될 수도 있겠고. 물론 미스터 한 하기 나름이 되겠지만 말이야."

"한국인은 없습니까?"

"아니오, 그렇지 않아요. 실시 설계 단계로 넘어가면서부턴 달라져요. 시공이나 엔지니어링 파트는 한국 측이 주축이 될 거요. 아무래도 이 일은, 매번 해오던 테마파크 스타일을 벗어나 첨단의 공법들을 동원할 것으로 예상되고 있지. 거기에는 한국 측의 건설과 조선 역량들이 필요하겠지요. 이래저래, 한미 간의 협력 체제라는 것이 이번 프로젝트에 얼마나 좋은 일인지, 상상만 해도 즐겁지 않나요?"

"건설 엔지니어링이야 당연한 거지만 조선 기술도 필요합니까?"

"그렇게 되기가 쉬운 상황이오. 하지만 여기서 더 말해 줄 수는 없어요. 어쨌든 더 설명이 필요합니까?"

"뭐 대충 상황을 이해할 수는 있을 것 같습니다."

"그렇지요? 하겠다는 마음만 먹으면, 많은 상황 설명이 필요한 일은 사실 아니오."

수혁은 사장의 태도에서 자신을 원한다는 확신을 가질 수 있어서 내심 마음이 놓였다.

'이 얼마나 바라던 기회냐. 이런 큰일에 내가 참여해 볼 수 있다니.

이건 엄청난 경력이 될 거야. 프로젝트의 확실성은, 내부에 어떤 비밀이 있든 간에, 실행한다는 점에선 틀림이 없는 것 같고……. 생각해 보니 그 비밀까지도 더욱 내 마음에 드는 요소가 되고 있네.'

사장은 생각에 잠겨 있는 수혁의 눈치를 보더니, 갑자기 눈을 가늘게 뜨고는 법정의 판사 얼굴처럼 근엄한 표정을 지으며 턱을 치켜들고 질문을 던졌다.

"미스터 한. 내 하나 물어봅시다. 내가 건축가나 디자이너란 사람들을 상대할 때마다 느끼는 점인데, 보통 두 가지 부류가 있습디다. 하나는 자신이 하는 작업은 '마이 오운 코스모스My Own Cosmos'라 하며, 어떠한 외부의 간섭도 달가워하지 않는 타입, 또 하나는 어쩔 수가 없는 거지, 하며 애진작에 접을 것 다 접고 그리는 타입. 미스터 한은 어디에 속하신지?"

순간, '미묘한 질문이구나.'라는 생각이 수혁에게 들었다. 그 자신도 세트를 디자인하건 테마파크를 기획하건, 도면을 대할 때마다 마음이 자유롭지 못하다는 생각을 얼마나 많이 하였던가! 그는 솔직하게 대답하기로 마음먹었다.

"사장님께서는 이걸 말씀하시고 싶은 것 같습니다. 경영적 관점이 막상 도면화시키는 '쟁이'들 생각보다 우선한다고 말입니다. 마케팅 리서치의 결과에 모든 기획이 따라와 줘야 한다는 점 또한 이해하며, 디자이너에게 주어지는 자유란 그리 크지 않다는 것, 또한 잘 알고 있습니다."

"그래도 이 제주 건은 상당한 자유가 보장될 거야."

"예. 어쨌든 경제 경영적인 관점이 더 상위에 있다는 것은 사실이지요. 저도 압니다. 그러나 디자이너란 소위 자신을 둘러싸고 있는 '벽'들, 말하자면 자본에 종속되는 면모를 인정하면서도 그 벽과 벽 사이의 틈을 노려……"

"틈을 노린다고?" 헨리 유는 수혁을 쳐다보며 슬그머니 입가에 미소를 만들었다.

"그렇지요. 디자이너에게는 어떤 프로젝트이건 간에 꼭 하나씩 이루고 싶은 '무엇'이 있기 마련입니다. 마치 블럭과 블럭 사이의 틈바구니에서도 세미한 싹이 자라나 벽체 전체를 뒤덮는 덩쿨 식물로 되는 것처럼, 디자이너는 현실적 여건 모두를 충족시키면서도 자신이 이루고 싶은 부분을 디자인 속에 숨겨 놓아, 결국은 자신이 구상하는 요소가 전체를 뒤덮는 모습을 보고 싶은 자라고 할 수 있겠지요. 마지막에 가서 이기는 자는, 결국 디자이너가 돼야 한다고 말입니다."

"마지막에 가서 이긴다……. 지는 것 같아도 지는 게 아니고?"

헨리 유는 입가의 미소를 갑자기 지워 버렸다. 그는 의식적으로 수혁의 눈을 뚫어져라 노려보았다. 위압감을 수혁에게 투사하고 싶은 모양새였다. 수혁은 움츠러드는 자신의 내면을 내보이기 싫어서, 가슴을 펴고 사장의 눈을 정면으로 맞추었다.

"예. 그렇습니다."

"그래. 그렇지……. 마지막에 가서 이기면 된다……. 마지막에 가서……." 헨리 유는 시선 맞받아치기를 중단하고는 홀연히 눈길을 딴 데로 돌리더니, 어딘가, 먼 산을 보는 듯한 표정을 만들면서 고개 들어 허공을 쳐다보았다. 그는 혼잣말을 되뇌었다. "그래. 이겨야지……. 맞아! 마지막에 이기면, 이기는 거야!"

헨리 유의 시선이 다시 수혁을 응시했다.

"좋아. 난 미스터 한이 마음에 들어. 미스터 한. 자네, 여기서 일하고 싶은가?"

어느덧 사장의 말투가 부하에게 말하듯이 하대를 하는 것을 보고, 수혁은 자신의 이직이 거의 실현 단계임을 직감적으로 느꼈다.

"저도 좋습니다. 일하고 싶습니다."

"좋아. 자네, 지금 연봉이 얼마지?"

"예. 6천이 조금 안 됩니다."

"알았어. 처음에는 6천에 맞추어 주겠네. 그러다 때 되면 올라가게 될 거야. 당장은 미스터 한도 일을 배워야 할 부분이 많을 테니까, 자네를 기획담당이사 밑에 두려 하네. 하지만 곧 있으면 제주테마파크 TF(Task Force) 팀이 발족하게 될 테니, 그때 가서 나랑 구체적으로 할 일에 대해 의논하기로 하세. 이의 없나?"

"예. 다만 첫 출근은 한 보름 있다가 했으면 합니다. 주변을 정리할 것도 있고 해서……."

"좋아. 미스터 한. 난 자네에게 기대가 많아. 최선을 다해 주게."

헨리 유는 일어나라는 듯이 가볍게 손짓했다. 수혁은 눈치껏 일어섰다. 헨리 유는 스피커폰으로 비서에게 총무이사를 부르게 하더니 수혁에게 다가왔다. 수혁의 어깨를 툭툭 치며 올려다보면서 정면으로 그의 눈에 두 눈을 맞추었다. 자신의 힘을 수혁에게 불어넣고 싶기라도 한

눈치였다. 수혁은 사장의 누 눈을 마주하며 약간의 불안감이 마음 밑
바닥에서 슬며시 올라오는 것을 억지로 내리눌렀다.

　'어쩌면, 내 인생이……, 이 사람에게 휘둘려져 어디로 가는 지 알 수
없게 되는 것이 아닌가 모르겠다.'

제3부

잠재 반응

潛在 反應

9

잠을 잤다. 계속해서 수혁은 잠을 잤다. 회사에 사직서를 제출하고 그동안 하던 방송 프로그램들의 인수인계를 이틀에 걸쳐 마무리 지은 뒤, 오피스텔에 돌아와 죽은 사람처럼 침대에서 뒹군 것이 벌써 3일째였다. '첫 번째 직장 생활을 마무리 지었다.'는 수혁의 감각은 마음에 직선적으로 와 닿아 버리는 단어들로 이루어져 있었다. 바로 '행복한 탈출'이었다. 얼마나 바라던 일인가! 직장에서 못 견뎌서 도망간 것이 아니라, 보다 자신을 발전한 상태로 만들 수 있어 그만둔 것이라고, 누구와 이야기해도 떳떳하게 말할 수 있을 때 직장을 사직하려 했다. 마침내 해낸 것이다!

대충 컵라면과 짜장면으로 끼니를 때우면서 3일을 패대기치고 나니―합기도는 수련했다. 할 수 있는 시간만 있으면 도장 가는 일만은 빼먹지 않았다―다시금 자신의 처지에 대한 되새김질이 살아나는 수혁이었다. 자책감과 비슷한 채찍질이 그의 마음속에서 다시 시작되었다. '일어나야겠다. 이러고 있으면 안 되겠다.'

"어머니. 저 직장 옮기게 되었어요. 더 좋은 곳으로 갈 수 있게 되었어요."

"갑자기 그게 무슨 말이냐……."

근심어린 목소리가 수화기 저편에서 들려 왔다. 혼자서 고향에서 생활하시고 계신 홀어머니. "하나 밖에 없는 아들 때문에 나는 산다."를 입에 달고 사시는 분.

"잠시 쉬러 오대산에 갔다가 어머니 뵈러 갈게요. 그때 자초지종을 말씀 드릴게요."

"그래……, 언제 단양에 올 거냐?"

"나흘이나 닷새 후에 들르게 될 거예요."

"알았어. 에미가 목 빠지게 기다릴 테니 꼭 들러야 한다. 알았니?"

"예."

어머니와의 전화 통화를 끝내고 수혁은 곧바로 여행 준비를 했다. 그는 언제나처럼 오대산의 넉넉한 품안에 안겨서 며칠의 휴가를 보내기로 작정했다. 즐겨 찾던 오대산 초입의 호텔에 여장을 풀어 놓고, 상원사에서부터 시작하는 비포장도로, 446번 지방도에 펼쳐지는 오대산의 속살을 이번에도 보고 싶어졌다.

본격 오프로드를 단체로 뛴다기보다는, 부담 없는 임도林道 정도의 가벼운 세미 오프를 좋아하는 수혁이었다. 자신의 지프 랭글러에 군대에서 흘러나온 전투식량을 싣고 강원도의 오프로드 투어링 코스들을 달리고는 했다. 차와 사람이 북적거리는 관광지의 포장도로를 벗어나 한적한 산악 비포장도로로 차를 몰다 보면, 숨겨져 있던 자연의 풍광이 홀로 온 수혁에게 재충전을 허락하였다. 그는 이번에도 오대산에서 다시금 힘을 얻기로 마음먹었다.

　저녁이 되어 호텔에 도착해 짐을 풀고 나니, 수혁은 문득 윤미란에게도 연락을 해주어야겠다는 생각이 들었다. 어찌했든 그 여자가 없었으면 이번 일은 생기지 않았을 것이 아닌가, 일종의 책임감을 느끼며 수혁은 윤미란에게 전화했다.

　"윤 차장님, 한수혁입니다. 잘 있었어요?"

　"아, 한 과장님. 안녕하세요. 그래 어떻게 되었어요? 그 일은?"

　반가워하는 목소리였다.

　"예. 잘 되었습니다. 펠드스파홀딩스에 다니게 되었습니다. NBS 아트코어는 며칠 전에 그만두었습니다."

　"그래요? 벌써 회사까지 정리하신 거예요? 근데 왜 저한테는 이제 말씀하시는 거예요? 이거 섭섭한데요. 제가 이번 일에 최고의 숨은 공로자 아닌가요? 한 과장님. 섭섭해요."

　약간 투정이 섞인 듯한 목소리가 이어졌다.

　"하하. 아! 그렇지요. 사실 제가 막상 그만두고 나니 허전하기도 해서 며칠 집에서 잠만 잤지요. 잠만 잤어요. 그러고 정신 차리고는 곧바로 윤 차장님께 연락드리는 겁니다. 미안합니다."

　"그럼요. 미안해해야지요. 흥. 그래, 지금 집에 계시는 거예요?"

　"아닙니다. 오대산에 와 있습니다. 산 좀 타려고요. 머리도 식힐 겸 해서……."

　"……."

저쪽에서 응답이 없자 잠시 대화기 이어지질 않았다.

"오대산이요?" 윤미란의 짤막한 질문이 느닷없이 튀어나왔다.

"예."

"오대산 어디요?" 초조한 느낌이 도는 수화기 건너편의 목소리다.

"영동 고속도로 진부 IC 나와서 오대산 쪽으로 올라오다 보면 호텔이 하나 있습니다. 월정사 가기 전에 있지요. 여기서 며칠 묵으면서 여기저기 구경 다니려구요."

"……." 다시 아무 말도 없이 침묵만 지키고 있는 윤미란이었다.

"윤 차장님?"

"…… 혼자……서요?" 이번 목소리는 한참 뜸을 들이다 힘겹게 물어보는 듯했다.

"예. 원래 저는 혼자서도 잘 놉니다. 하하하."

"홍. 여행을 혼자서 해요? 무슨 재미로 해요?"

"원래 여행은 혼자 다녀야 제 맛입니다."

"그래요?"

"뭐……, 서울 올라가면 제가 멋있는 저녁 살 테니, 너무 노여워하지 마시길……."

윤미란이 투정조로 나오니, 수혁은 달래는 심정으로 말을 이어갔다. 하긴 그 투정조가 밉게 들리지는 않고 어딘가 모르게 어리광이 섞여 있어, 수혁의 마음을 불편하게 하지는 않고 있었다.

"홍. 제가 왜 한 과장님하고 저녁을 해요? 제가 뭐 할 일 없는 사람인 줄 아세요?"

"그렇습니까? 저는 단지 윤 차장님 덕분에 이번 일이 성사됐다는 고마움을 표시하려고……."

"단지?……. 그뿐이에요?"

"예?"

"아! 저 오늘 회사에서 격무에 시달렸어요. 너무 피곤해. 지금 굉장히 피곤하거든요. 한 과장님. 이만 전화 끊어도 되겠어요? 미안해요."

통화가 끝났다.

'좀 찜찜한 결말인데. 노처녀 히스테린가? 화났나? 하여튼, 좀 골치 아픈 여잔 거 같애.'

수혁은 생각을 정리하러 호텔방 베란다로 나섰다. 오랜만에 맛보는 오대산의 맑은 공기를 들이 마시며 머릿속도 이 신선한 공기처럼 맑아지기를 기대했다.

다음 날, 아침에 일어나 수혁은 호텔 헬스 클럽에 들러 몸을 만들려 애썼다. 그는 자신의 육체가 녹이 스는 것을 부끄럽게 여기는, 바로 '무武'에 대한 깊은 존경심을 가지고 있었다. 웨이트 트레이닝 후에 몸이 달아오른 상태에서 스트레칭을 한 뒤, 사람 없는 헬스 클럽에서 마지막으로, 합기도 발차기 연습을 기합과 함께 계속적으로 해 나갔다.

매일같이 도장에 나가지는 못했다. 하지만 도장 동료들과 몸과 몸으로 맞부딪치며 겨룰 때마다 직장에서 느끼지 못하는 끈끈한 인간미가 수혁을 행복하게 했다. 낙법과 호신술, 관절기, 무기술, 그리고 발차기 수련은, 수혁의 몸과 마음을 자신감에 넘치게 만들었고, 여차하면 한

번 두들겨 패 주셨나는 호전직인 마음으로 — 무인이 사람을 때려서야 되겠나. 실제로 사람 팬 적은 없다 — 직장 따돌림에 대한 두려움을 극복할 수 있게 해주었다. 수혁은 어느덧 3단이 되었지만, 초단 딸 때 다섯 번에 걸쳐 사범들과 한 실전 대련을 잊지 않았다. 항상 처음이 제일 힘든 법이다. 호흡을 끊지 않고 연속적으로 행해지는 대련은 수혁을 거의 그로기 상태까지 끌고 갔으며, 마지막 대련이 끝났을 때, 게거품을 물고 도장 바닥에 쓰러져 있는 자신을 발견해야 했다. 사실 죽다 살아난 기분이었다. 그때 수혁은 도장 천장을 바라보며 정말로 마음속 깊은 곳에서부터 차오르는 행복감과 후련함을 맛볼 수 있었다. '법열의 경지라는 것이 이런 게 아닐까.' 하는 느낌을 확실하게 알려 준 합기도 초단의 통과 과정이었다.

수혁이 3단을 따게 되자, 벌써 8년이 넘는 세월을 같이 한 사부는 그를 자신의 몇몇 안 되는 수제자로 여기기 시작했다. 수혁은 무도武道 쪽으로도 타고난 감각이 있었다. 무도는 어느 단계에 이르려면 타고난 몸이 좋아야 한다. 유연성이 뛰어난 몸은 파워가 좀 딸리고, 파워가 있는 몸은 유연성이 부족하기가 쉬운데, 수혁은 두 가지를 다 가지고 있었다. 그리고, 무엇보다도 대련에 강했다. 투기鬪氣가 상대를 압도하곤 했다. 거리를 유지한 채 상대의 빈틈을 보고 발차기로 기세를 죽인 다음, 호신술(대련 시에는, 다치기가 쉬운 관절기는 제한하고, 유술柔術을 주로 구사한다)로 제압하는 과정이 순발력 있게, 거침없이 이루어지니, 사부 입장에선 쳐다볼 때마다 흐뭇하기만 했다. 꽤 나이 들어 시작한 경우인데도, 매 순간 발전이 눈에 보일 정도니 사부에겐 이쁜 제자일 수밖에 없었다. 몇 안 되는 수제자 목록에 수혁을 올린 후, 서서히 사부만의 비기秘技를 전수해 나갔다. 일반적인 호신술은, 보통의 의복을 입은 상태에서, 상대의 급소와 혈을 제압한 후 관절을 꺾어 무력하게 하는 과정들이지만, 사부의 기술은 보다 고대古代에 바탕을 둔 술기術技들이었다. 적이 중무장을 한 경우, 바로 무기를 들고 갑옷을 입은 전쟁터의 상대를, 무기 없이 맨손으로 한순간에 살생을 해낼 수 있는 기술들이다. 이런 경우 일반적인 호신술은 먹히기가 어렵다. 갑옷으로 덮여 있는 상대의 급소를 맨손으로 제압하기가 쉽겠는가? 방법은, 얼마 안 되는 적의 노출 부위에, 단 한 번의 공격으로, 한 방에 보내는 수밖에는 없다. 호신술과 관절기는 연습 상대가 필요하다. 사실 서로 마주보며 연습하는 것도, 공격자나 방어자나 아주 높은 단계의 수준이 요구될 정도로 상당히 위험하고, 밖에서 우쭐한 마음으로 잘난 척하지 않을 수련자의 그릇도 꼭 필요하고 해서, 강호무림江湖武林계에 함부로 흘러 다니지 않는데, 되겠다 싶은 극소수의 제자들만 모아 사부는 따로 가르치고는 했다. 수혁이 영광스럽게도, 이 수련에 참여하게 됨이 최근이다.

낙법과 발차기는 혼자서 아무 곳에서나 할 수 있다. 수혁은 전, 측, 후방 낙법 후에 회전 낙법과 공중회전 낙법까지 매트를 깔아 놓고 연습하여, 전신 근육에 가벼운 충격을 주어 몸을 부드럽게 한 후, 발차기를 수련했다. 발차기의 모든 형을 여러 번 처음부터 끝까지 훑은 다음, 연속 동작으로 들어갔다. 그는 하·상단 앞차기, 하·상단 찍어차기, 중·상단 뒷차기의 형을 연결하여, 연속으로 헬스 클럽 안을 돌아다니며 계속 연습했다.

두 발이 공중에 완전히 떠서 행해지는 발차기는, 공격 이후 방어 태세로의 빠른 전환에서 불리하다. 발차기뿐만이 아니고 신체의 각 부문을 이용해 어떠한 타격 동작을 하더라도, 적에게서 눈을 떼지 않고, 몸의 균형을 유지하면서, 곧바로 대응이 가능한 상태를 차분하게 이루어 나가는 것이 가장 중요했다. 말은 쉬우나, 실전에선, 적을 계속 주시한다는 것도 쉽지 않음을 경험을 해보면 알게 된다. 대부분, 자신의 과도한 동작에 휘둘려 ─과도한 동작 자체도 침착하지 못한 마음에서 나온다─ 시선을 잃거나, 공포심이 순간 눈 감아 버리게 만든다. 실전에선, 화려한 발차기보단, 두 발 중 한 발은 땅을 짚고 있고, 나머지 한 발은 직선으로 간결하게 날라가는 발차기들이 효과적이란 것을, 수많은 대련을 통해 깊이 터득하고 있는 수혁이다. 예를 들어, 하단 앞차기는 상대의 정강이뼈 급소 향골向骨이나 무릎 밑 독비혈犢鼻穴을 공격하는 것이고, 상단 찍어차기는 상대의 관자놀이나 눈꼬리 옆 동자료瞳子髎를 겨냥하며, 중단 뒷차기는 상대의 복부나 명치를 노리게 된다. 실전에선, 적의 허점을 유도함과 유효 타격을 염두에 둔, 각 발차기들의 연속적인 결합이 항상 중요하다. 하단 앞차기로 향골을 맞은 적은 극심한 고통을 느끼며, 자세가 빠르게 무너지게 된다. 이때, 상단 찍어차기로 적의 관자놀이를 정확하게 타격하기가 손쉽다. 모두 제대로 들어가면 치명적이다. 특히, 몸을 단숨에 회전하며 하는, 돌려차기보다 간결하고 짧은 곡선 뒤에 순간적인 직선으로 타격하는 뒷차기는, 일반 발차기 타격보다 그 충격이 몇 배가 가중되어 상대에게 전달된다. 실전 승부를 강조하는 도장에서 행하는 대련은 일체의 호구 사용이 없었다. 맨몸에 도복 그대로였다. 따라서, 이런 발차기들을 스스로 호흡을 끊어 주지 않고 완전히 가격해 버리면, 대련 상대가 정말 좋지 않은 상황이 될 수 있었다. 그러므로 주의하여 중간에 자신의 타격을 끊어 주는, 상대방에 대한 마음의 배려이자 자재심이 필요했다. 도장에서 대련 전에 정신 무장을 중요시 하여, "대련은 개싸움이 아니라 수련이다", "주먹은 깡다구고 무도는 호흡이다."라고 항상 외치게 하는 이유이기도 했다. 사부는 자신의 스타일로 소박하게 표현되는 무武의 정신을 항상 강조했다.

"강자가 된다는 것은 여유가 있게 된다는 거다. 스스로 자기자신의 감정을 조절할 수 있어야 한다. 그건 오직 상대에 대한 나의 자신감에서 나온다. 상대에 대한 배려심을 가질 정도의 두려움 없는 단계를 말하는 것이다. 어디 가서 다툼이 일어나면 자리를 피해라. 그게 정 안 될 경우는 참아라. 몇 대 맞아 줘라. 냉정함과 자제심으로 내가 맞아도 안 다칠 곳으로 가려서 맞아 줘라. 맞은 놈은 다리 뻗고 자도, 때린 놈은 오그리고 잔다. 상관 없다. 자네들이 술기術技를 구사했다간 치료비를 감당 못한다."

이런 말들을 들을 때마다, 사부님의 말씀이 '내가 모자라서가 아니고 너무 넘치니, 뭐 어떻게 하겠나. 보기 싫은 저 회사 놈들을 봐주고 산다.'라고 들리던 수혁은, 마음의 평화가 주어지는 도장을 사랑할 수밖에 없었다.

"한수혁 님. 프런트에서 전화가 왔습니다."

"예? 그래요?"

신나게 발차기를 하고 있는 중에 헬스 클럽 여직원이 찾아와, 약간 멋쩍은 기분이 들었다.

"한수혁입니다. 무슨 일이죠?"

"예. 프런트입니다. 어떤 여성분께서 통화를 하고 싶으시다는데, 바꿔 드리겠습니다."

'도대체 누구지? 혹시…….' 하는 생각이 수혁의 머릿속을 스치고 지나갔다.

"저예요. 윤미란이에요."

"아니, 윤 차장님. 어떻게 된 겁니까? 지금 호텔에 오신 겁니까?"

"예. 저도 어차피 좀 쉴 겸……, 왔어요."

"예……."

"와서 핸드폰으로 연락했더니 안 받으시더라구요. 그래서 프런트에 한 과장님 찾아 달라고 말했더니, 연결시켜 주네요."

"예에……."

"저 2층 커피숍에 있을 테니까, 오실래요?"

"예. 지금 가겠습니다."

"그럼 기다릴게요."

수혁은 지하 1층 헬스 클럽에서 나와 엘리베이터를 타고 2층 커피숍에 곧바로 들렀다. 보통의 호텔과 달리, 오대산 호텔은 지상 2층에 안

내 데스크와 라운지Lounge 겸 메인 커피숍이 있었다. 하얀색과 아이보리색이 주조를 이룬 인테리어에, 아르누보Art Nouveau 스타일의 아이보리색 소파와 테이블이 드문드문 자리 잡고 있는 넓직한 곳이다. 2층이라, 커피숍 통창 너머 가까이 서 있는 전나무들이, 밑둥은 보이질 않고 수간樹幹 중간부터 건네 보이는 광경으로 인상 깊었다. 한 그루 꼭대기까지 수평으로 나란히 뻗기만 하되 위쪽으로 올라갈수록 점점 급격하니 짧아지는 가지들과, 거기에 매달린 침엽수 잎파리들의 집합이, 첨두형 아치의 형태로 한 단위에 묶여서 보여졌다. 전나무라는 의식 없이 얼핏 보면, 푸른색 첨두형 아치들이 연이어 바람에 흔들리고 있다는 느낌이다. 창밖 가까이로 손에 닿을 듯이 보이는 청록색의 청정하고 시원한 풍경이, 커다란 통창들로만 이루어진 벽체 너머로 환히 보여지는 게 2층 커피숍의 잊지 못할 강렬한 인상을 만들어 냈다. 수혁은 호텔에 들를 때마다, 여기에 앉아 소파에 등을 깊숙이 파묻고 커피 한 잔 하면서 창밖을 물끄러미 바라보고는 했다.

　커피숍에 도착하니, 오늘도 시간차를 두고 흔들흔들 옆으로 파도를 치고 있는, 푸른색 첨두형 아치들의 군무가 반가운 기분을 자아냈다. 어젯밤 호텔에 투숙한 이래로 이곳에 처음으로 들러 보게 되었다. 그 흔들리는 짙푸른 아치들의 물결을 배경으로, 소파에 앉아 생각에 잠겨 있는 윤미란의 옆모습이 눈에 들어왔다. 투명한 햇빛 한 자락이 통창을 뚫고 들어와, 빛살이 어려 있는 외곽선과 어두운 안쪽 면 사이의 강한 대비 효과로, 그녀의 가녀린 실루엣을 부각시키고 있었다. 키피숍에는 윤미란 외에는 노부부 한 쌍이 앉아 있을 뿐이라 한적한 분위기가 감돌았다. 수혁은 윤미란 쪽으로 곧바로 걸어갔다. 윤미란은 무언가를 직감적으로 느꼈는지, 창밖만 바라보다가 꽤 아직 떨어져 있는데도 순간 고개를 돌리고 있었다. 그녀는 수혁을 발견하고는 손을 흔들어 대며 얼굴에 한가득 웃음을 만들었다. 수혁이 가까이 다가서자, 이번엔 "헉!" 하니 짧은 한숨이 곁들인 외마디 소리를 내뱉으며 윤미란은 아래쪽을 잠깐 내려다보았다. 이내 고개를 다시 올리고는, 수혁의 땀에 젖은 얇은 헬스 상의를 살며시 쳐다보고 있는 그녀였다.

"…… 운동하다 오셨어요? 제 전화 받고 놀라셨죠?"

"예. 헬스 클럽에 있었어요. 좀 놀래 가지고……. 하여튼 윤 차장님이 오셨다니까 얼른 왔지요."

"나 지금 새벽같이 차 몰고 내려온 거예요. 회사에는 휴가 간다고 오늘 아침 연락했어요. 나도 그냥 쉬고 싶어져서요. 사실 여자 혼자 어디 여행 가기도 청승스러워서 안 가본 지도 오래됐는데, 마침 잘됐다 싶기도 하고……. 한 과장님 여기에 계시니까……. 뭐 단순하게 왔어요. 폐나 안 될까 모르겠어요."

그녀가 수혁 쪽을 바라보지 않고 눈꺼풀을 내리깔면서 말하는데, 가만히 보니 안경을 안 쓰고 있는 것이 상당히 예쁘다는 생각이 문득 들었다. '이 여자 지금 보니 꽤 미인이네. 태도도 회사에서 볼 때와는 딴판이고.' 수혁은 윤미란의 말이 제 심정을 솔직하게 표현하는 중이라는 걸 깨달았다. 그녀를 이해할 수 있었다. '그래. 사람이 너무 외로워지면 이럴 수 있어. 오해할 필요 없이 액면 그대로 받아들이면 되는 거야.'

"뭐. 저야 반갑지요! 혼자 여행하는 것도 좋기는 하지만, 윤 차장님

모시고 다니는 일도 꽤나 기분 좋을 것 같습니다!"

"그래요? 그럼 저도 홀가분하게 한 과장님 대할게요. 나 좋은 데 구경 좀 시켜줘요. 네?"

"그러겠습니다. 나 여기 아주 잘 압니다. 저랑 다니시면 진짜 오대산을 보실 수 있을 겁니다. 이제부터는 제가 좋아서 하는 일이니까 부담 가지실 필요 없습니다. 알았지요?"

수혁은 따뜻하게 대했다. 혼자서 여기까지 찾아온 그녀의 마음에 부담이 컸을 것이란 판단 때문이었다. 상처주기 싫다는 마음이 들었다. 윤미란의 표정에 고마움이 어렸다.

10

무대 위엔 리틀엔젤스의 부채춤 공연이 펼쳐졌다. 헨리 유는 이틀 전에 뉴욕으로 날아와 아직 시차도 적응되지 않은 상태에서, 한 달 전부터 준비해 왔던 제주테마파크에 대한 발표회를 최종 점검해야 했다. 그리고 피로한 육체를 이끌며 사람들과 반가운 인사를 나누면서, 오늘의 큰 고비를 제대로 넘겨야 한다는 생각에, 위가 오그라드는 긴장감을 숨기고 지금의 무대 위를 바라보고 있었다. 뉴욕 맨해튼 34번가, 제이콥 제비츠Jacob Javits 컨벤션 센터, 스페셜 이벤트 홀에서의 오늘 발표회는, 그가 평생 기다리고 준비해 온 인생의 대업이 세상과 처음으로 만나는 상견례가 될 예정이었다.

'어차피 드림밸리Dream Valley에서 준비한 동영상은 중요한 게 아니야. 사실, 출자자들에게 중요한 것은, 미한 양국 정부 주도의 금융 지원 부분과 한국 정부의 세금 면제 혜택이지, 다른 게 아니거든……. 쓸 만한 테마파크라면 그 밥상에 얹을 숟가락이 무엇이 될까에 더 집중하겠지. 호텔? 리조트? 홍, 난 파크 자체가 내 꿈인 사람이지만, 이 작자들은 자기들에게 떨어질 과실이 설 익은 것이 될 거냐, 농익은 것이 될

거냐, 두 가지에만 관심을 가지겠지.'

헨리 유는 잠시 생각에 잠기다가, 공연을 보고 있는 참석자들의 표정을 살펴보았다.

'이 테마파크가 망해 갈기갈기 찢겨지면 오히려 더 좋아할 놈도 있겠지. 나중에 지분으로 떨어질지 모를 것에, 미리부터 관심가지고 덤비는 자도 있을 거구⋯⋯. 어쨌든 이왕 하는 거, 판은 키우면 키울수록 좋아. 그럴수록 사업은 더 잘 돌아가는 법이야.'

리틀엔젤스의 공연이 끝나고 장내가 일순간에 어두워졌다. 리하르트 슈트라우스의《짜라투스트라는 이렇게 말했다》가 울려 퍼졌다. 암흑 속에서 웅장한 클래식의 폭격이 충격파를 사방으로 전달했다. 천장에 달린 무빙 라이트가 푸른색의 스포트 라이팅들로 어지럽게 공간을 휘젓더니, 다시 일순간에 초점을 맞추면서, 무대 중앙의 영사막을 비추고는 사라져 갔다. 이윽고, 부드러운 여성의 목소리와 함께 제주테마파크에 대한 소개 동영상이 시작되었다.

'우리는 모든 벽을 뛰어 넘고, 모든 불가능을 가능으로 만들 것이다. 새로운 혁명. 테마파크의 미래'로 표현된 슬로건과 함께, 제주테마파크의 조감도로 시작된 동영상은, 제주도의 입지적 매력부터 설명을 늘어놓다가 일반적인 건설 프로젝트 소개 동영상의 순서를 확실히 답습하고 다시금 어둠 속으로 사라져 버렸다.

'강렬함이 없어. 강렬함이⋯⋯.' 헨리 유로서야 익히 알고 있던 점이긴 했지만, 드림밸리사의 에드워드 그라임스가 지휘히어 만들어 낸 이 동영상을 발표회장에서 또 보게 되니, 도무지 성에 차지 않아 그는 두 손 불끈 쥐고 혀를 차고 있었다.

"모든 벽을 뛰어 넘는다고 하고, 모든 불가능을 가능으로 만들 거라고 공언하지만, 막상 동영상 내용을 보고 있으려니 벽과 불가능한 면들이 더 어필되는 거 같은데 그래. 뭐어, 뻔한 테마파크 컨셉Concept들이로구만. 뭐 있어? 하하하하." 누군가가 야유 비슷하게 한마디 하고선 껄껄거리고 웃어 대자, 그 주위의 사람들이 빙긋이 미소 지으며 일제히 고개 돌려 헨리 유 쪽을 쳐다보았다.

다시 장내가 환하게 밝혀졌다. 단상 우편에 서 있던 그라임스의 눈치를 살피는 꼴이 헨리 유의 눈에 들어왔다. 헨리 유는 영 아니라는 듯이 고개를 약간 꼬고는, 오른손 검지를 치켜세우면서 좌우로 흔들어 댔다. 연이어 자신의 가슴팍을 두들기며 소개를 지시했다.

"자, 여러분. 동영상을 잘 보셨습니까? 어떠신지요? 다음은 펠드스파홀딩스의 헨리 유 사장을 단상 위로 모시어, 여러분이 궁금해하시는, 아주 실제적이고도 유익한 말들을 듣도록 하겠습니다. 헨리 유 사장은 이번 제주 프로젝트의 실질적인 총책임자 역할을 하고 계신 분입니다. 우리 모두 박수로 환영하겠습니다." 그라임스가 헨리 유를 소개했다.

키가 작고 혈색 좋은 안색을 가진 50대 동양인 사내가 단상에 올라갔다. 단상 위를 걸으면서, 그는 자신의 모습을 쳐다보며 회중이 박수를 치고 흥미진진한 표정을 짓거나, 미소를 입가에 슬그머니 만들면서 눈살을 약간 찌푸리는 꼴들을 정면으로 응시 처리해 버렸다. 둘러싼 시선들의 압력 모두를 맞받아치는 데 성공하고 있었다. 이윽고, 연설대에 바로 선 헨리 유는 마이크를 잡고 입을 열었다.

"존경하는 신사 숙녀 여러분. 오늘 이 뜻깊은 자리에 와 주신 것에 진심으로 감사를 드립니다. 피전블러드홀딩스의 아이작 스티글리츠 회장님, 이 자리를 만들어 주시느라 물심양면으로 저에게 힘을 보태 주신 것에 백년지기百年知己로서 경의를 표합니다. P.T.I.건설의 대니얼 존스 사장님, 드림밸리사의 윌리엄 길모어 사장님, 실버먼글로우브Silverman Globe의 버트런트 러스킨 회장님, 뱅크오브스테이츠Bank of States의 브라이언 스미스 회장님, 모두 이 자리를 빛내 주시느라 친히 와 주신 것에 깊은 감사를 드립니다. 하마터면 잊을 뻔했네요. 국무부 페넬로프 오닐 부차관보님과 정승렬 한국 대사님께 저의 깊은 우정을 보냅니다. 그리고……."

잠시 회중을 둘러보던 헨리 유는, 무언가 속에서 뜨거운 것이 치밀어 올라오는 듯한 충동을 받은 표정을 짓더니, 다시 굳은 결심의 얼굴로 변하며 말을 이어갔다.

"저는 오늘 이 자리의 모임이, 한순간이 아닌, 여기 오신 모든 분들과의 생生에 걸친 좋은 인연으로 이루어졌다는 것에, 다시 한 번 깊은 감동과 감사를 드립니다. 또한, 이 제주 프로젝트가 깊은 삶의 보람으로 다가갈 투자처가 될 것임에, 저의 미력하나마 좁은 식견으로 여러분에게 확신을 더해 드리고 싶습니다."

헨리 유는 잠시 말을 끊더니 생각에 잠긴 표정으로 허공을 잠시 쳐다보다가 다시 말을 이었다.

"여러분, 흔히들 하는 이런 말이 있습니다. '세상의 모든 것은 변하지만, 변하지 않는 것은 변한다는 사실 하나뿐이다.' 이미 수천 년 전에 이와 비슷한 말을 그리스의 헤라클레이토스가 하고 있었고 — 동·서양이 똑같은 소릴 하지요 — 동양의 오랜 지혜를 담은 주역周易도 또한 지적하고 나섭니다. 그러면서도 주역은, '만물은 변하지만, 그중 영원히 변하지 않는 것이 존재한다.'며 '변화(변역 變易)'와 '변하지 않음(불역 不易)'이 같은 의미라는 모순적인 태도에까지 나아갑니다. 오히려 불변성에 은근히 주목하지요. 변화하는 세상에 대한 변치 않을 영원의 원리와 규율을 찾고자 애씁니다. 변한다는 것, 즉 이 세상의 이치에 변증법적으로 대립하면서, 시간의 흐름에 변치 않고 유지하려는 '의지', 또는 '힘'에 집중하기를 마다하지 않습니다. 그러자 주역은, 이것을 변하지 않고 늘 그렇게 하는 '항恒'이라 부릅니다. 저는 이것을 자연의 변화라면 그 안에 내재된 신의 속성이든지, 아니면 인간 사회라면 신에 의해 부여된 인간의 정신성, 의지, 용기 같은 것이라고 생각합니다. 말이 너무 사변적으로 흐르는지는 몰라도, 제가 여러분에게 이말을 함은, 이 제주테마파크에 필요한 것이 바로 이 점이라는 걸 분명히 하고자 함입니다. 저는 디즈니랜드의 창시자 월트 디즈니를 진정 존경합니다. 그는 꿈을 꾸는 자였고 용기 있는 사람이었습니다. 그가 남긴 말 중에 이런 말이 있습니다. '디즈니랜드는 영원히 완성되지 않을 것이다. 이 세상에 상상력이 남아 있는 한, 디즈니랜드는 계속해서 변화해 나갈 것이다.' 그는 계속해서 변화해 나가며 종료되지 않을 프로젝트를 꿈꾸는 자였습니다. 이 끊임없는 변화와 발전에 대한 디즈니의 꿈이, 바로 테마파크에 대한, 모든 것은 변화하되, 변치 않고 유지되는 군건한 정신성인 것입니다. 제주테마파크, 아직 정식 명칭을 정하진 않았습니다만, 이 테마파크도 지금 영원히 변치 않을, 무한한 변화와 발전의 꿈을 꾸고 있습니다. 바로 디즈니의 꿈을 같이 꾸고 있는 것입니다. 바로, 변화해야 하기에 변화한다는 식의 상업적이고 얄팍한 당위성에 매달리는 것이 아닌, 진정한 혁신과 변화의 꿈을 꾸고 있는 것입니다. 이 혁신의 꿈은 제주테마파크가 이 지상에 존속하는 한, 영원히 변치 않을 것입니다. 이것은 저의 강렬한 의지이기도 합니다."

박수가 터져 나왔다. 헨리 유는 잠시 말을 끊고는 회중을 둘러보며 미소를 지었다. 그의 다음 말을 기다리고 있음이 분명히 느껴질 만큼 분위기는 엄숙했다. 긴장했는지 헨리 유의 목젖이 심히 움직이더니 연설이 계속되었다.

"저는 오늘 여러분에게 보여 준 마스터플랜이 부끄럽다고 생각합니다. 이는 단순히 출자자를 구성하기 위하여, 토지에 대한 손쉽게 만들어진 구획 정리에 불과한 것이었습니다. 여러분은 이 제주테마파크가 얼마나 자금 조달 면에서 일정 부문 유리한 고지를 차지하고 있는지 다 아시고, 내심 셈을 하고 계시리라 믿습니다. 입지 조건의 불리함을 극복할 만한 것들입니다. 미한 양국 정부의 금융 지원, 한국 정부 고유의 면세 혜택 등, 많은 유리한 옵션들을 주렁주렁 매달고 있습니다. 그래서, 오늘의 소개 동영상은 오히려 안주한, 부끄러운 것이 되고 말았습니다. 여러분에게 저는 진심으로 사과 드립니다. 죄송하게 되었습니다. 그러나 저는 모든 것을 다시 시작하려 합니다. 다시 해야 되겠습니다. SPC(Special Purpose Company)를 빠른 시일 내에 구성하여 여기에 각계 전문가를 모아, 정말로 상상을 뛰어넘는 새로운 것이 탄생

하도록 저는 해내고 말 것입니다. 그리고 오늘 동영상엔, 아예 빼 버린 것이 있다는 점도 말씀드리겠습니다. 제주도 바다에, 우리는 테마파크와 연계된 초대형 부유체식 해상구조물을 세울 것입니다. 인공섬이라 할 수 있겠지요. 여기에 들어서는 시설은 명실공히, 객단가客單價 30만 불짜리, 단체일 때는 개인당 7만 불 이상의 매력물(Attraction)이 될 것을 약속드립니다."

회중 전체가 갑자기 웅성거리기 시작했다. 헨리 유는 그런 그들의 모습을 입가에 빙그레 웃음 지으며 바라보았다.

"거기에 들어서는 시설이 무엇인지 말해 줄 수 있겠소? 왜 소개 동영상엔 넣지 않은 거요?"

무리 중 한 사람이 목청껏 소리 질러 의문을 표시했다.

"말해 드릴 수 없습니다. 이것은 최고 레벨의 기밀 사항입니다. 시설이 개장되고 관객이 몰려도 그들은 즐길 수는 있을지언정, 결코 그것이 어떤 기술인지는 다 알 수 없을 겁니다. 사실 알 필요도 없습니다. 우리는 즐기기만 하면 되는 겁니다. 위험성은 전혀 없으니까요. 미국과 한국 정부가 보증합니다."

"어떤 것이길래 객단가를 30만 불을 잡는 겁니까? 헨리 유 사장님, 너무 과대포장 하시는 것 아닙니까?" 질문 하나가 갑자기 튀어나왔다.

"민간 우주 여행도 제일 싼 것이 객단가가 20만 불입니다. 고작 두 시간 동안 지구 한 바퀴 돌고 내려오는 것인데 말이지요. 우리의 이 제주테마파크 시설은 과히 압도적인 체험을 하루 종일, 본인이 그만두고 싶어할 때까지 할 수 있게 될 겁니다. 오감 모두를 충족시키면서 말이지요. 30만 불이라는 입장료를 감당할 만한 능력이 있는 자라면 반드시 하고 싶어 할, 그런 체험이 될 것입니다."

말을 마친 헨리 유는 그들의 반응을 즐기기라도 하는 듯, 고개를 천천히 좌우로 돌리며 회중을 주시하면서 곧바로 입을 열지 않았다. 정색을 하고 사실임을 보증한다는 표정을 얼굴 전체로 표현했다. 사람들은 잠시 말문이 막힌 듯 잠잠해져 있었다.

"헨리. 결국 커다란 충격이란 폭탄을 터뜨리는구만. 자네다워. 언제나 이기는 헨리지. 자넨 진 적이 없는 승부사니까. 하하하. 알았어, 알았다구. 하하하하."

응원하는 말이 회중에서 갑자기 튀어나왔다. 그러자, 그 말을 던진 이가 자리에서 일어나 헨리 유 쪽으로 걸어나왔다. 깨끗한 은발에 하얀 눈썹, 그리고 갈색 눈을 가진 점잖은 노신사인 아이작 스티글리츠 회장이, 커다랗게 웃으면서 단상 위로 올라서더니, 헨리 유의 어깨를 끌어안으며 장내를 둘러보곤 말을 이어갔다.

"어쩌면 우리는, 이 헨리 유 사장 말대로라면, 새천년 초반, 지상 최대의 빅 쇼를 볼 수 있게 되는 첫 세대일지도 모르겠어. 이 친구는 헛된 말을 하질 않는다고. 그건 내가 잘 알아."

스티글리츠 회장의 말이 끝나자, 장내의 누군가가 박수를 치기 시작하더니 일시에 커다란 박수 소리가 되어 홀 내에 메아리치기 시작했다. 헨리 유는 그들의 반응을 주시하며 자신의 승부가 승리로 변해 간다는 확신을 가질 수 있었다. '이겨가는군. 이기고 있어. 드디어 되어가는 거야!'

11

"이 차예요? 이거 완전 군대 찝차네요."

윤미란은 조금 놀란 듯한 표정을 짓고는 수혁의 지프 랭글러를 살펴보았다.

"왜, 놀랐어요? 산 타려면 이 정도는 필요합니다. 지금 가는 곳은 비포장도로거든요. 오프로드를 우리 달리자구요. 지금 초가을이니 단풍 구경은 이르지만, 날씨도 쾌적하고 하늘은 청명하고 오대산의 진수를 볼 수 있어요. 오히려 단풍 들면 사람들 북적이는 통에 정신 없어요. 지금이 좋아요."

"그럼 계속 산만 누빌 건가요?"

"아닙니다. 하하하. 여기서 상원사 거쳐 두로봉 쪽으로 관통해서 가는 거지요. 두로령 고개길을 넘은 다음 상남면까지 가는 거예요. 방태천으로 해서 진동계곡까지 가면 좋은데 그러다간, 이따가 강릉 가기가 좀 무리예요. 내린천 상류 계곡들로 참자구요. 칡소폭포랑 미산계곡이랑 여기저기 보다가 좀 쉬고, 다시 갔던 코스 역으로 돌아와서는, 편안하게 대관령 쪽으로 넘어가는 거지요. 대관령 옛 도로도 참 정취 있

거든요. 그래서 대관령 넘어 강릉 가서 저녁에 순두부 먹고, 영동 고속
도로 타고 숙소로 오는 겁니다. 뭐 이 정도면 초보자에 알맞은 부드러
운 코스지요.”

“글쎄, 전 산 타신다고 해서, 등산 하나 했지요.”

“등산도 해볼까 했는데, 윤 차장님 오셨으니 내일 여기저기 둘러 보
자구요. 정선 가서 레일 바이크를 탄다든지, 아, 화암동굴 본 적 있습
니까?”

“아니오.”

“처음에는 계속 금광 갱도만 들어가서 좀 밋밋하다가, 나중에 엄청
난 홀이 나오는데 정말 대단합니다. 내가 본 동굴 중 최고예요. 진짜
추천!”

“완전 관광 가이드시네요.”

“그래요? 하하하. 자, 갑시다.”

포장도로만 승용차로 달리는 것에 익숙한 도시인들에게는, 오프로
드라 하면 자갈밭 지나 큰 바위 사이를 ‘찝차’가 기우뚱거리며 올라가
다가 곤두박질치며 내려온 후, 개울물에 차체는 반쯤 잠기며 물보라
튕기며 헤엄쳐 가는 모습의 동영상이 먼저 떠오를 수 있다. 하지만, 사
륜 구동 차량 서스펜션을 있는 대로 올린 후 바디 업Body Up까지 풀 튜
닝하는, 극단적인 산악 하드코어 오프를 단체 활동의 은근한 스트레
스를 참아 가며 감행할 필요 없이, 밑에 언더커버 좀 대주고 타이어만
온·오프 겸용 AT(All Terrain) 좋은 것으로 바꾼 뒤 — 본격 오프 MT(Mud
Terrain)까지 가면 온로드 승차감이 너무 괴로우니까 — 별다른 하체 튜

닝 없이 순정 그 자체로, 혼자서 흙길, 자갈길 달리는 것이 더 즐거운 수혁이었다. 한적함을 지나 적막감마저 도는 '자신만의 길'의 매력에 흠뻑 빠져 봄이, 그에게는 외로운 직장 생활의 고통을 덜어 주는 일시적 방편이 되었다. 또한 여행가라 불리는 사람들에게 공통적으로 풍겨 나오는 역마살이란 고질병을, 따뜻한 눈으로 바라볼 수 있는 이해의 통로가 되기도 했다. 운전하며 여기저기 돌아다니는 순간만큼은, 마음속에서 휘몰아치는 현실에 대한 불만과 분노, 걱정과 근심을 어느 정도 잊을 수가 있었던 수혁이니, 팔자에 없는 역마살이 생길 만도 하겠다. 물론 오프로드 전문가라 자처하는 혹자들은, 임도林道 정도 달리는 것은 '투어Tour'라고 따로 구분지어 부르며, 결코 '오프로드'란 단어를 함부로 남발하지 않는 습성이 있긴 하지만. 흔히 봐 오던 것이 사라지며, 완전히 새로운 세계에 들어가는 듯한 감각을 한 번 느낀 사람은, 그 맛을 쉽게 뇌리에서 지우지 못하는 법이다. 수혁은 옆에 태우고 가는 미란의 얼굴을 흘낏 쳐다보니, 차창 바깥에 흘러가는 오대산의 깊은 전나무 숲과 부드러운 산자락 풍광에 거의 넋을 놓고 있는 것이 느껴졌다.

"괜찮아요? 좀 진동이 심하죠?"

"아니오. 아주 멋진데요. 나 이런 거 처음 봐요. 산속이 이렇구나. 등산하고도, 다르네⋯⋯."

"그렇죠? 내가 이 맛에 이러구 살아요. 이 길, 1년 내내 탈 수 있는 것도 아닙니다. 봄, 가을 산불 방지 기간 동안 안 되고, 겨울 입산 통제 기간에도 안 되고, 그래요."

"아! 그래요? 내가 귀한 경험하는구나. 근데 왜 여기는 포장 안 하고 내버려 두죠? 포장하면 좋을 텐데……."

"포장하면 큰일나죠. 포장만 믿고 겨울 같을 때에 준비 안 된 사람들이 마구 오면 사고 나요. 눈이 안 와도 이런 경사진 꼬불탕 길은 서리 같은 것이 계속 쌓여요. 그래서 응달진 곳은 빙판이 되어 있기 일쑤예요. 일부러 놔두는 거지요."

"아! 그렇구나."

"이곳은 오프로드라고 부르기엔 좀 뭐한 말랑말랑한 코스고, 오프로드 본격적으로 즐긴다 하면 아침가리 계곡[34] 정도는 되어야……. 하지만 거기도 사실 타보면 사륜 구동 순정으로는 좀 힘들어요. 내가 보기엔 하체 튜닝이 조금은 필요해요. 순정으로도 하는 사람들이 있는데 무리수인 것 같더라구요. 운전하는 사람도 힘들고 차한테도 미안하고……. 여행을 즐기는 기분만을 순수하게 맛본다 할 땐, 함백산 코스 정도면 아주 적당하게 좋지요. 함백산도, 갈 때마다 여기만큼 새로운 느낌이 있어요. 여기 오대산 446번 도로[35]는, 산 자체가 워낙 절경이고, 함백산은 코스 자체가 멋이 있어요. 거의 포장도로 달리다가 마지막에 조금 오프로드 뛴다 하는 정도지만 느낌이 좋지요. 짜릿하게

---

34 아침가리 계곡은 자연 휴식년제가 실시되어 2011년 7월 1일부터 2014년 6월 30일까지 차량의 출입 행위가 금지되었다. 이후 3년 3회에 걸친 연장 시행이 이루어져, 현재 2023년 6월 30일까지 자연 휴식년제가 계속된다.
35 오대산 국립공원의 두로령을 넘던 446 지방도는, 탐방객 안전사고 예방 및 공원자연자원보호를 위한 자연공원법 제28조항에 의거, 영구 폐쇄되었다. 지금은 도보 탐방로로만 이용될 뿐이다.

산꼭대기까지 올라갈 수 있어요.[36] 난 함백산 가면 꼭 새벽에 올라갑니다. 꼭두새벽에 안개 짙게 낄 때 올라가면, 창밖에 펼쳐지는 주위 풍경이 한 마디로 그림 죽여 주죠. 하지만, 그럴 때 달리는 건 아무나 하면 안 되고 나 정도는 돼야……. 하하하. 안개가 위험하니까 순발력이 필요하죠. 윤 차장님 같은 일반인이 하면 큰일나죠. 절대 하면 안 되지요. 하하하."

"흐음. 그래요? 멋있나 보죠? 산이?"

"우리 한 번 며칠 같이 갔다 올까요? 제가 이렇게 모시고 갈 테니, 윤 차장님은 산 구경하시고 좋잖아요?"

미란이 아무 대답이 없기에 곁눈질로 쳐다보니, 수혁의 말이 뭐가 그렇게 마음에 걸리는지 얼굴은 빳빳해져 가지고는, 정면만 쳐다보며 턱을 약간 올린 상태에서 눈까풀을 내리깔고 있었다.

'흐으으. 말 조심해야지. 혼나겠구나…….'

수혁은 대화 방향을 다른 쪽으로 얼른 돌렸다.

"난 사실 우리나라가 너무 포장율이 높다는 생각을 해요. 도로가 너무 잘 돼 있어요. 사방에 이런 길을 남겨 줬으면 좋겠는데. 그럼 얼마나 신날까!" 수혁은 거의 재롱 수준으로 말을 엮어 댔다.

"푸웃. 한 과장님, 재밌는 분 같애요. 회사에서 볼 때는 좀 **경직**돼 있는 모습이 많았는데." 미란의 발음에서 '경직'이란 단어가 유달리 강

---

36 여기선 함백산 임도길인 운탄고도를 말하는 게 아니다. 함백산 만항재 쉼터에서 태백 선수촌 쪽으로 잠시 가다가 함백산 정상으로 오르던 비포장 전술도로를 한수혁은 이야기하고 있다. 이곳은 통신시설 보호 및 안전을 위해 근래에 폐쇄되었다. 도보 탐방로 이용은 가능하다.

세를 보였다. 그 소리 때문에 수혁의 시선은 자동적으로 미란을 향했고, 쳐다보니 본인의 말처럼 **경직**된 얼굴이 좀 풀린 그녀였다.

"왕따 생활 10년쯤 해봐요. 안 그렇게 되나. 항상 긴장하고 살아야 했지." 미란의 표현을 들으니 수혁은 착잡한 마음이 들어 불쑥 한소리 했다.

미란은 흘깃 수혁의 눈치를 살피더니 입을 다물었다. 수혁은 말을 너무 거칠게 했나 싶어 그녀를 쳐다보며 눈웃음을 지었다. 미란은 수혁의 그런 얼굴을 보고는 미소를 같이 지으며 다시 창밖을 내다보았다.

상원사 지나 두로령에 가까워질수록 계곡에 흐르던 물소리는 점점 멀어지면서, 주변에 울창하던 전나무와 소나무 숲도 옅어져 갔다. 두로령 꼭대기는 짙은 안개가 끼어 있어 주위의 키 작은 숲만 어렴풋이 실루엣으로 보이고 있었다.

"아깝네……. 안개가 없으면 오대산 전체가 시원하게 보이는데……. 대관령 목장까지도 보이는데. 에이."

수혁은 랭글러를 세우고는 두로령 정상의 공터 여기저기를 쏘다니면서 혀를 차며 아까워했다. 내리라는 말도 없이 혼자서 돌아다니는 폼이 미란이란 존재는 잊어버린 듯하다. 그러더니 갑자기 차에 올라타면서, 조수석에 앉아 멀거니 수혁을 바라보던 그녀에게 한 마디 했다.

"가시죠. 윤 차장님."

"아! 가는 거예요? 예에……. 그러세요."

미란은 시동을 거는 수혁의 옆얼굴을 곁눈질로 슬며시 지켜볼 뿐이

249

었다.

　내린천 상류 여기저기를 한 바퀴 둘러본 후 오대산으로 다시 돌아오려니, 두로령 지나 북대 미륵암 가기 전 나오는 조그만 공터쯤에서 그만 오후 두 시가 되어 버렸다.

　"배고프죠?"

　"예. 왜 명계리에서 밥 안 먹었어요? 거기서 먹었으면 좋았을 텐데……."

　"밥 먹기는 좀 이르기도 하고, 뭐……. 갔던 길 다시 올 때 보면, 또 새롭게 보여요. 같은 길이 아니에요. 느낌이 전혀 달라요. 그걸 곧바로 보여 주고 싶었어요. 밥은 아무 데서나 먹으면 되니까."

　"예?"

　"한식 먹고 싶어요? 양식 먹고 싶어요?"

　"그게, 무슨 말이세요?" 미란은 수혁의 진지한 얼굴을 보면서, 의아해하는 미소를 입가에 지을 수밖에 없었다. 뭔 소린가 싶었다.

　수혁은 차를 세우고는 내려서 뒤로 어슬렁어슬렁 걸어가더니, 해치도어를 열고 뒤 트렁크에서 종이 박스를 계속 뒤적거렸다. 그리고는 국방색과 갈색이 나는 촌티 어린 색깔의 비닐포장 덩어리들을 들고 왔다.

　"여기 소고기 볶음밥과 비프 스테이크가 있어요. 둘 다 따뜻하게 덥혀 먹을 수 있고 후식, 음료까지 완벽한 풀 코스예요. 뭐 군대 전투식량이긴 하지만 생각보다 괜찮아요. 우리 저기서 먹읍시다. 나, 저기서 몇 번 점심 먹어 봤는데 아주 경치 좋아요. 최고의 전망이지."

수혁이 가리키는 쪽을 올려다보니, 바위를 꽤나 기어 올라가야 나오는 우묵 패인 곳이었다. 때맞춰 바람은 살랑살랑 불었고, 새들이 날갯짓하며 날아다니는 소리가 숲속에서 들려왔다. 미란은 수혁의 편안한 태도와 주위의 평화로움에 이끌려서, 그의 부축을 받으며 바위 위를 기어 올라갔다. 평소의 그녀라면 절대로 하지 않을 짓이다.

'참, 어디 매이기 싫어하는 성격이로구나! 이런 사람이 왕따 직장 생활은 어떻게 그렇게 참고 살았을까?'

수혁이 전투식량 포장을 풀고 점심을 준비하는 모습을 보면서, 미란은 참 알다가도 모를 사람이라는 생각을 했다.

12

    설명회가 끝나고 연회장에서 파티가 시작되었다. 헨리 유는 열띤 관심의 목소리들이 쏟아지는 것을 느낄 수 있었다.

    "헨리. 서울에서 아주 멋진 궁리들을 하고 있었나 본데, 오늘 말 한번 자극적으로 하더군. 자네의 설명은 언제 들어도 그 톡 쏘는 맛이 있어. 좋은 물건을 만들게나. 내 부탁 한번 하지."

    실버먼글로우브Silverman Globe의 버트런드 러스킨Bertrand Ruskin 회장이, 투자 의향을 적극적으로 내비치며 샴페인 잔을 들어 건배를 제안했다. 헨리 유는 잔을 부딪치며 진지한 얼굴로 응답했다.

    "내 평생의 꿈입니다. 모든 것이 그냥 흘러가지 않을 거예요. 내가 직접 모든 것을 통제해서, **되는 게임**으로 만들 겁니다. 기대하셔도 좋아요."

    헨리 유는 러스킨 회장 무리들과 대화하다가, 저쪽 구석에서 말을 나누고 있는 미 국무부 부차관보와 한국 대사를 발견했다. 헨리 유는 그 두 사람이 외따로 떨어져 밀담 비슷하니 말 나누기를 하는 것이 신경 쓰였다. "잠시 실례 하겠습니다." 결국은 대화하던 무리의 양해를

구하고, 그는 두 사람에게 다가서고야 말았다.

"오닐 관리관님, 정 대사님, 왜 그렇게 두 분이서만 대화하고 계십니까. 나랑 같이 가서 인사하고 그럽시다."

헨리 유는 그들에게 농담조로 말을 걸었다. 하긴, 이들하고는 아직까지 대화를 나누지 못해서 인사치례라도 말을 걸 필요가 있었다. 두 사람은 헨리 유를 보더니 정색을 하며 인사를 하는데, 썩 마음이 가벼운 상태는 아닌 것이 틀림없었다.

"유 사장님. 오닐 관리관님이 좀 걱정을 하시네. 시원하게 답변이나 해주소."

정승렬 대사는 씩 웃으며 헨리 유를 쳐다보더니 한국어로 말을 걸었다. 그는 과거 서울에 있던 시기, 여러 번 헨리 유와 술좌석을 같이 한 적이 있어 나름대론 절친한 사이였다.

"헨리 유 사장님. 아까 단상에서 하신 말씀 아주 감동적이었어요. 특히 월트 디즈니의 말을 인용하실 때는 마음이 다 뭉클하더라구요."

페넬로페 오닐Penelope O'Neill 부차관보는 가지런한 치아를 내보이며 싹 웃었다. 그녀는 밝은 갈색 머리와 연한 하늘색 눈을 가진, 나이에 비해서 무척 젊어 보이는 사십대 중반의 매력 있는 여성이었다. 그녀는 국무부 동아시아 태평양 담당 부차관보로 근무하며 동아태 지역 정무 관계를 담당하고 있었다.

"그랬어요? 나는 너무 수사가 지나쳤나 좀 생각하고 있던 참인데, 내 진심이 잘 전달되었나 몰라……."

"아니에요. 아주 박력있게 말씀을 잘하시더군요. 아예 정계로 진출하시면 어떨까 할 정도의 매력 있는 웅변이었어요."

"핫하하. 그랬어요? 정계라……. 하하하하. 고맙습니다. 어쨌든 칭찬을 많이 해주시니까 뭔가 하실 말씀도 있는 것 같은데, 편하게 말하세요. 괜찮아요."

헨리 유는 기본적으로 오닐에게 호의를 가지고 대했다. 오닐도 헨리 유의 심중을 알아채고는 부담감 없이 말을 하기 시작했다.

"다만……, 걱정스러운 점이 하나 있어요. 연설 중에 우리의 'F Zone'에 관한 말씀이 나와서 좀 놀랐어요. 어차피 잘 진행될 일이고, 그 말이 없이 미한 간의 협약 내용만으로도 충분히 투자자들을 설득할 수 있는 상황이라 여겨지는데, 굳이 그러실 필요가 있었나 해서요."

헨리 유는 오닐을 빤히 바라보며, '내, 그 말이 나올 줄 알았다.'는 점을 상기시키는 미소를 입가에 의식적으로 만들었다.

"오닐 관리관님. 우려할 필요 없어요. F Zone에 관한 발표 수위는 이미 어제 펜타곤과 협의를 끝내고 한 겁니다. 나 바보 아니에요. 그리고 그들도 일의 진행 절차라는 것에 대해, 합리적으로 생각하고 있습니다. 나중에 어차피 알려질 상황의 정도를 예상하고, 미리 봉합하려하는 거지요. 대신 '더 이상은 없다.'가 그들의 답변인 것 또한 말씀 드립니다. '루비콘 강'을 건너려면 더 이상 지체 말고 행동에 옮겨야 한다는 것, 그 또한 잘 알고 있는 그들이니까."

"아! 어제 펜타곤과 협의를 하셨어요? 저는 몰랐어요. 그럼 안심입니다."

"그래요. 오닐 관리관님. 걱정 말아요. 오히려 내가 궁금한 것이 하나 있어요. 어제 협의 중에 이런 말이 하나 저쪽에서 나왔어요. '모든 면은 테스트 되었고, 안전성은 의심할 것이 없다. 다만 관습(Custom)?' 그런 단어였는데……?" 헨리 유는 사용된 단어에 대해 확신할 수가 없는지 잠깐 고개를 갸웃거렸다. 그리고는 곧바로 계속 말을 이어갔다. "대충, 무슨……, 일반적으로……, 민속(Folk Custom)이라고 했었나? 어떤……, 관습(Custom)이라고 했었나? 뭐어……, '그런 것에 대한 데이터가 일반적으로 조금 부족하기는 하다.' 그런 말이었거든. 그러다가 자세한 설명도 없이, 그냥 흐지부지 넘어갔었는데, 이게 무슨 말인지 나중에 약간 마음에 걸렸고……, 혹시 아시는 것이 있으신지?"

"글쎄요. 사실 저에게 허락된 정보 범위도 워낙 제한적이라놔서요. 확실히는 모릅니다만……, 그 기술은 이미 델타포스 같은 특수전 부대들이, 작전 수행용으로 극비리에 많이 사용하고 있다, 말 들었습니다. 거의 군사 기술상의 혁명이라고 알고 있어요. 벌써 사용되는 기술인데 무슨 문제가 있을까요? 문제가 있다면 지금 사용될 수가 없지요. 기술상의 오류는 없어요. 더구나 안정성에 대한 면이라면 안심하셔도 됩니다. 특수부대원도 사람인 건, 우리와 마찬가지니까요."

"그렇지요? 핫하하하. 오닐 관리관님과 이것저것 말하고 나니까, 오히려 가슴이 아주 후련해지는구만. 이래서 사람은 서로 대화하고 살아야 한다니까. 하하하하."

헨리 유는 기분이 다시 홀가분해졌다. 페넬로페 오닐도 마음에 들었고, 오늘 이 연회장에 있는 모든 사람들이 그를 도와주게 될 것이란 확신 속에 행복감마저 들었다.

"자. 여기서 둘이 무슨 밀담하듯이 계속 서 있지만 말고, 날 따라와요. 여기 있는 사람 모두 다 쟁쟁한 승부사들이야. 아주 인간적으로 독특한 사람들이지. 같이 대화합시다. 재미있을 거야."

헨리 유는 부차관보와 한국 대사를 두 팔로 거의 강제로 끌어가면서, 뿌듯하게 차오르는 웃음을 얼굴에 가득 채웠다. 그는 오늘이 자랑스러웠다.

13

대관령 옛 도로, 그 고산 지대에 펼쳐진 푸른 초지들을 지나서 강릉에 도착한 뒤, 수혁과 미란은 경포호수 근처의 '선교장船橋莊'을 둘러보았다.

"이건 한국 고건축 중에 보기 드문 장원 건축이죠. 일반 민간 한옥보다 규모가 크고, 건축의 입면이 당당함을 가지고 있어요. 진입하면 보란 듯이 커다란 연못에 시각적으로 강한 악센트를 부여하는 정자 활래정活來亭까지 세워 놓고, 그 다음에 펼쳐지는 높은 기단 위에 솟을대문과 긴 행랑채, 대문을 통과하면 좌측으로 사랑채인 열화당悅話堂도 나타나고⋯⋯. 혹자는 평면이 밋밋하다는 평을 하기도 합니다만, 공간 구성의 아기자기함이 있느냐 없느냐 하는 문제를 논하기 이전에, 그저 바라보기만 해도 마음이 시원해지는 한옥입니다."

"한옥이 나오니까 아주 진지해지시네요."

"나 한옥 무척 좋아해요. 이런 집 짓고 살고 싶어요. 지금이야 이렇게 잘 지은 한옥은, 건축비가 엄청 비싸서 일반인은 엄두가 안 나는 것이 돼 버렸지요. 옛날에도 양반들이 살던 곳이긴 합니다만. 정말 제대로 지은 한옥은 자손 대대로 물려줄 보물이라고 생각합니다. 저 부드러운 지붕선이랑, 우리나라의 좋은 소나무로 이루어지는 목조 결합들을 보세요. 전문적인 얘기를 해서 뭐 하겠습니까. 그냥 운치 있잖아요? 멋진 건축입니다."

선교장에서 나오면서 미란은 회사 돌아다니는 것처럼 습관대로 빨리빨리 걸었다. 수혁은 미란의 걷는 모습을 보더니 입가에 빙긋이 미소를 띠다가 한소리 했다.

"윤 차장님. 빨리 걷지 말아요. 그냥 한 호흡 내려놓고 천천히 걷지요. 내가 여행을 많이 해보니, 무엇을 봐야 한다는 생각에 매이는 게 참 싫어지더라구요. 그냥 마음이 이끄는 대로 명상하듯이 다니는 게 좋더라구. 난 웬만하면, 어디 가서도 사진 안 찍습니다. 그냥 기억 속에 저장할 뿐이지요. 뭘 해야 된다고 생각하면, 거기에 매여서 중요한 것을 꼭 놓치더라구요. 잘난 척하는 거 아닙니다. 이해하죠?"

수혁의 말을 듣자, 미란은 동그랗게 휘어진 까만 눈썹을 밀어 올리며, 샐쭉하니 대답했다.

"뭐어…… 이해해요……, 한 과장님 마음. 나도 천천히 걷는 연습 좀 해야겠어요. 맨날 직장에서 헥헥거리고 뛰어다니구 살아서 버릇이 돼 버렸어요. 자아. 어쨌든……, 음……, 그러엄, 다음은 어디로 갈 거죠?"

"채근하질 마시길……. 천천히 갑시다. 하하."

수혁은 미란을 데리고, 대대로 내려온 소박한 민가 한옥을 그대로 유지하는 미덕 속에, 초당 순두부를 직접 제대로 만드는 손두부집에 들렀다. 수혁은 강릉 NBS의 토크쇼 세트를 디자인해 준 적이 있는데,

그때 강릉 NBS 식구들하고 같이 순두부를 이 집에서 먹어 보았다. 한 번 맛본 이후론, 강릉 올 때마다 여기에 들르는 일을 그는 순례의 과정으로 여기게 되었다. 관광객은 모르고, 강릉 사람은 잘 가르쳐 주지도 않고, 주로 자기들끼리만 가는 집이었다.

따뜻하고 조금 짭쪼름한 간수 국물 속에, 우윳빛으로 몽실몽실 푸짐하고 정갈하게 담겨 있는 순두부와 탄력 넘치는 모두부 둘 다, 별다른 간이 필요 없이 목구멍 너머로 그냥 넘어갔다. 강원도식 장아찌와 칼칼한 감자조림, 그리고 짜지 않고 간간한 간장 국물을 넣어 한참 조려서, 깍둑썰기한 무 조각들이 해수면 위의 바위처럼 모습을 드러낸 무조림 뚝배기가 올려진 저녁 한상을 받고는, '맛있다'를 연발하면서 두 사람은 그릇들을 싹싹 비웠다.

저녁을 먹고 나니 기분은 느긋해졌고, 새로운 무엇을 해보기도 그만 나른해져서, 수혁과 미란은 강릉에서 제일 만만한 경포대 바닷가로 갔다. 어두운 바닷가 모래사장을 둘이서 걷다가, 군데군데 설치되어 있는 그네 의자에 앉아, 해변에 밀려오는 파도를 바라보고 있으려니 미란이 먼저 말을 걸었다.

"한 과장님. 왜 대학원은 건축과로 가셨어요? 같은 미술 계열로 가는 것이 직장에서 하는 일하고도 매치가 되고……. 왜, 산업디자인? 공간디자인과인가? 거기에서도 테마파크를 다루잖아요? 굳이 어렵게, 완전히 계열이 다른 이공계로 가실 필요가 있었나 궁금해요."

"그냥 건축학과 가고 싶었어요. 뭐랄까, 학부 시절에 건축사를 수강한 적 있는데, 그때 영상으로 비춰 주는 르 코르뷔지에의 롱샹성당 내부 사진 같은 것이 굉장히 머릿속에 남더라구요. 노출 콘크리트에 구멍이 숭숭, 그것도 모양이나 크기가 다 다른 창에 햇빛이 역광으로 비쳐 드는 사진들이었는데, 보노라니 왠지 참, 영혼을 고양시킨다고나 할까, 숭고하다고나 할까, 음악이라 하면 바흐의 칸타타 같은 장엄한 소리를, 스피커에서 나오는 게 아닌 건물 자체가 연주하고 있을 거라는 착각이 드는, 그런 감동을 받았습니다. 그 이후로 내가 전공을 잘못 택한 것이 아닐까, 그런 생각까지 들었지요. 난 미학을 전공했거든요. 그런데 이론보다 실천이 하고 싶어진 거예요. 뭐 이상에만 빠진 배부른 소리로 들릴진 몰라도, 그래서 졸업 후 방송국의 무대 디자이너로 세트 만들 궁리를 했는지 몰라요. 세트는 일대일 스케일의 모형이잖아요. 아마 무대 디자인, 특히 드라마나 영화 세트 디자인하는 사람만큼 온갖 경우의 공간을 다 세워 보는 사람도 없을 겁니다. 그것도 실제 크기로 말이지요. 엄밀히 말하자면 조금 작기는 합니다만……. 건축가는 많은 시간과 노력 후에나, 엄청 축소된 모형이 아닌 자신이 구상한 실제 크기의 공간을 바라볼 수 있는데, 무대 디자이너는 안 그렇거든요. 어디까지나 세트니까 아주 단숨에 만들어 낼 수 있어요. 이 세상의 모든 공간을, 모든 경우의 수를. 게다가 항상 카메라를 의식해야 하니까……. 사람의 눈과 같은 카메라를 말이지요. 그래서 공간에 대한 아주 예리한 감각을 익힐 수 있어요. 타인이 걸어다니면서 내가 만든 공간을 어떻게 생각하고 받아들일까를, 무대 디자이너는 밥벌이하면서 쉬지 않고 끊임없이 연습하고 있는 거지요. 디자인해서 세트를 세웠다가 부쉈다가 또 디자인 해서 세웠다가 부쉈다가, 회전율이 굉장

하거든. 나는 그래서 건축과에 가서도 자신이 있었어요. 내가 아주 잘
해 낼 수 있다고 생각했습니다. 설계 쪽은 말이지요. 구조공학은 약하
겠지만……."

"그래서 건축학과에 들어가신 거군요."

"솔직히 말해, 나한테 테마파크는 탈출구였어요. 테마파크가 꼭 좋
아서 한다기보다는, 이걸 하면, 어떻게 해서라도 기회가 오지 않을까
하는, 막연한 확신 같은 것이 날 이끌고 다닌 거지요."

수혁이 이 말을 하는데, 한수혁이란 인간에 대한 보고서를 작성했던
미란은 무슨 뜻인지 매우 잘 이해할 수 있었다. '얼마나, 회사에서 힘들
었으면……, 이 사람은 발버둥을 친 거지, 뭐.'

"또 테마파크도 제대로 구조를 연구하려면 건축학과를 가야 하는
실제적인 이유도 있었습니다. 건축은 기능을 우선시 하는 면이 많거
든요. 아무래도 이공계니 실제적입니다. 디자인과처럼 좀 막연한 공
간 도출은 하지 않아요. 다 데이터-근거가 있어야 합니다. 그리고 내
가 알던 미술계를 떠나서, 새로운 공기를 마셔 보고 싶은 생각도 있었
고……. 하하하. 뭐 그랬지요."

"그럼 어렵게 대학원 들어가서 이래저래 만족하고 행복하셨겠네요?
하고 싶은 것, 다 하고 있으니까……?"

"웬걸요. 들어가서 지도 교수 밑 연구실에 배속되었는데 그 다음부
터 고난의 행군이지요. 뭐, 밤낮 안 가리고 공부하는 거야 내가 좋아
하는 일이니까 보람도 있고 좋은데, 랩(Laboratory)에서 아웃사이더 취
급합디다. 나같이, 미대 계열에서 넘어온 경우도 없었고, 외국은 어떤

지 몰라도……. 또 테마파크를 영 생소하게 여기더라구요. 원래 상아
탑이란 게 좀 권위적이잖아요? 그들 눈엔 내가 클래식 연주하는 곳에
전자 기타 들고 와, 헤비메탈 연주하겠다고 떼쓰는 놈처럼 보였나 봐
요. 생각해 봐요. 모더니즘이 어떻고 포스트모던, 해체가 어떻고 하는
곳에서, '엔터테인먼트'가 어떻고, 이러구 있으니 꿍짝이 잘 안 맞지
요. 하하하."

"홋호. 말씀 참 재밌게 하시네요. 그래서요?"

"어느 날 연구실 선배들하고 저녁에 술 한 잔 걸치면서 이런저런 얘
기를 하는데, 나 들으라는 듯이, '테마파크를 과연 건축으로 볼 수가 있
는가.'라는 말들을 갑자기 꺼내더군요. 자기들끼리 말이지요. 선배 하
나가, 뭐 이 양반은 나이 꽤나 잡수신, 설계 사무소까지 경영하시는 분
이니 대하기 어려운 선배였지요, '모더니즘 이래 현대 건축은 기능이
형태를 결정한다는 기본적인 명제를 벗어나진 않는다. 예외라고 떠들
어 봐야, 큰 틀에서 보면 그 안에 내포된다. 그런데 네가 말하는 테마
파크는, 기능과 별도로, 외부는 어디 비잔틴 건축을 흉내냈다가, 갑자
기 독일의 성을 흉내냈다, 네덜란드 민가가 됐다 그러질 않느냐, 이런
판인데 무슨 건축이라고 할 수 있느냐, 아예 세트지. 안 그래?' 그러더
군요. 그러니 내가 또 미학과 출신 아닙니까. 예술 사조 모두를 들먹이
며 교묘하게 허점을 파고들었지요. 얘기가 하도 복잡하니까 다 말하긴
그렇습니다만, 하여튼 그 선배를 약올리는 데는 성공을 했었습니다.
난 나한테 누가 시비 걸면 당하고 가만있지는 못해요. 선빵 맞으면 스
트레이트는 날려야죠."

"진짜 재밌다. 그래서요?" 미란은 다음 얘기가 흥미진진했다.

"그러자, 선배가 벌컥 화를 내면서 이러더군요. '야! 니가 말하는 테마파크는 내 솔직히 말해 주지. 그냥 **쓰레기더미야! 쓰레기!** 어디서 쓰레길 가지고 들어와서 말이 많아! 너 가슴에 손을 얹고 생각해 봐. 거기에 어디 영혼이 있니? 어디에 공간이 있니? 그냥 사람들 와서 실컷 놀고 가라고 만드는 거지. 그게 어디 학문적으로 연구 대상이나 돼? 너 뻔해! 외국 어디 구석 한 귀퉁이에 처박혀 있던 것, 끄집어내 가져와서 연구감이라고 사기 치겠지! 뒤져 보면 어디선가 나오긴 나올 거야! 임마, 쓰레기 가지고 사기 치는 거, 우리가 모를 줄 알아?' 그 말에 난 사실 쇼크 먹었습니다. 나도 건축과에 들어와 이것저것 접해 보니, 내가 들고 온 테마파크 건축이란 거에 대해 왠지 자신이 없어져 가고 있던 참인데, 아주 정통으로 카운터 펀치를 맞은 거였죠."

"어머나. 세상에……, 너무 심했다……."

미란은 그 이야기를 하는 수혁의 서글퍼 보이는 표정이 안쓰럽게 느껴져, 말을 잇지 못하고 눈치만 보면서, 가만히 그의 얼굴을 관찰하기만 했다. '차암, 이 사람은 어떻게, 가는 곳마다 돌림을 당하냐! 성격이 그렇게 나쁜 것 같진 않은데…….'

"뭐, 그 소리 들으니까 할 말도 없고……, (수혁은 잠시 말을 잇지 못하고 머리를 젓다가 미란에게서 고개를 돌리는데, 보아하니 마음의 상처가 꽤 큰 모양이었다) 그래서 그냥 자리에서 나가 버렸습니다. 그냥 집에 와서 생각을 했죠. 확, 회사도 집어치우고, 나도 설계 사무소 차려서, 니들이 말하는 그 '건축'이라는 것으로, 세계적으로 이름을 날리는 사람이 되어 주마, 그러면서 이를 빡빡 갈았지요. 농담이 아니고 아주 진지하게 생각했었습니다. 그러고는, 그냥 가을 학기 중에 연구실에 말하고, 마음도 정리할 겸 회사에 연차 월차 다 섞어서 일주일 휴가를 내고 늦가을에 여행을 갔지요."

"어디로요?"

"방글라데시로 갔습니다."

"예? 방글라데시요?" 미란은 이건 또 뭔 뚱딴지 같은 소린가 싶어 되물었다.

수혁은 놀라고 있는 미란의 얼굴 표정을 잠자코 쳐다보며 재밌다는 듯이 웃기만 하더니, 잠시 후 대화를 이어갔다.

"건축학도들한테 아주 인기 있는 작가 중에, '루이스 칸'이란 사람이 있어요. 뭐라고 할까. 거의 '건축의 구도자' 정도로 추앙받지요. 물론 작품으로 말이지요. 사는 건 별개니까. 인간이 얼마나 모순에 찬 동물이에요? 그래서 난, 칸의 복잡한 내면에 굉장히 흥미를 느낍니다. 키는 165센티미터 정도였나, 아주 작은 키에 얼굴에는 화상 자국도 있었고, 기본적으로 못생긴 사람이지요. 그러나 그의 사진을 보면 눈에서 나오는 영혼의 힘 같은 것이 있어요. 매혹적인 시선을 가진 사람이었을 거라고 생각합니다. 사람은 눈빛이 중요하다고 생각하는데……, 음……, 못생긴 거로 말하자면 '톨스토이'도 못지 않거든요. 그러나 그를 직접 대하면 그 눈빛 때문에 사람들이 매혹당했다고 하더군요. '루이스 칸'도 그런 케이스인 거 같아요. 여담이지만 여자가 아주 많았어요."

"오호. 건축의 구도자께서 여자는 좋아했나 보죠?"

"뭐. 자기 사무실 인근에 세 집 살림을 차려 놓고 살았다고 하니, 할 말은 없는 겁니다. 자세한 건 모르겠는데 세 부인한테 자식들도 다 있었던 것으로 알아요. 그 생활을 영위한 것을 보면 능력이라면 능력이랄 수도 있고……."

"왜요. 부러우세요?"

"하하하. 나는 그런 생활을 지탱해 준 그의 강인한 정신력이 부러운 겁니다. 나 같으면 마누라 하나도 감당하기 힘들 텐데……, 그는 어떻게 살았나 싶어요. 하긴, 그 나름대론, 즐거움이 인내해야 할 몫보다 훨씬 크니까 그럴 수 있는 거지. 처다볼 때마다 부인 셋 모두가 너무 좋았던 거지, 뭐어! 셋 중에 어느 누구 하나도 포기가 잘 안 되는 거지. 흐흐흐."

'체! 어이가 없어서……. 정말!' 미란은 그런 말을 늘어놓고 있는 수혁이 좀 실없게 느껴졌다. '의외네. 회사에서 보면 농이라곤 전혀 할 줄 모르는 사람 같더니만…….'

"건축가들, 대체적으로 보면 의자에 앉아서 하는 직업인 것만 같아도, 상당히 육식성인 직종입니다. 성공해서 위로 올라가면 올라갈수록 더 그래지지요. 젊을 때면 누구 밑에서 도면 그리느라 욕구가 밖으로 분출되지 못하다가, 올라가서 자신이 직접 프로젝트를 기획하게 되면, 숨은 공격성을 분출할 기회가 아주 많아집니다. 거기에 젊을 때에 즐기지 못한 것을 억울해하는 보상 심리까지 더해져서, 로맨스에 집착하는 경우도 많고……. 왜, 프랭크 로이드 라이트 아시지요. 그 사람도 상당히 바람 핀 것 같아요. 그것도 돈 많은 유부녀 전문이었다고 합니다."

"그만하시고, 본론을 말해 주세요. 그 방글라데시 말하다가 왜 루이스 칸을 꺼내셨어요?" 미란은 짐짓 화를 내는 척하며 다음 말을 기다렸다.

"아! 알겠습니다. 그만하지요. 본론으로 넘어가서 다시 시작합시다. 하하하. (웃는 수혁의 얼굴은 이제 미란하고 같이 있는 것에 대한 긴장감이 많이 사라졌음을 보여 주고 있었다) 어쨌든, 방글라데시 수도 다카에 그의 최후의 걸작이라고 말하는 국회의사당 건물이 있습니다. 한 마디로 '위대한 영혼의 영적인 작품이다', 뭐 그렇습니다. 건물 제목이 '침묵과 빛'이에요. 근사하죠? 그런데 건축학과에서 막상 거길 직접 가 본 사람은 하나도 없었습니다. 보통 건축 여행을 한다고 하면, 유럽이나 미국으로 가지 그쪽은 잘 안 가더군요. 그래서 나는 그 위대한 영적인 작품, '침묵과 빛'을 만나러, 다카에 가보기로 한 겁니다. 니들이 못본 걸 내가 먼저 봐야겠다, 그런 호승심도 많았지요. 또 **위대한 것**으로 **너절한 테마파크**에 대한 잡념들을 정리하고 싶은 생각도 컸습니다. 개인적으로 방글라데시나 인도에 흥미도 많았고, 난 좀 그런 면이 있어요. 너무 정리된 것을 싫어한 달까……, 그런 거죠."

말을 하다 보니 문득, 수혁은 방글라데시에 도착했을 때가 생각났다. 공항 건물 출입문으로 바깥에 나오자마자, 울타리 철망에 매달려 있는 방글라데시인들이 자신을 뚫어져라 쳐다보는 것이 눈에 들어왔다. 정말 뚫어져라 쳐다보았다. 가만히 그 사람들을 관찰해 보니, 특별히 할 일이 있어서 공항에 온 것이 아니라, 나오는 사람들을 구경하고 싶어서 철망에 얼굴을 부비고 있다는 생각이 들었다. 그 사람들 앞에서 소총을 어깨에 맨 경찰이 가슴을 펴고 으스대면서, 진짜 천천히, 천천히 왔다 갔다 하고 있었다.

"방콕을 경유해서 방글라데시 지아Zia 국제 공항에 도착, 다카Dhaka 시내로 들어갔죠. 그때가 오전 10시 좀 넘어였을 겁니다. 호텔에 들러 짐 풀자마자 베비가리라고 부르는 삼륜 오토바이 택시를 타고 곧바로 국회 의사당으로 향했죠. 그 베비가리, 코너 돌 때 옆으로 엎어질 것 같은 기분 들어요. 흐흐흐. 뭐어, 위험해 보이기는 했지만 특색 있잖아요? 창살이 적은 것으로 골라 탔는데, 주위 둘러보기가 꽤 괜찮았습니다. 와아! 사람은 엄청 많고, 도로는 신호도 없고, 그냥 차와 릭샤, 오토바이, 사람과 자전거가 모두 다 뒤엉켜서 가더군요. 카오스Chaos 그 자체! 혼돈이 펄펄 끓는다고 해야 할까. 공기는, 서울은 비교할 것도 아니게 탁하고……, 아! 그래서 목은 금방 칼칼해지고……. 하여튼, 나는 주위의 모습과 소리들에 집중하면서 루이스 칸의 국회 의사당을 보러 갔습니다. 한참 갔던 것 같은데, 가로수 너머로 근사해 보이는 건물이 멀리서 보이자, 사람도 별로 없는 탁 트인 언덕배기 광장이 갑자기 펼쳐지더군요. 그 광장 끝자락쯤에, 바로 내가 찾던 국회의사당이 서 있었습니다. 그런데, 외국인은 더 가까이 가서 보질 못하게 해요. 그래서 경비원한테 통사정하고 사례금도 좀 쥐어 주고 해서 접근할 수 있었습니다. 거친 콘크리트 양생으로 사진보다 마띠에르가 훨씬 힘이 있더군요. 사람마다 다 생각이 다르겠지만……, 음, 난 그게 더 좋았어요. 건축이라기보단 기념비적인, 내 눈에는 촘촘히 늘어선 아주 두꺼운 거석판트石板들 집합같이 느껴졌습니다. 물 위에 떠 있는 거석 기념물, 뭐랄까, 내 눈에는 '스톤헨지'의 거대한 석주石柱들이, 밀집 대형으로 늘어서서 물 위에 떠 있다면 이런 기분이겠구나, 그런 생각이 났습니다."

"물 위에 떠 있어요?"

"아! 실제 떠 있는 게 아니고 건물 주위가 모두 인공 호수입니다. 국회 의사당 전후면의 출입로가 성곽의 해자 건너듯이 다리로 되어 있어요. 따라서 의사당 전후 방향으로 있는 육상 광장 두 곳은, 의사당에서 다리 밑 수로만큼 떨어져 평면이 형성되지요. 건물 좌우 측면은 넓은 호수면을 바로 끼고 있습니다. 그러니 발길을 측면으로 옮기면 옮길수록 국회 의사당이 호수 위에 떠 있는 듯 보여집니다. 하여튼 말이죠. 자신의 불멸을 이 지상에 새겨 놓기라도 하고 싶은 건축가의 욕망이랄까, 그런 게 느껴졌습니다. '나는 영원하다.' 그런 의지 말입니다. 허가서 없이 급하게 가는 바람에, 사방에 여권을 복사해 주고, 정말 사정사정하고, 사례금은 꽤 많이 주고, 그래서 간신히, 정말 간신히 내부에 들어갔습니다. 여기까지 왔는데 그걸 못보고 돌아설 수가 없었어요. 너무 아깝잖아요. 갖은 수를 다 썼지요. 운도 정말 좋았지요. 좋은 인연을 만났습니다. 하하하. (좋은 인연이 누구였는지는 구체적으로 말하지 않으면서 수혁은 웃기만 했다) 그만큼 그 건축물은 나를 매혹시키는 그 무엇이 있었어요. 내부로 들어가니 벽체와 벽체 사이에서 빛은 새어 들어오고, 겹겹이 쌓여 있는 순수한 콘크리트 매스는 교차하며 공간을 지탱하고 있고, 왜 이 건물을 가지고 찬탄을 금치 못하는지 한순간에 알 수 있었습니다."

"그렇게 대단해요?"

"예. 나한테는 '진실로 대단했다.'고 할 수 있습니다."

수혁은 미란에게 루이스 칸의 국회의사당에 관한 이런저런 얘기들을 계속해서 해주었다. 1962년에 초기 마스터플랜이 완성되었고 이후 잦은 설계 변경, 건물 완공은 1983년, 공사 시작은 1964년, 이후 20년의 세월 동안 세웠다 중단했다, 다시 세웠다를 반복하며 방글라데시인들이 직접 완성해 나갔다는 것, 현장의 기록 사진을 보니, 골조용 비계는 대나무를 쓰고, 중장비 동원 없이 모든 일을 사람들이 등짐지고 맨손으로 해 나가는데, 그 모습에 가슴이 짠하더라는 것, 등등을 말하다 보니 다카에서 보았던 사람들의 모습이 그의 뇌리에서 되살아났다.

"다카의 신시가지 쪽은 넓은 공원도 있고 그렇지만, 올드다카라고 부르는 구시가는 굉장히 공간적으로 협소하고, 대단히 슬럼화가 되어 있어요. 그래서인지 사람들이 조그마한 공간이라도 쉴 수가 있으면 그냥 쉬는 것이 흔한 일이에요. 시장의 아주 조그만 공터, 골목, 심지어는 기찻길……,"

"기찻길요? 위험하지 않아요?"

"뭐, 기차라는 게 매번 지나가는 건 아니잖아요? 지나갈 때 경적 신호도 하고……. 난 다음 여행지로, 인도 찬디가르에 가려고 마음 먹고 있었는데, 거길 가려면 델리를 경유해서 가야 했어요. 호텔에서 델리행 비행기표를 예약하고 나니까—나중에 알고 보니, 그 비행기가 별 말썽 없이 제시간에 날아가 준 것도 내가 복 받은 거더군요. 여행에도 운이 있어야 해요—어쨌든, 하루를 그냥 다카 구경하게 됐어요. 유적

지도 보고 바자르(시장)도 보고 하면서, 다카지도 하나 들고 혼자서 가이드 없이 돌아다녔습니다. 난 어디 가나 가이드 있으면 귀찮더라구요. 몰라서 못 보면 그만이지요, 뭐. 하하하. 지리도 잘 모르니까, 오던 길을 확실히 머릿속에 각인시키면서 주의 깊게 걷고, 릭샤도 타고 그랬지요. 난 어디 가도 뒤를 꼭 들어가 봅니다. 항상 앞태보단 뒤태에 관심이 많지요."

"혼자서 괜찮았어요?"

"글쎄요, 뭐. 모자 깊게 눌러쓰고 다니니까……."

"왜? 무서워 보이라고 인상 퍽퍽 쓰고 다녔어요?"

"괜히 웃고 다니진 않았어요. 다카 사람들, 대부분 친절하고 점잖아요. 물론 외국인을 보면 귀찮게 하는 몇몇은 있죠." 수혁은 잠시 말을 끊었다. 눈만 껌쩍거리더니 다시 말했다.

"올드다카의 좁은 도로들 양쪽으로는 낡고 오래된 건물들이 빽빽하니 밀집해 있습니다. 도로엔 사람들과 탈것들로 완전히 �꽉 차 있지요. 빈 공간이 없어요. 한편 그 이면裏面으로는, 판잣집들이 무리를 지어 닥지닥지 붙어 있습니다. 목재, 시멘트 블록, 양철판, 함석판, 슬레이트 같은 재료로 얼기설기 지어진 것들이죠. 그런 형편인데도, 좁은 골목 걷다 보면 애들 웃음소리, 여자들이 즐겁게 대화하는 소리가 귓전으로 계속 들려요. 그러다가 판잣집에서 더 질이 떨어져 움막에 가까운 모습이 됩니다. 천막천, 비닐, 그런 걸로 덮기 바쁜 모습들이에요. 그러면 그 뒤로, 곧바로 철로가 깔린 기찻길이 나옵니다. 철로 중앙에서 보면 판잣집들이 기찻길 따라서 쭉 늘어서 있어요. 기찻길 철로 바로 옆이 이들의 마당인 셈입니다. 어떤 곳은 판잣집들 옆으로 물웅덩이가 곳곳에 있고 정리 안 된 잡풀 천지인데, 거기를 철로가 통과하지요. 그 기찻길들이 그 사람들의 생활 공간이자 쉼터예요."

"그래요?" 미란은 수혁의 표정을 상세히 살피며, 어떤 변화가 일어나고 있는지 궁금해졌다.

"철로에 그냥 앉아서는, 순박해 보이는 젊은 아가씨들이 웃고 떠들고 그러더군요. 애들은 지들끼리 장난치느라고 정신없고, 애를 발가벗겨서 목욕시키는 어머니들도 있구요. 화덕을 지펴 음식도 만들고 빨래도 하고 널기도 하고 그럽니다. 보면 여자들은 열심히 생활을 해요. 난 기찻길이 그렇게 쓰여지는 곳은 정말 처음 보았습니다. 그냥, 마음속에서 슬픔과 미소가 동시에 울려나오는 그런 광경이지요. 가슴에 뭉클한 것이 느껴졌어요. 인간이란 자신의 생을 어디서나 살아 내는 그런 존재구나, 굽히지 않고 살려고 하는구나, 그런 생각들이었어요. 어떠한 종류의 속박, 뭐라 이름 붙여 놓았던 간에 굴레가, 이들에게 씌워져 있더라도 말이지요. '살아감, 산다는 거, 그 자체만으로 정말 훌륭하구나! 나 자신에게도, 이 사람들에게도, 칭찬해 주고 싶다', 그런 느낌이 가슴을 막막하게 하더군요. 한국에 태어나 자란 나나, 이들이나, 다 마찬가지라는 동질감 같은 거 말입니다. 살아 낸다는 것을 말하는 겁니다."

미란은 수혁이 말하는 그 동질감이라는 것이 무엇인지 알 수 있을 것 같았다. 수혁이나 다카의 사람들이나 모두, 살고자 하는 의지를 가진 존재들이란 말로 그녀는 이해했다. 그런 수혁의 마음을 생각하고 나니, 그의 삶이 지금까지 결코 순탄하지는 않았을 거라는 생각에, 이번엔 동정심이 생겨나기 시작했다. 경멸이나 하대하는 불순물이 섞이지 않은 존재함에 대한 동정. 그런 처음 느껴 보는 마음에, 미란은 멈칫 하고 자기자신을 재점검해 댔다. '내가 아는 이상으로 이 사람은 사연이 많을 뿐이야. 그런 거지 뭐.'

"다카에는 집 없이 길바닥에서 살아가는 사람도 꽤 있더라구요. 그런 사람들 중엔, 특히 미혼모들이 많아요. 남자들이 임신만 시키고 떠난 거지요. 그런 어머니들이 애들을 데리고 하루 종일 구걸을 합디다. 아이들이 길에서 태어나 길에서 자라나는 겁니다. 길거리에 그릇들을 갖다 놓고 음식을 해 먹는 것도 봤어요. 나중에 알고 보니, 잠을 잘 수 있는 판잣집이라도 있으면 사정이 괜찮은 거더군요. 부유층은 윤이 반질반질 나는 세단을 몰면서, 길거리에서 수도 없이 클랙션을 빵빵거리고 눌러 댑니다. 비키라고 말이지요. 빈부 격차는 어디에나 있는 것이지만 말입니다."

"예에……." 미란은 따로 할 말도 없고 해서, 계속 수혁의 얘기만 듣고 있었다.

"아! 다카에 조그만 테마파크가 있더군요. 원더랜드Wonderland라고 이름 붙여 놓았던데, 들어가 볼까 하다가 지나쳤지요." 수혁은 잠시 말을 끊고는 눈만 껌벅거리다가, 다시 말을 이어 붙였다. "이제 인도로 간 얘기를 할까요. 인도 델리를 거쳐서 찬디가르로 가는데, 델리도 한번 볼까 하는 마음이 들었지만……, 곧바로 기차로 갈아탔지요. 난 사실 방글라데시와 인도 여행 하면서 그 유명하다는 타지마할도 못 봤습니다. 하하하."

"왜 그러셨어요?" 미란은 오늘 수혁과 돌아다녀 보니, 이 인간의 여행 스타일을 알 수 있을 것 같아 빤히 짐작하면서도, 분위기상 추임새는 넣어 주었다. '뻔하지 뭐……, 호흡을 내려놓고 천천히 하시느라고 그랬겠지, 뭐.'

"찬디가르는 그 유명하다는 건축가 르 코르뷔지에 선생께서 도시 계획을 한 곳이거든요. 건축학도라면 한 번쯤은 가봐야 하는 '성지'라고 할 수 있겠지요. 르 코르뷔지에는 아시죠?"

"예. 그 사람 이름은 많이 들어봤어요."

"그 양반은, 초년병 시절엔 집은 생활하는 기계다 뭐다 하면서 충격적인 발언을 즐겨하던, 일종의 정치적인 인물이라고 할 수 있겠지만, 후기로 갈수록 혼자만의 순수 조형 세계로 몰입하지요. 사실 자신이 주창하다시피 한 모더니즘을 스스로가 일정 부분 배반했다고나 할까, 그런 면도 있어요. 어쨌든 찬디가르는 그의 작품의 집대성이라 할 수 있는 곳입니다. 그러니 나로서는 안 가볼 수가 없지요."

"그분은 여자 관계는 어땠어요? 이제 코르뷔지에도 말씀해 주셔야죠."

"하하하. 왜요? 궁금합니까? 그건 나도 모르겠는데……, 참, 이거 뭐 유명 건축가 뒷담화 시간도 아니고……. 코르뷔지에는 자기 사무실 사람들에게 월급을 잘 안 줬대요. 인색했던 것이 아닌가 싶기도 하고 경영이 어려웠나 하는 생각도 들고, 뭐 그만합시다. 인간은 장점과 약점이 다 혼합된 존재니까. 아! 왜 김중업 선생 아시지요?"

"예. 건축가로 유명했던 분이시잖아요. 지금은 작고하셨지만."

"그분이 코르뷔지에의 수제자예요. 한국에서 온 외로운 동양인 건축학도를 코르뷔지에는 아주 인간적으로 잘 보살펴 줬다고 하더라구요. 김중업 선생이 르 코르뷔지에를 회상하면서, 깊은 감사를 표한 글을 읽은 적이 있습니다."

"그래요? 인간적인 정이 많은 분이었나 보죠?"

"뭐, 건축한다는 사람들 다 감수성이 풍부한 사람들입니다. 그렇지 않으면 이 일 못하거든요."

"그래, 찬디가르는 어떠셨어요?"

"도착해 보니 현대화되었다는 느낌이 강하더군요. 도로 계획도 잘되어 있고, 공간도 넓직넓직하고, 다카에 있다 가서 그런지 굉장히 대조적으로 느껴졌습니다. 델리하고도 완전히 달라요. 주민들도 부유층이 많다고 하더니, 여행자를 보아도 관심을 보이지 않더군요. 그런 점이 편했어요. 그런데 의외로 나한테는 인상이 강렬하다는 느낌이 안 오더군요. 르 코르뷔지에가 설계한 의회, 법원 청사 건물들을 볼 때, '건축가의 의도가 과연 완전히 살아난 것인가?' 하는 의문을 가졌어요. 마띠에르에서 많이 점수가 깎이더군요. 매스가 가지는 힘을 자꾸 죽이고 있는 거예요. 다카의 국회 의사당과는 다른 경우입니다. 다카의 경우는 콘크리트 양생할 때 거푸집이 불완전했던 것이 그냥 표면에 드러나요. 그게 묘하게 대리석 선들과 결합되면서 매스에 힘을 더해 줍니다."

거친 콘크리트 양생의 면들과 그 사이사이를 직교하며 지나치는 대리석 선들의 교차가 하나로 어우러지며, 고대의 원시적이지만 신성한 제례의 장소로까지 느껴지는, 매스들과 공간들의 엄정嚴正하지만 비균질非均質한 힘들. 루이스 칸의 국회 의사당 내부를 수혁은 천천히 올려다보며, 둘러보며, 얼마나 감탄했는지 모른다. '틈을 비집고 들어오는 빛들이, 벽체와 벽체가 겹쳐지며 만들어 내는 힘찬 표면들 위에서, 뜨거운 추상, 차가운 추상의 투명 레이어Layer을 연이어 만들고, 중첩시키며 움직이고 있는 코스모스Cosmos!'

"그런데 찬디가르의 경우는 그 반대예요. 난 양생시의 공법적인 부분은 그 정도면 상당히 훌륭했다고 생각해요. 난 노출 콘크리트라 해서 뭐, 표면이 단순히 뺀질뺀질 한 것 안 좋아합니다. 그런데 이것들은 사후 관리가 너무 안 되고 있어요. 노출 콘크리트 표면 오염이 너무 방치되고 있습니다. 아무리 원래의 매스들이 공간을 이루는 강력한 힘을 가지고 있어도, 일단 칙칙하고 지저분하다는 느낌이 들면 우울감이 생겨나요. 더 심해지면 슬럼화된 것 같은 기분까지 느껴지지요. 노출 콘크리트가 쉬운 물성物性이 아닙니다. 그만큼 관리가 필요해요. 난 그렇게 생각합니다. 즐겁지가 않아요……."

사실 그는 찬디가르, 르 코르뷔지에의 건축물들을 보고 가슴이 아팠었다. 시원하게 치켜올라가는 지붕선들의 동세와 코르뷔지에 특유의 조형적 완결성이, 세월 속에 조금씩 훼손되어 가는 것 같아 안타까웠다. '다시 태어나는 날이 오겠지.'

"하지만, 당시에 르 코르뷔지에를 통하여, 그 원대한 계획을 이루고자 했던 인도인들에게 경의를 표하고 싶은 마음은 변치 않습니다. 그릇이 커요. 한 건축가의 창의성에 대해 전적인 신뢰를 보장해 주었다는 것은, 예술 정신에 대한 깊은 이해심과 포용력에서 나오는 겁니다.

코르뷔지에가 도시 계획 규모의 몇몇 계획안을 남기긴 했지만, 실제로 실현시킨 장소는 찬디가르가 유일합니다. 찬디가르 도시 계획 자체는 정말 탁월한 면이 있어요. 찬디가르에 대해서 뭐라고 하는 말들이 많은데, 그 시절에 그런 생각을 해낸 것만 해도 얼마나 대단합니까? 보행자 도로와 차로의 분리 계획이라든지, 왜, 서울 목동 같은 데도 보면, 그런 동선 분리는 보행자들을 참 편안하게 해주거든요. 우선 어린애들이 안전해요. 난 어린아이가 가급적 안전하게 살아갈 수 있도록, 의식적인 고려가 도시 계획 최초에 있었다는 것이 너무 맘에 들더라구요. 녹지도 많고, 주거지와 그에 필요한 근린 시설들의 밀접한 배치라든지……. 난 그런 장점들이 잘 보존됐으면 싶습니다. 르 코르뷔지에의 건축을 그렇게 한꺼번에, 한자리서 볼 수 있다는 것만 해도 얼마나 즐겁습니까? 찬디가르는 인류가 다 같이 공유해야 할 문화유산이에요."

수혁은 한참 말하다가, 미란이 알아듣기 어렵게 너무 전문적인 얘기들로 빠져드는 것 같아 입을 다물었다. 그러자 수혁의 기억 속에는, 하늘을 향해 '펼쳐든 손'이 떠올랐다. 르 코르뷔지에의 염원을 표현한 조형물. 찾는 사람도 없이, 고독하게 혼자서 돌아가던 '비둘기'. 그도 루이스 칸처럼 자신의 불멸을 심어 놓으려 했던 것이다. 속 편히 단순하게 공간을 말할 수가 없었다. 수혁의 생각엔, 칸이나 코르뷔지에나 기능을 위한 공간을 생각하기 이전 단계, 바로 건축이라기보단 자신을 위한 제향이 끊임없이 하늘로 올라가는 기념비들을 다카와 찬디가르에 세워 놓은 것으로 보였다. '기념비에 효율성이 무슨 의미가 있겠나! 오직 숭고한 조형이 있을 뿐이다. 이제 그만 말하자.' 하며, 수혁은 다른 이야기를 시작했다.

"그래서 찬디가르를 여기저기 헤매고 있는데, 나는 뜻하지 않게 내 여행의 목적이 해결되는 숨어 있는 보석을 발견하게 되었습니다."

"그게 뭔데요?" 수혁의 말에 귀 기울이고 있노라니, 직장 생활하면서 오랜만에 들어 보는 순수한 느낌들이 있어, 미란 자신도 듣는 것 자체를 즐기고 있었다.

"찬디가르에서 이틀째, 릭샤 뒤에 올라타곤 여기저기 보고 있는데, 사실 좀 맥이 빠져 버렸어요."

"아까 다카 얘기할 때도 나오던데……, 릭샤가 뭐예요?"

"아! 릭샤, 이건 자전거 뒤에 마차를 붙인 것 같은 모양이에요. 사람이 끌고 다녀요. 시대극 드라마에 나오는 인력거 같은 거라고 생각하면 됩니다. 릭샤를 끄는 사람을 릭샤왈라라고 불러요. 여기 타고 있으면, 내가 한국에서 정말 멀리 떨어진 이국 땅에 왔구나 하는 실감에, 기분이 정말 묘해 집디다. 즐거움이 섞인 여행의 우수라고나 할까요? 그런 면도 있고……, 난 뒤에 떡 하니 앉아 있고, 삐쩍 마른 릭샤왈라 아저씨가 앞에서 끄는 모습을 보면, 자꾸 미안해져서 알면서도 스스로 바가지를 쓰게 되더라구요. 하여튼, 한국과 다른 그 무엇이 거기엔 있어요. 하하하." 미란이 보니, 수혁은 뭔가 잊을 수 없는 장면이라도 생각났는지, 고개를 흔들며 웃으면서 혼자서 잠시 딴생각을 하는 것 같았다.

"릭샤왈라 아저씨한테 어디 구경할 만한 좋은 데 좀 없냐고 하니, 씩 웃으면서 '있긴 있는데(Yes! There Are! There Are)!' 그러더군요. 한자리에서 빙빙 계속 돌았는지 어쨌는지……, 잘은 모르겠는데……, 흐흐흐흐. 어쨌든, 그 아저씨가 '롱 웨이(Long Way)!! 롱 웨이(Long Way)! 두루! 두루!(멀다! 멀어!) 롱 웨이(Long Way)!'를 연발하며 바가지를 왕창 씌우고 데려다준 곳입니다." 결코 잊지 못할 과거의 기억들임을 말해 주는 감회 서린 표정이, 말을 잠깐 멈춘 수혁의 얼굴에 점점 더 강하게 드러나고 있었다.

"'록 가든 어 판타지Rock Garden a Fantasy'라는 곳이었는데, 넥 찬드Nek Chand Saini라는 사람이 1950년대에 찬디가르를 건설하면서 나온 대량의 건설 폐자재를 가지고 만든 공원이었어요. 규모도 엄청나고 혼자서 했다고는 도저히 믿어지지 않는 일종의 테마파크였습니다. 들어가 보니 어떤 부분은 가우디의 구엘 공원이 생각나는 부분도 있고……, 색채가 화려하지는 않지만 타일 같은 것을 붙인 언덕, 넓은 계단면 같은 장소들이 말이에요."

말을 하면서 수혁은 '록 가든Rock Garden'에서 보았던 환상들 중, 잊을 수 없는 광경이 생각났다. 요즈음 컴퓨터 그래픽과 대형 미니어처 세트의 진보된 결합으로 만들어진, 그야말로 리얼한 묘사의 이상한 세계가 아니고—새천년에 들어와 다시 제작된《킹콩》같은 영화의 해골섬은 모든 게 너무 사실적이라 이상함이 꽤나 현실로 된다—1930년대 흑백영화《킹콩》의 꿈속에서나 볼 것 같은 몽환적인 이상한 세계, 스톱모션 촬영으로 동작들이 어색하게 틱틱 끊겨서 쳐다보기 이상한 킹콩이, 이상한 해골섬, 이상한 거석유적, 이상한 밀림, 이상한 암벽 계곡에서 설치는 바람에, 이상한 것이 비현실의 꿈으로만 끝나는, 그런

울근불근 뒤틀리는 초현실적 이탈된 풍경! 수혁은 그런 풍경이 장대하게 펼쳐짐을 실재實在하는 '록 가든' 공간 안에서 바라보고 있었다.

"우둘두둘 불길함의 미로 통로, 헝클어진 굵은 뿌리들의 둔중한 숲, 울퉁불퉁 바위벽들, 폭포와 연못과 다리와 계단과 암벽의 총체적 뒤틀기, 항아리 기둥 열주, 소탈한 돌쌓기의 기둥과 회랑, 무굴 궁전의 꼭대기, 기괴한 호수, 색색의 옷을 입은 인형들, 벽과 언덕의 타일 조각 그림 세상, 그네 뛰는 광장, 웃기는 모양의 짐승, 벽감 속의 원시原始, 이런 이미지들이 상당한 면적에 잔뜩 있는 겁니다. 여유 가지고 천천히 보려면, 네 시간은 꼬박 걸어야 그걸 다 볼 수 있었습니다. 내 기억에 한 오만 평 대지(160,000평방미터)였어요. 뭐 간단히 말하면 이상한 나라의 이상한 풍경이 계속 펼쳐지는 겁니다. 그런데 이게 정말 걸작인 게, 가까이 가서 보면 타일은 타일이 아닌 깨진 도자기 파편들이고, 바위를 자세히 보면 부서진 콘크리트 블록 무더기에 시멘트를 겉에다 뿌려 가지고 말 그대로 진짜 같은 느낌을 냈고, 전구 콘센트만 잔뜩 모아서 벽체를 만들고, 항아리를 멋지게 쌓아 올리고, 폐품 모아서 동물들 만들고 정말 웃기더군요. 진짜 감동 먹었습니다. 유쾌한 모습들이었어요. 이런 폐자재 무더기 가지고 이런 멋진 초현실주의 풍경을 만들었다는 것이……, 그것도 미학적으로 상당히 세련돼 있어요. 그 넥찬드 말이에요, 인생에 기회가 안 닿아서 그랬지, 어쩌면 안토니오 가우디 이상 되었을 사람이란 생각까지 들더군요."

"안토니오 가우디. 아! 들어본 적 있어요. 스페인 건축가죠."

"예. 아주 독창적인 건축가죠. 정말 독보적인 사람입니다. 혼자만의 조형 의지를 가졌던 천재죠. 자신의 작품에 자기 몸을 불사르듯 헌신했다고 표현할 수 있을까? 그러니 그 옛날에 컴퓨터도 없으면서 자유 곡면으로 형태를 만들죠."

"그런 대단한 건축가하고 비교될 정도예요?"

"적어도 내 눈에는 그렇게 보였습니다. (미란의 관찰 결과, '말을 막상 해 놓고 보니 내가 좀 과장이 심했나?' 하는 눈치가 수혁에게 보였다. 그래서인지 수혁은 말을 얼른 돌렸다) 그런데, 여기에 인도 사람들이 아주 많이 와 있어요. 입장료도 내 기억에 정말 쌌거든요. 10루피였던가? 내 생각엔, 정말 말이 안 될 정도로 쌌어요. 무료 봉사하는 건가? 그런 생각이 들 정도로. 입구에는 먹을 것, 장식품 파는 노점상들이 있고, 아이들이 좋아서 뛰어다니고, 결혼식도 한쪽에서 벌어지고, 아가씨들은 그네 타고 있고, 여기 들어와서 즐거워하는 게 한눈에 보였습니다. 모두 활짝 웃고 있더군요. 다카나 이 '록 가든' 바깥의 찬디가르 사람들이나, 칸이나 코르뷔지에의 건축물들 앞에서 ─물론 관공서나 의사당이긴 합니다만 ─ 그렇게 활짝 웃는 것을 본 적이 없습니다. 웃기는커녕, 어디 안에 맘 편히 들어갈 수나 있을까 하는 표정들이지요. 경외감을 요구하는 건축물과 테마파크하고는 다르겠지만 말입니다. '록 가든' 여기저기를 보면서 어린이나 노인들이나 그렇게 즐거워해요. 젊은 연인들은 말할 것도 없구요. 건축 폐자재로 만든 걸 가지고 말이지요. 나는 순간 아주 마음이 가벼워짐을 느꼈어요. 사실 내 눈에 눈물이 다 글썽거리더군요."

수혁은 잠시 말을 잇지 못하고 고개를 숙였다. 미란이 수혁을 살펴니 그의 눈에 눈물이 고여 있었다. 수혁은 조용히 의자에서 일어나 해변 쪽으로 걸어가더니, 잠시 있다가 다시 돌아왔다.

　"난 그때, 다시 일어났어요. 건축 폐자재, 바로 건축 쓰레기 아닙니까? 말 그대로 진짜 쓰레기 더미이지요. 나는, 나에게 테마파크는 쓰레기 더미라고 말한 사람들을 향해 이렇게 외치고 싶었습니다. 그래! 너희들이 쓰레기 더미라고 그렇게 우습게 여기는 테마파크, 바로 이 '록 가든'은 테마파크다. 이 테마파크는 말이야, 겉모습도 너희들이 말하는 쓰레기일 뿐 아니라, 아예 그냥 재료도 진짜 쓰레기, 건축 폐자재란다. 이 비천하고 값어치 없는, 틀림없이 너희들이 보면 '말 그대로 아주 쓰레기'라며 비웃었을 것으로만 이 테마파크가 만들어졌어도, 보통 사람은 흉내도 못 낼 훌륭한 환상들이 펼쳐진다. 얼마나 창조적이고 볼 만하냐! 또 이 집객력集客力을 보아라! 얼마나 공간의 기능이 효율적이고 우수한 테마파크냐! 그러니, 이 겉과 속이 똑같은 진짜 쓰레기 더미를 보고, 인간이 인간에게 줄 수 있는 가장 좋은 것, 마음의 기쁨을 이 사람들에게 주고 있는 이 광경을 보고, 이제는 좀 테마파크는 쓰레기라 말하지 말아 다오. 봐라! 좀 와서 보라! 이럴 수도 있지 않느냐, 라고 말이지요. 도대체가 뭐는 쓰레기고, 뭐는 위대한 건축입니까? 건축이란 것이 도대체 뭐란 말입니까? 나는 잘 모르겠습니다. 난 그때, '록 가든' 구석에서 갑자기 통곡이 나오더군요. 그냥 실컷 울었습니다. 속이 다 시원해질 정도로 실컷 울었습니다. 살아온 내 인생 모두가 생각나면서⋯⋯, 실컷 울었습니다. 그냥 그 자리에 쭈구리고 앉아 있는데⋯⋯, 그냥 눈물이 쏟아지더라고⋯⋯."

수혁은 말하기를 중단하고 눈을 감더니 잠시 침묵을 지켰다.

"즐겁게 노는 곳에서 울고 있는 내 모습이 이상하게도 여겨졌을 텐데, 찬디가르 사람들, 크게 개의치 않더군요……. 떨어져 지켜보면서도 날 가만히 놔두더라구요. 모른 척하는 것도 아니고, 멀찌감치 둘러싸긴 했었어요. 아마, 정신이 좀 나간 놈 같다고 생각했는지도 모르지요. 어쨌든 고맙더군요. 그리고 아주, 평온함이 다가오는 것을 느끼며……, 나는 다시 일어났습니다."

미란은 수혁의 옆얼굴을 잠자코 쳐다보기만 했다. 둘 사이에는 고요함이 흐르고, 파도 소리가 두 사람의 영혼에게 부드러운 위로로 다가오는 시간이었다.

"그 넥 찬드라는 사람, 생각해 보면 참 좋은 사람입니다. 따뜻한 마음으로 자신의 동포에게 그 테마파크를 선물한 것이지요. 마음의 빛을 언제나 가슴에 간직하려 애쓰면서, 한결같이, 자신이 하고자 하는 일을 계속해 나간다는 것이 어디 쉽습니까? 자신의 꿈을 서두르지 않고 혼자서, 할 수 있는 한 천천히, 조금씩조금씩 만들어 나갔을 겁니다. 포기하지 않고 말이지요. 그 사람이 이룬 결과를 보면 사랑이 느껴져요. 찬디가르 건설하면서 나온 폐자재 더미를 바라보면서 어디다 묻을 생각만 하지 않고, 사람들이 즐거워하고 좋아할 멋진 것으로 만들어 볼 수 있지 않을까 하는 발상의 전환 자체가, 인간에 대한 사랑인 거지요. 넥 찬드는 낙엽이 땅을 비옥하게 해주는 것처럼, 도시의 쓰레기도 인간이 사는 도시를 위해 재사용될 수 있다고 믿었답니다. 단순히 폐자재 활용이니 해서 일회성의 가벼운 퍼포먼스로 끝나는 거야 흔한 일이지만, 그런 대규모 공원 조성은 사랑과 인내가 없으면 안 되는 일입니다. 처음에는 들킬까 봐 몰래몰래 했다고 하니, 재미있지요? 넥 찬드는 1958년 당시에 찬디가르 공공 사업부(Chandigarh Public Works Department)에서 도로 감독관(Roads Inspector)으로 일했다고 하더군 요. 찬디가르 건설하면서 엄청난 양의 건설 폐기물이 나오기 시작했는 데, 도시 외곽에다 몰래 헛간을 짓고 속에다 계속 저장했다고 합니다. 근무 시간이 끝나면 자전거 뒤에다 자재를 싣고 날랐답니다. 7년을 계 속 자전거로 폐기물을 나른 뒤, 1965년에 만들기 시작했죠. 만들기 시 작한 땅은, 개발이 일체 금지된 정부 소유지에 도시 외곽 밀림이었는 데, 그곳에 작업실을 짓고 혼자서 했어요. 아무도 몰랐어요. 아내하고 절친한 친구 몇 명 외에는, 정말 아무도 몰랐대요. 1972년에 시청 관리 들에게 들통이 나서 난리가 났습니다. 하지만, 그 난리 덕분에 소문이 나서, 찬디가르 사람들이 죄다 구경하러 오기 시작했다 하더라구요. 관리들은 화가 잔뜩 났지만 몰리는 사람들을 보고 막상 손대진 못했 고, 반면에 찬디가르 사업가들은 사람들이 몰리는 걸 보고 미래를 내 다봤지요. 뒤에서 공짜로 자재와 운송을 대 주기 시작합니다. 1976년 에, 계속 버티며 없애려고 벼르고 있던 찬디가르 시청은, 공공 여론에 드디어 밀리게 됩니다. 훗후후후후."

미란은, 웃고 있는 수혁의 얼굴을 옆에서 관찰하니, 사업부에 같이 있을 때 안쓰러운 마음으로 자신이 가끔 지켜보던 그의 일이 생각났 다. 진땀만 빼고, 뭔가 되는 것 같다가 결국은 헛걸음만 쳐야 했던 테 마파크 개발 경험 때문에 감정이입이 되는지, 아주 속이 시원하다는 얼굴 표정을 지으며 킥킥 웃고 있는 수혁이었다.

"넥 찬드는 도로 감독관 직무 대신, '록 가든' 건설에 전념할 수 있게 되지요. 시청에서 월급 받으면서 말입니다. 그리고 '록 가든'은 정식으로 허가받게 되구요. 50명의 작업 인부하고 트럭 한 대도 시청에서 제공해 줬다고 합니다. 전기하고 물도 없이 혼자서 하던 걸, 그때 처음으로 공급받게 되지요. 시작은 순수한 건설 폐기물이었는데, 나중에는 나무 뿌리, 돌 같은 자연 재료들도 사용되지요. 결국은 파크 면적이 더 커지고 말입니다. 하하하하. 상황도 참 생각해 보면 즐거워요. 정말 발리우드Bollywood 영화 같은 얘기예요. 그 사람, 참 멋진 사람이야! 정말!"

"정말 꿈 같은 얘기네요. 정말 재밌다, 진짜! 나도 한 번 가보고 싶다!"

미란도 넥 찬드의 일화를 들으니 마음이 즐거워졌다. 얼마나 유쾌하고 혼치 않은 얘기들인가!

"그런데……, 정말 그렇게 인간에 대한 사랑, 재활용에 대한 신념만 가지고 그 오랜 세월을 버틴다는 게 좀……."

미란이 한 마디를 더 붙이며 고개를 갸웃거리자, 수혁은 그녀의 얼굴 표정을 유심히 지켜보다 싱긋 웃었다.

"기본적으로 별종이지요. 거기에, 자아실현 욕구를 먼저 생각해 볼 수 있고, 자신의 무기력함을 깨닫게 하는 권력, 권위, 집단 규범, 사회적 규칙에 대한 분노가 있었을 것이고 ─ 그 분노는 어린 시절부터 뿌리를 내렸을 수도 있어요. 넥 찬드는 원래 지금의 파키스탄 지역에서 태어났는데, 인도와 파키스탄이 분리될 때 찬디가르로 자신들의 의지와 상관없이 온 집안이 이주해야 했지요. 느닷없이 닥친 일이니 집안

사람들 모두 쉽지 않았을 거예요 ― 그리고 너무나 엄숙하게 진행되는 찬디가르 계획에 대해, 한쪽 구석에서라도 남 몰래 농담을 던져 보고 싶은 강렬한 욕망도 있었겠죠. 또 생각을 해볼 수 있는 게, 어떠한 종교적인 믿음이 오랜 세월 버티게 만든 지구력을 길러 주지 않았나 추측도 해봅니다."

미란은 수혁의 말을 듣더니 더 이상의 다른 의문을 덧붙이진 않았다. 수혁도 말을 마치고는 한동안 묵묵히 앉아 있기만 했다. 그러자, 멍하니 생각에 잠긴 듯한 그의 표정 때문에 미란은 다시 궁금해졌다.

"무얼 그렇게 생각하세요?"

미란의 질문에 수혁은 혼자서 씩 웃더니 혼잣말 같은 한마디를 내뱉었다.

"글쎄요. 이것저것 좀 불안하기도 하고……."

미란은 피곤한지 두 손으로 얼굴을 비비고 있는 수혁을 따뜻한 눈길로 지켜보면서, 부드러운 목소리로 말을 하였다.

"이젠, 그만 울어도 될 시간이 된 것 같은데요. 이젠 그만 울어요……."

〈2권에서 계속〉